도토리

どんぐり

데라다 도라히코
강정원 옮김

도토리

どんぐり

문학하는 물리학자의
인생 수필

일러두기

1 이 책은 아래 서적의 일부분을 저본으로 한 아오조라분코(青空文庫)의 원문을
우리말로 옮긴 것이다.
　— 꽃 이야기:『寺田寅彦随筆集』(岩波書店, 1947. 2~1948. 11)
　— 무제 I, 무제 Ⅱ:『柿の種』(岩波文庫岩波書店, 1996)
　— 그 밖의 글:『寺田寅彦全集』(岩波書店, 1996. 12~1999. 8)
2 본문의 주는 모두 옮긴이 주이며 각주로 표시했다.
3 작가가 원문에서 사용한 외국어 혹은 외국어를 염두에 두고 사용한 단어는 고
유 명사가 아닌 경우, 적절한 우리말로 옮기고 본래의 외국어를 원어로 표시
했다.

차례

별

천막의 찢어진 틈으로 보이는 사막 하늘의 별, 낙타의 방울 소리가 난다. 집 뒤뜰 논의 진창에 비치는 별, 매갈이[1] 노래가 들려온다. 갑판에 서서 우러러보는 돛대 끝에 걸린 별, 선실에서 누군가 하품을 한다.

---

1   수확한 벼를 매통에 갈아, 왕겨를 벗겨 내고 속겨만 남은 매조미를 만드는 일.

인력거

내 나이 아홉의 가을이었다. 아버지께서 관직을 그만두시고 온 가족이 고향으로 내려오게 되었다. 그 시절에는 아직 도카이도 철도가 개통되지 않아, 어떻게 가든 요코하마에서 고베까지는 배를 타야 했다. 그런데 난감하게도 아버지 말고는 모두 배에 익숙하지 않아 바다를 보기만 해도 두통이 난다고 하는 형편이었다. 특별히 서두를 길도 아니어서, 인력거로 쉰세 개의 역참을 거치며 여행하는 것도 흥미로울 듯싶었고 결국 그렇게 정했다. 그해 1월의 마지막은 인력거 좌석과 부모님 무릎 위를 오가며 신나게 여행을 했다. 20년도 더 지나서 돌아보니 아쉽게도 나이가 나이인지라 보고 들은 장소며 사건이 꿈처럼 두서없이 조각조각 흩어지고, 희미한 기억의 실로 이어져 회전등롱처럼 명멸할 뿐이다. 이런 형편이기에 내 기억에는 없지만, 요코하마에서 고용한 인력거꾼 가운데 만두 모양의 노송나무 삿갓을 쓴 사람이 있었다고 한다. 그해에는 운 좋게도 맑은 하늘이 계속되어 매일 햇볕 내리쬐는 가을날이었으니, 꽤 더웠을 것이다. 비스듬히 오는 빛이 그 삿갓을 쓴 인력거꾼의 그림자를 바싹 마른 땅 위에 비추었고, 그 것이 좌우로 흔들리며 뒤뚱거리는 것이 어린 마음에 재미있었던 모양이다. 나는 그 인력거꾼에게 표고버섯이라는 이름을 붙였다. 그림자 모양이 조금 닮아 보였기 때문이다. 가도를 따라 늘어선 소나무 그늘 사이로 표고버섯이 뒤뚱거리는 것이 얼마나 웃기던지. 아침에는 표고버섯이 무서울 정도로 길어서, 이슬로 촉촉한 길가의 풀 위를 큰 뱀처럼 꾸불꾸불 기어갔다. 그림자가 개울로 뛰어들어 보이지 않게 되는가 하면, 갑자기 저쪽 기슭의 들국화 속에서 고개를 내밀었다. 또 단숨에 둑을 뛰어넘어 참억새 위로 언뜻언뜻 보이며 나아갔다. 더 재미있는 것은 해가 높아지면 표고버섯이 차츰 줄어들어, 나중에는 형체를 알아볼 수 없게 된 채로 자갈길 위를 넘실넘실 구르며 가는 것이었다. 이렇게 표고버섯을 구경하다 지겨워지면 아버지께 노래를 불러 달라느니 이야기를 해 달라느니 졸랐고, 그러는 사이에 해가 기울었다. 이때는 아침과는 다르다. 거의 서쪽을 향해 가는 길이라 표고버섯이 인력거 좌우로 고개를 움직이면 그림자가 내 다리 위로 드리웠고, 나는 우아우아 하며 크게 소란을 피웠다. 이런 도련님을 무릎에 올려놓은 아버지도 꽤나 힘이 드셨을 터인데, 표고버섯에게 뜻밖의 상황이 생겼다. 그에게 좋지 않은 일이 있어 도중에 면직된 것이다. 그 뒤를 맡은 할아버지는 표고버섯이 아닌지라 나는 어지간히 불평을 했고, 여기에는 부모님도 두 손 두 발 다 들어 버리셨다고 한다.

용설란

종일 기분을 우중충하게 한 안개비도 그친 듯싶고, 어스름이 내려 무겁게 젖은 하늘에 어디선가 들려오는 기적 소리가 기다란 물결을 그린다. 조금 전까지 "푸른 잎 무성한 사쿠라이(桜井)[2]의……" 하며 되풀이되던 이웃집 오르간 소리가 멈추자 곧이어 대문에 붙인 방울이 울렸다. 그러자 바람도 불지 않았는데 벚나무의 어린잎에 맺힌 물방울이 처마로 우수수 떨어졌다.

"첫 천둥이 치는구나. 내일은 맑겠네."

할머니가 부엌에서 혼잣말을 했다. 하늘 끝과 맞닿은 땅속에서 울리는 듯한 묵직한 천둥소리가 마음에 사무쳐, 낮에 읽은 비참한 내용의 소설과 "푸른 잎 무성한 사쿠라이의……" 하는 이웃집의 오르간 소리 따위가 새삼 마음을 흔들었다. 이럴 때는 항상 책상에 팔을 올려 턱을 괴고 텅 빈 벽을 바라보며, 몽환의 그림자를 좇는다. 무언가 돌이켜 생각하려

2 「사쿠라이의 결별(桜井の訣別)」이라는 일본 창가의 가사 일부분이다.

해도 생각이 나지 않아 멍하니 있으니, 이번에는 천둥소리가 가까이서 들려왔다. 그러자 문득 아련히 눈앞에 떠오른 것은, 비에 젖은 용설란 화분이었다.

고노 집안의 요시〔義〕가 태어난 해이니, 벌써 십사오 년 가까이 지난 옛날이다. 나도 겨우 열 살 혹은 열세 살 정도였을 것이다. "오는 며칠에 요시오〔義雄〕의 첫 명절맞이 축하연[3]이 있으니 모두들 와 주십쇼." 하며 상투머리의 가네사쿠 할아범이 초대하러 왔는데, 그때 받은 홍백색 떡이 큼지막했던 것도 기억난다. 이윽고 그날이 와서 어머니와 둘이서 인력거를 타고 나섰다. 때마침 비가 내려 안이 갑갑했다. 내가 사는 동네에서 일 리(里)[4] 반 남짓, 자갈 밟히는 시골길을 흔들리며 달려 간신히 누님의 집에 다다랐다. 대문 곁의 작은 시내에 난 창포가 비를 맞고 시들어 있었다. 이미 많은 손님이 와 있었고, 어머니는 일면식 있는 사람 모두와 인사를 나눴다. 내가 그 뒤에 수줍게 서서 따분해하고 있으니, 마침 여기 사는 순이 나와서는 기다렸다는 듯 나를 이끌고 연못에 잉어를 보러 갔다. 누님 집에는 연못이 있어 좋겠다며 어린 마음에 부러워했다. 연못은 꽤 넓은 안뜰을 가득 차지했는데, 바깥의 시냇물이 마루 밑을 통해 이 연못으로 들어와 안쪽의 논으로 빠지는 흐름이었다. 연못에 커다랗고 알록달록한 잉어를 많이 기르고 있었다. 비에 불어나 탁해진 물 속에서 얌전히 헤엄치던 잉어들은 이따금 굉장한 소리를 내며 튀어 올랐다. 가장자리를 돌

---

3 하쓰젯쿠(初節句). 아이가 태어나 처음 맞는 명절에 가족, 친지를 불러 축하하는 행사.
4 약 3. 9킬로미터. 일본의 1리는 한국 1리의 10배.

로 둘러 장식한 연못 주변에는 가느다란 부처손, 종려죽 따위가 조금 있을 뿐이었다. 구석의 평평한 돌 위에는 커다란 용설란 화분이 있었다. 누님이 여기 시집왔을 때에 처음 그것을 보고 참 이상한 풀이라 생각했었는데, 지금도 고향의 누님을 생각할 때면 언제나 그 연못의 용설란이 떠오른다. 지금 떠오른 것이 바로 그 화분이다.

연못을 사이에 두어서 연못방이라 이름 붙은 사랑방의 맞은편에는 주방으로 이어지는 곳간의 널문이 있고, 그 위로 매우 세련된 중이층[5]이 자리했다.

그 시절 시골에서는 아이들의 첫 명절맞이 잔치가 벌어지면 보통 이틀간 이어졌고, 친인척은 물론 평소 잘 왕래하지 않는 먼 친척의 사촌, 육촌까지 오기도 했다. 개중에는 꽤 멀리서 와 묵고 가는 이도 있었다. 거기다 가까운 마을의 소작인, 오가는 직인(職人)까지 모두 모여 성대한 잔치가 되었다. 가까운 친족의 부인들이 모두 모여 음식을 마련하고 술을 따랐다. 그리고 도회에서 게이샤를 불러 흥을 더하는 게 관례인지라 이때도 두 명이 왔다. 게이샤들은 잔치 동안 계속 머무르기 때문에, 연못 맞은편의 중이층이 이들의 분장실이자 휴게실, 침실이 되었다.

저녁부터 한밤중까지, 온 집안이 몹시 바쁘고 떠들썩했다. 주방은 그릇 부딪치는 소리, 칼질하는 소리, 요리사와 하녀들이 허물없이 이야기하는 소리 따위로 매우 소란했고 고양이, 개 그리고 비를 피해 토방에 모여든 닭까지 더해져 한층 활기를 북돋웠다. 안방, 사랑방, 현관 할 것 없이 사람으로 꽉

5   보통의 2층보다 낮은 2층을 가리킨다.

12

들어찼고, 번잡함 속에서 머리 숙이며 인사를 나눴다.

　그 혼잡함을 뚫고, 인사로 숙인 머리에 밀리지 않으면서 객실로 주안상을 나르는 사람들의 왕래 역시 복잡함을 더했다. 또래가 많이 생겨 기쁜지 아이들도 위세 좋게 뛰어다녀 정신이 없었다. 천성이 내성적이던 나는 그런 떠들썩함에 흥미가 일지 않았다. 그래서 항상 그래 왔듯 저녁을 적당히 먹고, 뒤쪽 창고의 책장에서 『팔견전(八犬伝)』[6]과 『삼국지』를 꺼내, 시노와 도세쓰, 공명과 관우와 함께 놀았다. 이 공간은 여자들의 탈의실로 마련된 곳이라 사방에 매달린 횃대에 대나무 옷걸이가 걸려 있었고, 수수하거나 화려한 수많은 기모노가 일광욕을 하듯 늘어서 있었다. 분 냄새, 땀 냄새가 한데 섞인 묘한 향이 자욱한 가운데, 나는 시노가 하마지의 유령과 이야기 나누는 대목을 읽었다. 밤이 이슥해짐에 따라, 잔치는 더욱더 시끌벅적해졌다. 가락을 맞추는 샤미센 소리가 나더니, 청아한 노랫소리가 손에 잡힐 듯 들려왔다. 엇박자로 부르는 시골 민요에 맞추어 접시를 두드리는 소리도 들렸다. 한바탕 이어지던 노래가 그치나 했더니, 고요함 속에 별안간 채찍질을 하듯 누군가가 듣기 싫은 목소리로 크게 아우성쳤다.

　공수하여 고개 숙인 하마지와 한쪽 소매를 입에 문 시노 뒤로 그림자처럼 나타난 유령 그림을 보던 때, 스르륵 장지를 열며 사람이 들어왔다. 한창때는 지난 듯 보이는 게이샤였다.

6　『난소사토미핫켄덴(南総里見八犬伝)』을 말한다. 교쿠테이 바킨(曲亭馬琴)이 1814년부터 1842년까지 이십팔 년에 걸쳐 완성한 방대한 전기(伝奇) 소설로, 이름에 '犬' 자가 들어간 여덟 명의 전사가 등장한다.

내가 있든 없든 개의치 않고 횃대에 걸린 기모노의 소맷자락을 더듬었다. 무언가를 꺼내 오비에 끼우는가 싶더니 갑자기 내 쪽을 돌아보며 말했다.

"거기 계셨네요, 도련님."

그리고 나와 무릎이 닿을 정도로 다가와 앉아 그림을 들여다보며 말했다.

"어머나, 징그러워라. 귀신이네요."

머릿기름 내음이 향기로웠다. 둘이서 열중해서 그림을 보는 사이, 누군가 저쪽에서

"기요카 씨."

하고 불렀다. 게이샤는 말없이 일어나 방을 나갔다.

슌과 함께 안방에서 잠이 들 때까지도 잔치는 여전히 초저녁인 듯 떠들썩했다.

다음 날도 아침부터 비가 내렸다. 어젯밤의 활기와는 반대로 너무 조용하다 싶을 정도로 조용했다. 남자는 바깥쪽 객실, 여자는 안채 한곳에 모여 차분하게 이야기를 나눴다. 어머니와 누님은 벽장에서 아이 옷을 꺼내 펼쳐 놓고 대화를 나눴다. 신문을 펼쳐 놓고 조는 사람도 있었다. 술 냄새 자욱한 갑갑한 공기가 온 집 안에 가득했고, 모두가 기진맥진해 보였다. 통, 통 하고 생선이라도 다듬는 듯 단조로운 소리가 주방에서 온 집으로 울려 퍼지며 졸음을 불렀다. 중이층 쪽에서는 샤미센 타는 소리와 함께 "밤비에 혹시나 오실지……"하는, 낮고 윤기 있는 음조의 노래가 들려왔다. 곧 그 소리도 그치고, 처마에서 떨어지는 빗물이 송수관을 타고 내려가며 돌연 흐느끼듯 우는 소리를 냈다. 주방의 단조로운 소리가 다시금 울려왔다.

낮에는 또래들과 바로 이웃에 있는 별채에 놀러 갔다. 어른

들은 모두 누님 집으로 일을 거들러 가서 중풍으로 손발이 불편한 할아버지와 고용살이 할머니가 계실 뿐이었다. 평소 활기차던 집은 몹시 조용했고 도코노마에 걸린 긴타로와 종규(鐘馗)도 쓸쓸해 보였다. 고누, 장기짝 던져 맞추기 따위의 놀이를 해 봤지만 기분이 나지 않았다. 툇마루로 나와 보니 작은 정원을 감싸는 낮은 토담 너머로 온통 푸른 벼가 보였다. 비는 연기와도 같아, 멀지도 않은 하치만 숲과 기누가사야마를 수묵화처럼 어렴풋이 물들였다. 연둣빛으로 엷게 바림한 듯한 논에는 도롱이에 삿갓 차림을 한 김매는 사람들이 노란 점을 찍었다. 느릿한 가락의 졸음을 부르는 김매기 노래가 들려왔다. 노랫말은 알아듣지 못했지만, 단조롭고 구슬픈 소리로 스러지듯 길게 빼다, 일 절이 끝나고는 잠시 뜸 들였다가 다시 완만히 노래를 시작하는데, 이를 듣고 있자니 왠지 가슴이 메는 듯했고, 갑자기 집에 가고 싶어져 혼자 돌아왔다. 돌아와 보니 다시 손님이 늘기 시작해서, 어제와 같은 번잡한 인사치레가 나돌았다. 조금 전부터 머리가 무거워져 맘이 가라앉지 않았고, 남이 말을 걸어 오는 게 싫어서 혼자 서재에서 『팔견전』을 보았다. 하지만 금세 질려 버려, 잉어라도 보자는 생각으로 연못방에 가 보았다. 툇마루 기둥에 머리를 기대고 멍하니 섰다. 논에 물이 불어나며 흘러들어 온 개구리밥이 빗방울에 맞아 잠겼다 떠올렸다 하며 작은 물결을 일으키며 흘러갔다. 잉어는 구석진 바위 그늘에 옹기종기 모여 조용히 지느러미를 움직였다. 두꺼운 가시가 있는 용설란 잎이 빗물에 비쳐 반짝였다. 연못을 향해 난 중이층의 둥근 창으로 어젯밤에 만난 기요카의 쓸쓸한 얼굴이 보였다. 창틀에 턱을 괴며, 무슨 생각에 잠긴 듯 묽은 잿빛 하늘의 먼 곳을 바라보았다. 관자놀이에 붙인 두통고와 그것에 닿는 귀밑머리를 매만지며 나를 보더니, 가볍게 고개를 끄덕이며 한쪽 입꼬리를 올려 웃었다.

저녁 때, 어머니께서는 집을 너무 오래 비우면 안 된다며, 누님이 더 있다 가라는데도 돌아간다고 하셨다.

"너도 집에 가야지."

하는 말을 들으니, 집에 가는 게 왠지 아쉬워서

"으응."

하고 코맹맹이 소리로 모호하게 답했다. 누님이

"애는 괜찮지요. 어때, 하루 더 자고 갈래?"

하고 권했다. 여기에도

"으응."

하고 콧소리로 대답했다.

"자고 오는 건 좋은데, 누나 애먹이지 말아라."

어머니는 이렇게 말씀하시고 이내 혼자서 집에 갈 채비를 하셨다. 역참에서 불러온 인력거가 와 있어 누님과 대문에서 배웅해 드렸다. 인력거가 버드나무 번소(番所) 네거리를 돌아 보이지 않게 되자 어쩐지 마음이 불안해졌고, 같이 집에 갔어야 했는데 하는 생각이 들었다.

"자, 들어가자."

누님 손에 끌려가듯 안으로 들어갔다.

머릿속이 점점 복잡해져 불안했다. 어머니와 함께 집에 갔으면 좋았겠다고 마음속으로 되뇌었다. 뿌연 안개비가 내리는 논두렁길을 흔들리며 가는 인력거의 뒤를 쫓는 듯한 기분이 들었고, 우리 집 대문에 심긴 그리운 버드나무가 마음속에 요동쳤다. 소란스럽고 살풍경한 잔치에 무슨 미련이 있어 돌아가지 못했을까. 돌아가고 싶다, 지금이라도 돌아가고 싶다고, 변소 가장자리에 서서 남쪽을 바라보며 나뭇가지에 걸린 종이 인형에게 빌었다. 비 오는 날의 황혼이 어느덧 처마 밑으로 바싹 숨죽여 다가오고 땅거미 지는 외로운 시각이 되었다. 집 안은 점점 활기를 되찾았다. 신바람 난 웃음소리가 머릿속에 울려 외로움만 더해 갔다.

　누님에게 몸이 조금 안 좋아서 쉰다고, 망설이던 그 말을 겨우 하고 일찍 잠자리에 들었다. 연두색 바탕에 살구색으로 학 무늬를 크고 둥글게 속속 수놓은 이불이 지금도 마음에 남아 있다. 정신이 맑아 졸릴 성싶지도 않았다. 천장에 매달린 금색, 은색의 파리 퇴치용 유리구슬에 누워 있는 작은 내가 비쳐 보이자, 묘하게 정신이 멀어져서 몸에서 점점 떠나가는 듯한 정체 모를 불안한 기분이 들었다. 지금쯤 집에 도착한 어머니가 불단 앞에서 뭔가 빌고 계시리라는 생각을 하니 까닭도 없이 슬퍼졌다. 누님의 집에 넘치는 활기보다 우리 집에 감돌 쓸쓸함이 몸에 스며들었다. 여러 생각을 하며 이불자락을 물고 있는 사이, 눈초리에서 눈물이 흘러 관자놀이를 타고 베개에 스며들었다. 잔치 자리에서「밤비」를 노래하는 소리가 들려왔다. 연못의 용설란이 눈에 떠오르더니, 기요카의 얼굴이 나타나 한쪽 입꼬리를 올리며 웃는다.

　이날 밤, 무시무시한 천둥이 비구름을 내쫓았다. 아침에는 날씨가 완전히 개어 눈부신 햇빛이 신록을 비췄다. 일찍 일어나 세수를 하니 머리도 산뜻했다. 생기를 되찾아 공원에서 공을 던지고 시냇가에서 밤낚시를 하며 뛰어다녔다.

　요시는 훌륭히 자랐지만, 용설란은 이제 없다.

　천둥은 그쳤다. 내일은 맑을 듯싶다.

도요새잡이

벳차쿠(別役) 누님[7]이 오셔서 마루 끝에서 이야기를 나누고 있었는데, 요타로가 주방 쪽에서 나를 부르며 뒷논에 도요새를 잡으러 가지 않겠느냐고 물었다. 나는 한 번도 간 적이 없는 데다 병을 치른 후인지라, 다다미방에서 책을 보고 계시는 아버지께 가도 되겠는지 여쭈었다. 그러자 가는 건 좋으나 양산을 쓰고 가라 하시기에, 모자를 쓰고 허름한 양산을 들고 뒷문으로 갔다. 요타로는 벌써 그물을 준비하고 기다리고 있었다.

"벳차쿠 세이(精)[8] 님이 요전부터 계속 데려가 달라고 하시던데."

"그래? 그럼 부르지 뭐."

하녀를 보내니 머지않아 와서, 다 같이 뒷문을 나섰다. 메뚜기가 놀라 발밑에서 뛰었다.

---

7 데라다의 손위 누이 고마(駒). 열아홉 살 연상이다.
8 고마의 막내 아들. 데라다의 조카.

"더러워져도 괜찮도록 옷을 갈아입고 왔구나."

세이는 말없이 싱글벙글했다. 발에는 뒤축이 헤진 조리
〔草履〕를 신고 있었다. 개울을 건너 세 번째 집 쪽으로 나갔
다. 곳곳에서 벼를 베고 있었다. 수확한 벼는 두렁에 쌓여 있
고, 벼를 훑는 여자들의 붉은 띠가 여기저기서 보였다. 잠자리
가 발밑에서 날아올라 저쪽의 작은 돌 위에 앉았다. 눈알을 빙
글빙글 굴리다 또 앞의 작은 돌로 날아갔다. 도랑에 미꾸라지
가 들어앉아 물이 흐려졌다. 요타로가 신축 저택의 뒤쪽으로
방향을 틀었다. 나와 세이는 한 정(町)[9]가량 뒤에서 쫓아갔다.
북쪽 산봉우리에 구름이 걸리고 햇볕이 내리쬐어 신축 학교
의 지붕이 반짝였으나 바람은 서늘했다. 요타로가 손을 들기
에 우리는 멈춰서 길에 웅크렸다. 구마가와[10] 둑과 나란히 선
벼 그루에 움쳐가 나 있는데 그 속에 도요새가 있는 모양이었
다. 그물을 비스듬히 내리고 기회를 노렸다. 우리도 숨죽이며
보고 있었는데 순식간에 머리 위에서 파다닥 소리가 났다. 양
산에 앉아 있던 잠자리는 다른 놈과 부딪쳐 도랑에 떨어질 뻔
하다가 획 갈라섰다. 개천에서 되비치는 햇빛 때문에 얼굴이
탈 것 같았다. 요타로는 계속 기회를 노리면서 밭을 돌았다.
아무래도 도요새는 없는 것 같았다. 뒤쪽에서 워어워어 하는
사람이 있기에 뒤돌아보니, 대여섯 간(間)[11] 뒤의 갈림길 돌다
리 위에 말이 서 있었다. 그 뒤를 따르는 것은 열대여섯 살쯤
되어 보이는 흰 수건을 뒤집어쓴 낯빛 검은 여자아이였다. 말

9   1정은 약 109미터.
10 현재의 고치 현 고치 시를 흐르는 하천.
11 1간은 약 30센티미터.

이 어디로 갑쇼 하는 모양으로 멈춰 서 있으니, 여자아이는 말의 배 아래로 기어 나와 앞으로 와서는 다시 워어워어 하면서 새 저택 쪽으로 몰고 갔다. 도요새는 아직도 보이지 않는 듯했다. 요타로도 조금 지친 기색이었다. 또 그물을 높이 쳐들고 휘두르자 도요새 한 마리가 파다닥 달아나 둑을 넘더니 보이지 않게 되었다. 요타로가 손짓하는 대로 발이 푹푹 빠지는 두렁을 따라 둑에 올라오자, 세이의 발밑에서 또 한 마리가 뛰쳐나와 높이 날아갔다. 도요새는 두세 번 크게 돌다 동쪽으로 내려갔다.

"이제 어디로 내려가야 할까요?"

"저기 나무가 두 그루 있군. 저 서쪽에는 뽕나무가 있겠지. 저 아래쯤 있을 것 같다."

요타로는 말없이 둑을 내려갔다. 둑에는 온통 참억새, 들싸리, 가시나무가 우거져 옷에 걸렸다. 그런데 착각을 한 것인지 요타로가 이상한 쪽으로 나아갔다. 소리쳐야 되나 싶었지만 새를 놀래서는 안 될 것 같아 삼가고 있으니 과연 도요새가 달아나 버렸다. 요타로가 혀 차는 소리를 내며 새를 몬 것 같았는데 무안했던지 이쪽을 보고 크게 웃었다. 그리고 나무 그늘로 가 발을 뻗고 앉아서 우리에게 손짓했다.

"뭐 한숨 돌리면 운이 돌아올지도 모르지. 담배 줄까?"

"이야, 고맙습니다. 어제는 이 작은 그물로 여섯 마릴 잡았는데 말이죠."

당장에라도 솜씨를 보여 줄 기세였다.

들국화가 홀로 흐드러져 있었다.

"세이. 어때, 재밌어?"

"더워."

세이가 대답하면서 밀짚모자를 벗고 통소매로 이마를 닦았다.

"자아, 슬슬 갑시다. 좀 더 아래로 가 봅시다."

오즈 신사 뒤로 덤불가를 지나 아래로 아래로 걸어갔다. 여기저기서 왕겨를 키로 까불고 있었다. 닭은 좋아라 하며 흐른 쌀을 주워 먹었다. 아이들이 냇가에서 뭔가를 낚는다.

"붕어인가."

"응."

세이의 친구인 것 같았다. 어느새 요타로가 보이지 않는다 싶더니 저 건너 볏가리 그늘에서 손짓하고 있다. 땀을 뻘뻘 흘리며 갔다. 길 위에서는 벼를 훑고 있었다.

"미안합니다."

"앗, 방해해서 죄송합니다."

우리가 방해가 되었던 것이다. 저쪽을 보니 요타로가 벼를 다 벤 밭에서 기묘하게 허리를 굽힌 자세로 그물의 중간쯤을 쥐고 달리고 있었다. 그러자 세이가

"있다, 있어. 요타로가 저렇게 뛰어다니니 분명 도요새가 있어."

하고 말했다. 과연 요타로는 열심히 한 점을 응시하며 그 점 주위를 짧은 보폭으로 돌고 있었다. 그러다 그물 장대를 펼치더니 갑자기 발을 재촉하며 그물을 던졌다. 검은 것이 달아나는가 싶더니 그물에 걸렸다. 파닥대고 있었다. 요타로가 달려갔다. 세이도 달려갔다. 어여쁜 도요새였다.

"어디 보자."

세이는 서둘러 받아들고는 다리를 쥐고 날개를 파닥이는 새를 가리켰다.

"예쁜 새다. 예쁘지 않아?"

"놓치면 안 됩니다."

"놓칠까 보냐."

빨리 숨통을 안 끊으면 먹을 고기가 적어진다면서 요타로가 새의 옆구리를 꼬집으니 숨이 푹 끊어졌다. 연약했던 것이다. 이게 첫 수확이었고, 그 후에는 잡고 또 잡았다. 도요새 말고도 검은가슴물때새 새끼도 한 마리 잡았다. 요사이 이렇게나 신이 났던 적이 없었다.

"오늘 밤에 도요새 귀신이 온대."

"오면 옆구리를 콱 집어 주지."

도토리

벌써 몇 해가 흘렀는지 생각나지 않지만 날짜만은 기억한다. 연말을 코앞에 둔 26일 밤이었다. 아내는 하녀를 데리고 시타야로, 마리지천[12]을 참배하러 집을 나섰다. 10시가 넘어 돌아와서는 소맷자락에서 긴쓰바[13]와 군밤을 꺼내, 내가 노트를 보고 있는 책상 한편에 살짝 올려 두고 변소에 갔다. 그러더니 잠시 뒤에 새파랗게 질린 얼굴로 나와서는 책상 옆에 앉기가 무섭게 기침을 하며 피를 토했다. 나만 놀란 것은 아니었다. 그때 핏기가 사라진 내 얼굴을 보고 마음이 더 무거웠다고, 훗날 아내가 이야기해 주었다.

이튿날 약을 받아 온 하녀가 느닷없이 휴가를 달라고 말했다. 동네 분위기가 어수선하고 심부름 나갈 때마다 못된 희롱을 당하니 무섭고 불안해 못 견디겠다는 묘한 이야기를 했다. 보다시피 병인(病人)이 있는데 당신이 이대로 가 버리면

---

12 도쿠다이지(德大寺)에 봉치된 불상. 시타야는 도쿄 다이토 구의 한 지역.
13 팥소를 얇은 피로 감싼 화과자의 한 종류.

나는 어쩔 도리가 없다, 적어도 대신할 사람이 올 때까지 기다려 달라고 붙잡았다. 아직 일개 서생이긴 하나 어쨌든 한 집의 가장이 눈물까지 내비치며 청해선지 그날은 간신히 마음을 접은 듯 보였다. 하지만 날이 밝자 고향에 있는 부모가 큰 병에 걸렸다든가 하는 이유를 대며 기어이 떠나고 말았다. 이때 외상값을 받으러 온 인력거집 아주머니에게 누구라도 좋으니 사람을 좀 구해 달라고 부탁해서 미요라는 여자를 소개받았다. 다행히 마음씨가 곱고 정직했다. 약간 맹한 구석이 있어 너구리가 인간으로 둔갑할 수 있다는 말을 믿기도 했지만, 야무지게 병간호를 했고 혼나도 삐치지 않았다. 물론 가끔 실수도 했다. 세숫물 푼주를 들고 가다 다다미방 한복판에서 놓쳐 물바다를 만들거나 고다쓰에 이불을 빠뜨리고 자다 이불에서 다다미까지 지름 한 자쯤 되는 새카만 구멍을 만들기도 했다. 그래도 미요에 대한 고마운 마음은 지금까지도 바래지 않았다.

병인에게 차도가 보이지 않는 사이에 해는 속절없이 저물고 말았다. 새해맞이 준비도 해야 하는데, 무엇을 사고 어떻게 해야 하는지 알지 못했다. 그래도 미요가 병인의 말을 듣고 거기에 자기 생각도 보태 가며 종일 정신없이 움직였다. 섣달그믐날엔 자정이 지난 시간에 장지가 심하게 찢어진 것을 발견했다. 그것이 못내 신경 쓰였는지 외투에 두건을 뒤집어쓰고 모리카와초로 오 리(厘)짜리 풀을 사러 가기도 했다. 미요는 그날 새벽 3시가 넘도록 무스비곤냐쿠[14]를 만들었다.

세상은 경사스러운 정월을 맞았고, 온화한 날씨가 이어졌

14 곤약으로 꽈배기 모양을 내는 일본의 명절 음식의 하나.

다. 병자도 조금씩 좋아졌다. 바람 없는 날에는 햇살 비추는 툇마루에 나와 하염없이 종이학을 접거나 아끼던 인형의 옷을 짓기도 했다. 흐리고 추운 날에는 이부자리에서 「검은 머리」 같은 곡조를 연주할 정도로 나아졌다. 하지만 가끔은 불안한 듯 푸념을 늘어놓으며 나와 미요의 걱정을 사기도 했다. 아내는 당시 임신 중이었고, 다가올 5월에 초산이라는 큰 난관을 앞두고 있었다. 게다가 열아홉 살은 운수가 사납다는 액년이었다. 미요가 휴가로 본가에 가 있는 밤, 초겨울 찬바람 소리에 섞이는 옆방에서 자는 아내의 숨소리를 들으며 책상 앞에 앉아, 램프를 바라보며 긴 한숨을 내쉬기도 했다. 아내는 의사의 그때뿐인 위로를 굳게 믿어 정말로 일시적인 기관 출혈이라 생각했던 것 같다. 그렇게 믿고 싶었을 것이다. 그래도 어딘가 불안한 마음은 있었는지, 가끔 이렇게 묻곤 했다.

"진짜로 폐병이어도 나을 수 있겠지요?"

또 어떤 때는

"당신, 날 속이고 있지요? 그렇죠?"

하고 성가시게 물으며 내 낯빛을 읽으려 들었다. 나는 그 애원하는 듯 걱정스러운 눈빛을 보기가 괴로워,

"바보 같으니. 그럴 일 없다 하면 없는 줄 알아!"

하고 매정하게 답했다. 그래도 이 말로 잠시나마 만족할 수 있었던 모양이다.

병은 조금씩 나아졌다. 2월 초에는 목욕도 하고 머리도 묶을 수 있었다. 인력거집 아주머니는

"이제 다 나으신 것 같네요."

하고 제멋대로 결론 내리며 주머니에서 슬쩍 계산서를 꺼내 내밀었다. 그러고는

"정말 다행이에요. 완쾌하셔서."

하고 말했다. 의사에게 물어보니 좋다 나쁘다 말도 없이,

"아무래도 지금 임신 중이니까요. 오는 5월이 정말 중요합니다."

하고 불안한 말을 했다.

그래도 아내는 조금씩 나아졌다. 그달의 십 며칠이었다. 바람이 불지 않는 포근한 날, 의사에게 허락을 받았으니 식물원에 데려가 준다고 하자 아내는 매우 기뻐했다. 외출할 요량으로 마당에 나왔는데, 아내는 머리가 엉망이라며 곱게 정리하고 올 테니 조금 기다려 달라고 했다. 주머니에 손을 넣고 툇마루에 걸터앉아 쓸쓸한 작은 마당을 둘러보았다. 작년에 시든 국화가 뽑힌 채 가엾게 썩어 가는데, 거기에 무슨 종잇조각이 걸려 바람도 불지 않는데 추운 듯 떨고 있었다. 세숫물이 담긴 푼주 맞은편의 매화나무에는 꽃 두 송이만이 활짝 피어 있었다. 자세히 보니 만들어 붙인 꽃이었다. 아마 병자의 장난이리라. 장지의 유리 너머로 들여다보니, 아내는 경대 앞에 앉아 머리카락을 모아 쥐고 늘어뜨린 채 빗질하고 있었다. 머리를 조금 매만지는가 싶었는데 다시 새로 틀어 올리는 듯 보였다. 그만하고 빨리 나오라고 보챈 뒤에 방으로 돌아와 다다미에 모로 누워 아침에 보던 신문을 펼쳤다. 또 빨리 안 하느냐고 큰 소리로 재촉했다. 그리 다그치니 오히려 안 된다는 대답이 돌아왔다. 아무 말 없이 주방 옆을 돌아 대문 밖으로 나섰다. 행인이 오가며 빤히 쳐다보기에 어쩔 수 없이 걸음을 내디뎠다. 어슬렁거리며 동네를 반 바퀴나 돌아 다시 집에 왔는데 아직도 나오지 않은지라, 아까와 반대로 주방을 돌아 툇마루를 건너 들여다보았다. 그랬더니 나잇값 못하고 엎드려 우는

26

아내를 미요가 보듬고 있었다. 나더러 너무하단다. 혼자서 어디든 다녀오란다. 그렇게 여차여차 미요가 아내를 어르고 달랜 뒤에야 겨우 밖으로 나섰다. 정말 좋은 날씨였다.

"마음이 증발해 봄 안개가 될 것 같은 날이구나."

하고 말하니 한 간쯤 뒤떨어져 셋타〔雪駄〕를 끌며 힘겨운 듯 따라오던 아내는 "네에." 하고 건성으로 답하고 억지로 미소 지었다. 이때 처음 눈에 띄었는데, 과연 오비〔帶〕를 맨 배 부분이 보통 사람보다 훨씬 크다. 걸음걸이도 이상했다. 그런데도 아내는 아무렇지도 않게 따라왔다. 아내를 미요와 둘이 보내면 좋았을 텐데 생각하면서 말없이 발걸음을 서둘렀다. 식물원 정문을 통과해 곧장 넓은 언덕을 올라 왼쪽으로 꺾었다. 온화한 햇빛이 넓은 동산에 가득 차고, 꽃과 녹음이 없는 지반은 모두 잠들어 버린 듯했다. 달그락달그락 게다 소리를 내며 시골 아주머니 네댓이 여우에 홀린 듯한 얼굴로 온실을 빠져나왔다. 우리는 그들을 스쳐 들어섰다. 활력으로 가득한, 습한 열대의 공기가 콧구멍으로 들어와 뇌를 뒤덮었다. 평소에 야자나무와 류큐 파초가 지금보다 더 자라면 온실 지붕은 어떻게 될까 하는 생각을 했었는데, 그날도 마찬가지였다. 하와이라는 곳에는 폐병이 전혀 없다고 한 누군가의 말을 떠올렸다. 아내가 짙은 녹색에 붉은 반점이 새겨진 풀잎을 만지기에,

"이봐, 손 떼. 독이 있을지도 모르잖아."

하고 말했다. 그러자 아내는 당황하며 손을 떼고는 꺼림칙한 얼굴로 손끝을 보며 살짝 냄새를 맡았다. 회랑 곳곳에는 붉은 꽃이 피었고, 그 사이로 다른 사람의 여유로운 얼굴도 보였다. 아내는 왠지 몸 상태가 안 좋아졌다고 했다. 안색은 그리 나빠 보이지 않았다. 갑자기 뜨뜻미지근한 곳에 들어온 탓

이리라.

"당신은 빨리 밖에 나가는 게 좋겠어. 난 조금 더 보다 갈 테니."

하고 말했더니 잠시 망설이다 내 말대로 밖으로 나갔다. 붉은 꽃만 보고 바로 나가려 했으나 인파에 치이다 조금 늦어졌는데, 겨우 나오고 보니 아내가 보이지 않았다. 어디에 갔나 싶어 주위를 둘러보자 저 멀리 벤치에 힘없이 기대앉아 이쪽을 보고 미소 짓고 있었다.

동산의 고요함은 전과 다름없었다. 눈에 보이지 않는 햇빛의 힘이 지상의 모든 활동을 살며시 누르는 듯했다. 기분이 말끔히 나아졌다기에 말했다.

"이제 슬슬 집에 갈까."

그러자 아내는 조금 놀란 듯 내 얼굴을 보며,

"모처럼 나왔으니, 조금만 더 있어요. 연못에도 가 봐요."

하고 말했다. 일리 있는 말이다 싶어 그쪽으로 향했다.

내리막길에 접어들자 아래에서 대학생 두어 명이 새된 목소리로 아리스토텔레스가 어쨌다느니 하는 얘기를 하며 올라오고 있었다. 연못의 작은 섬에 있는 정자에서, 서른 즈음으로 보이는 안경을 쓴 품위 있는 부인이 해군복을 입은 사내아이가 작은 여자아이와 노는 모습을 바라보고 있었다. 사내아이는 돌멩이를 얼음에 미끄러지게 던지며 상쾌한 소리를 냈다. 벤치에는 몹시 구겨진 종이 위에 얹힌 커다란 카스텔라 덩어리가 있었다.

"우리 아이도 저런 여자애였으면 좋겠어요."

아내가 평소 하지 않던 말을 했다.

출구를 향해 언덕을 따라 내려갔다. 이제 구경할 것도 없었다.

"어머, 도토리가!"

뒤에서 아내가 별안간 큰 목소리를 내며 길섶의 낙엽 속으로 들어갔다. 정말로 도토리가 낙엽에 섞여, 얼어붙은 흙바닥 위를 굴러다니고 있었다. 아내는 그 자리에 웅크리고 앉아 열심히 줍기 시작했다. 얼핏 보기에도 왼손이 가득 찼다. 나도 한두 개를 주워 저쪽의 변소 지붕으로 던졌더니, 대그락대그락 구르며 반대편으로 떨어졌다. 아내는 오비 안에서 손수건을 꺼내 무릎 위에 펼치고 열심히 주워 모았다.

"이제 대강하는 게 어때. 바보 같잖아."

재촉하듯 말해 보았지만 좀처럼 그만둘 것 같지도 않아서 변소에 갔다. 돌아와 보니 아직도 줍고 있었다.

"대체 그렇게 주워서 어쩌려고."

하고 물으니 재미있다는 듯 웃으며,

"그래도 줍는 게 재밌잖아요."

하고 답했다. 손수건 한가득 주운 도토리를 소중한 것처럼 감싸 묶기에 이제 그만할 줄 알았는데, 이번에는

"당신 손수건도 빌려줘요."

하고 말한다. 결국 내 손수건에까지 도토리 몇 홉을 채우고는, 혼자서 좋아라 하며 말했다.

"이제 됐어요, 가요."

도토리를 주우며 기뻐하던 아내는 이제 없다. 묏자리에는 이끼꽃이 몇 번인가 폈다. 산에는 도토리가 떨어지고, 직박구리 우는 소리에 낙엽이 진다. 2월에 새해 들어 여섯 살이 된, 아내가 두고 간 딸을 데리고 그 식물원에 놀러 가서 예전처럼 도토리를 줍게 했다. 이런 사소한 것까지 유전이 되는 건지,

아이는 아주 재미있어 했다. 대여섯 개 주울 때마다 숨을 헐떡이며 내 옆으로 달려와, 손수건을 펼쳐 놓은 내 모자 속에 던져 넣었다. 점점 늘어나는 도토리를 들여다보며 볼을 붉히고, 기쁨에 녹을 듯한 얼굴을 내비친다. 아내의 옛 모습이 그 천진난만한 얼굴 한편에 나타남을 엿보며, 엷어져 가는 예전 기억을 떠올렸다.

"아빠, 커다란 도토리. 여기도, 여기도, 여기도, 여기도, 여기도, 다 커다란 도토리."

하고 흙이 잔뜩 묻은 작은 손가락으로 모자 속에 켜켜이 쌓인 도토리 머리를 하나씩 쿡쿡 찌른다.

"큰 도토리, 작은 도토리, 모두 똑똑한 도토리 친구들."

하며 엉터리 창가를 부르더니 다시 도토리를 줍기 시작한다. 나는 그 허물없는 옆모습을 가만히 바라보며, 먼저 간 아내의 단점과 장점, 도토리를 좋아하는 것도 종이학을 잘 접는 것도 전부 물려받아도 상관없지만 처음과 끝이 비참했던 제 어미의 운명만큼은 절대 이 아이에게 되풀이시키고 싶지 않다고, 그렇게 절실히 생각했다.

폭풍

처음 이 해변에 온 것은 울타리 아래로 황매화가 지는 봄날 저녁이었다. 해변에 배가 닿아도 유객하는 사람은 오지 않았다. 홀로 짐을 메고 생선 냄새나는 어촌을 지나, 들은 대로 방파제를 따라 두 정 정도 가서 집을 찾았다. 간신히 그 집 뒷문에 들어서자, 문 곁에 버린 조개껍데기 더미 위로 황매화가 흩어져 있는 것이 보였다. 이튿날 아침에 보니 황매화 울타리 뒤로는 뽕밭이고, 그 사이에 목련 두세 그루가 있어 아름답게 꽃이 피어 있었다. 그것도 곧 지고 잎이 무성해지며 여름이 왔다.

이 집은 원래 요릿집이었던 것을 고쳐 여인숙으로 만들었다는데, 2층의 객실은 부지에 걸맞지 않게 컸다. 나는 요양을 위해 잠시 머무를 생각이라, 칠 번(七番)이라 패가 붙은 아래층의 작은 방을 빌렸다. 꽤 넓은 뜰이 있고, 뜰과 뽕밭의 경계로 삼은 배의 널조각에는 이 집에서 기르는 얼룩 고양이가 자주 와서 낮잠을 잔다. 바람이 불면 담장 밖의 버들이 나부낀다. 2층에 손님이 없을 때에는 큰 객실 한가운데로 의자를 가지고 나와, 다다미 서른 장짜리 공간을 독차지하며 바다를 바라본다. 오른편에는 소메야 곶, 왼편으로는 노이 곶, 바다에는 고노시마 섬이 아침저녁으로 다른 색채를 보인다. 3시쯤부터는 벌써 어선이 돌아오기 시작한다. 구로시오 해류에 씻기는 이 바닷가의 물결은 짙은 쪽빛 무늬를 그리고, 빛나는 하얀 돛이 저녁놀과 함께 강한 인상을 주는 생생한 경관이다. 이 모습은 아름다우나, 밤의 뱃노래는 쓸쓸하다. 듣고 있으면 까닭 없이 마음이 저미어 온다.

이곳에 온 당시에는 귀에 익지 않은 바람 부는 밤의 물결 소리에 눈이 뜨였고, 저 멀리 뜨문뜨문 스러지는 노랫소리를 쓸쓸해하였으나 익숙해지니 근심도 되지 않았다. 여인숙 사람들도 친해지고 보니 영업 투와는 다른 친절함도 있어 기쁘다. 비가 내려 해변에 나가지 못하는 밤에는 계산대의 다화(茶話)에 부름을 받고, 때로는 숙박인 신고를 도와주기도 했다.

여인숙의 주인은 예순 남짓한 여성이었다. 낮에는 대개 바다에 고기를 잡으러 나가기 때문에, 여인숙 일은 요리사 겸 지배인인 다쓰(辰) 씨에게 일임하고 있는 것 같다. 바다에서 돌아오면, 잡은 것을 구워 세 마리의 고양이에게 아낌없이 준다. 고양이는 얼룩과 검정, 점박이다. 밤중에 할머니가 깨었을 때, 한 마리라도 없으면 고양이를 부르며 온 집을 헤집는 통에 가끔 손님에게 폐를 끼치기도 했다. 이 할머니에게 여러 손님들의 사연도 듣게 되었다. 도둑이 큰 상인으로 가장하고 묵었던 이야기, 현청의 관리가 어부와 한통속이 되어 부정을 저지른 일화 등이다. 대개는 묻지도 않았는데 하는 이야기였다. 그중에는 슬픈 이야기도 있었다. 몇 년 전 여름, 2층에 묵은 젊고 아름다운 부인이 폐병으로 임종을 맞이했다는, 소설로 읽으면 진부할 이야기도 그런 식으로 들으니 눈물이 났다. 해변의 비 오는 밤에 차를 마시며 나눈 이 이야기들은 지금도 마음에 남아 있다. 하지만 그 이야기보다, 바닷바람에 거무튀튀해진 할머니의 얼굴이나 담장의 황매화보다 마음에 깊이 저미어 잊을 수 없는 것이 하나 있다.

여인숙 뒷문으로 나와 둑에 올라서 오른쪽으로 꺾으면, 솔밭 근처에 유달리 큰 흑송이 있었다. 이 흑송이 바닷바람에 굽은 우듬지를 둑 밑으로 드리워 초가지붕에 해묵은 낙엽을 쌓았다. 그 소나무 뿌리께에 오두막 같은 것이 하나 있었다. 땅을 파고 대나무를 세워 만든 기둥에, 지붕은 뼈대밖에 없는 장지문에 거적을 덮은 것이었다. 사람이 살 것 같지는 않았는데, 안을 들여다보니 나란히 깐 널판 위로 해진 이불이 굴러다니고 있었다. 이불이라고 하면 이불, 헌 솜이라고 하면 헌 솜이다. 오두막 바로 앞에 노점 같은 것이 차려져 있는데, 지저분한 가마니를 나란히 깔고, 말여물로 쓰일 법한 감자 끄트러기와 모래 먼지에 변색된 막과자가 조금, 그리고 하국(夏菊)을 꽂아 둔 맥주병이 한쪽에 세워져 있었다. 가게 처마에는 청색과 적색의 조붓한 종이에, 우타(歌)나 하이쿠(俳句)를 휘갈긴 것이 빈틈없이 매달려 바람에 날렸다. 이렇게 이상한 가게로 이런 물건을 사러 오는 사람이 있을까 미심쩍었는데, 실제로 손님을 본 적이 한 번도 없었다. 그런데도 가게는 항상 열려 있었고 맥주병에 장식된 꽃이 시들어 있는 일은 없었다.

그 누구도 사정을 알 수 없는 이 노점에는, 속을 알 수 없는 구마 씨가 살았다.

나는 해변으로 나갈 때 늘 이 노점 앞을 지나 둑을 내려가기 때문에 구마 씨와는 매일같이 얼굴을 마주쳤다. 토왕지절(土旺之節)의 햇빛은 좁은 둑 가득히 서늘한 솔 그림자를 던지는 것으로도 모자라, 아래의 고구마밭까지 그림자를 드리우려 기어가곤 했다. 햇빛이 지나는 길에 크고 둥근 돌이 있는데, 이 돌이 구마 씨를 위한 좋은 의자가 되어 주었다. 구마 씨는 이미 쉰을 넘긴 듯 보였지만 다부진 골격에 얼굴이 언제나 구릿빛으로 빛났다. 머리가 너절하게 길어서 시커매져 있는가 하면, 아까운 기색 없이 빡빡 밀어 버린 모습을 볕에 내놓으면서도 덤덤했다.

입은 옷은 어디의 사환이 입던 두꺼운 무명 웃옷에, 적갈색의 바지는 죄수복이었을 것이다. 천성적으로 입이 무거운 듯했는데 지나가는 어부가 한마디 건네면 "오." 하고 무겁고 탁한 목소리로 응답을 했다. 빈곤에 가라앉은 어두운 목소리가 아니라 힘 있는 맹수가 울부짖는 소리 같다. 늘 무섭도록 진지한 얼굴로 담배를 피며 앞바다 쪽을 보았다. 처음에는 화가 나 있는가 싶었지만 그렇지는 않았던 것 같다. 그것이 언제 보더라도 변함없는 구마 씨의 얼굴인 것이다.

처음에는 그 이상한 가게, 이상한 구마 씨를 꺼림칙하게 생각했지만, 익숙해지고 나니 그런 느낌도 사라졌다. 솔밭 부근에 그런 가게, 그런 사람이 있음이 지극히 자연스러워져서, 구마 씨의 인생이나 그 가게의 사정에 관해 상상을 하거나 남에게 물어볼 마음이 조금도 나지 않았다. 만일 그대로 아무 일 없이 헤어졌다면 지금쯤은 구마 씨를 까맣게 잊어버렸겠지만, 어떤 사건 때문에 구마 씨의 모습이 지금도 눈앞에 선하다.

어느 날 밤, 해변을 흔드는 폭풍이 날뛰었다.

폭풍 전날의 초저녁, 나는 어두운 2층 난간에 기대고 바다를 바라보았다. 오후부터 심상치 않던 구름의 움직임이 빨라지며, 북으로 북으로 흘러갔다. 저녁노을의 색도 평소와 다르게 암황색을 띠어 무시무시하다고 생각한 사이에, 그것마저 사라지고 저물어 가는 짙은 잿빛 하늘에 갈기갈기 찢어진 뭉게구름이 악몽처럼 끝도 없이 바다로부터 덮쳐 왔다. 바닷속은 시커멓고, 고기잡이 불 하나 보이지 않았다. 습기를 띤 커다란 별이 보이다 안 보이다 하며 구름 틈에 반짝였다. 평소라면 저녁뜸 때문에 무덥고 답답할 시간이지만, 그날 밤에는 묘하게 습하고 차가운 바람이 불어와 수차례 둑 아래 뽕밭을 휩쓸고는, 어두운 도코노마에 걸린 족자를 펄럭이게 했다. 눈에 보이지 않는 혼이 들어와 풀이며 나무며 처마의 풍경(風磬)을 움직이는 것 같았다.

해변에 모닥불을 피운 것이 보였다. 매일 밤 그날 잡은 가다랑어를 갈라 굽는 것인데, 바닷가의 어둠을 헤치고 타오르는 불꽃이 아름다웠다. 그 불꽃은 모닥불 주위로 움직이는 사람의 그림자를 선명하게 드러나게 했는데, 불꽃이 나부낄 때마다 그것이 휘청휘청 흔들려 왠지 모르게 무서웠다. 하라미 [孕][15] 끝 이면에 정박해 있는 범선의 푸른빛 현등(舷燈)이 크게 넘실거린다. 곶 위로는 어렴풋이 경보 등대의 붉은 등이 들어와 물결에 비친다. 어디선가 "어이." 하고 사람을 부르는 목소리가 바람을 경계로 어둠에 울린다.

폭풍이구나 생각하며 2층에서 내려와 방으로 돌아갔다. 책상 앞에서 뒹굴다 파초 잎이 두껍닫이를 때리는 소리를 들으면서, 다가오는 폭풍의 장대함을 그려 보았다. 바다 밑바닥부터 무겁게 웅웅거리는 소리가 멀리서 들려왔다.

이런 쓸쓸한 밤에는 이야기를 나눠야지 하는 생각에 계산

---

15   고치 현 우라도 만의 바다에 면한 끝 부분과 그 해협을 가리킨다.

대로 갔다. 할머니는 네모난 화로 앞에 앉아서 얼룩 고양이를 무릎에 올린 채 졸고 있었다. 다쓰 씨는 작은 목소리로 기다유〔義太夫〕[16]를 웅얼거리며, 생선 뼈를 처리하고 있었다. 여자 종업원들의 방에서는 명랑한 웃음소리가 넘쳤다. 바깥 경치와 반대로 이곳은 여느 때처럼 평화로웠다.

폭풍 얘기가 나오자 할머니는 오랜 기억 속에서 무섭고도 지독했던 폭풍 이야기를 꺼냈다. 다쓰 씨가 마루방에서 맞장구를 쳐 주었다. 그때의 폭풍은 검은 파도를 한 정쯤 떨어진 해변까지 몰고 와 솔밭을 집어삼켰다. 그때 바다를 보고 있던 사람의 이야기로는, 안개인 듯 연기 같은 도깨비불 떼가 파도를 타고 흔들렸다나. 헤아릴 수 없는 힘으로 바닥 모를 대양을 일으켜 대지와 맞서는 폭풍에 인간의 작고 약한 본성이 여지없이 드러나는구나, 사람 마음이 죽음의 경계에 가까워진 탓에 그런 것도 보이는구나 싶었다.

폭풍은 비를 더하며 시시각각 거세졌다. 파도 소리도 점차 가까워졌다.

방에 돌아가며 2층으로 통하는 계단 밑 봉당에 들어서니, 닭장 속 닭이 아직 잠들지 못한 듯, 바스락거리고 꼬꼬 소리 내며 불안하게 울고 있었다. 잠자리에 푹 파묻혀서 귀를 기울이니 소나무 가지인지 대나무 울타리인지가 내지르는 길고 날카로운 소리가 들렸다. 바다에서 죽은 이들의 혼이 바람에 실리고 물결에 쓸려 와 비명을 지르는 것인가 싶은 차에, 조금 전의 도깨비불 얘기가 떠올라 몸을 한껏 움츠렸다. 목소리가 쫓아와 빈지문에 매달리는 것만 같아 무서웠다.

16　에도 시대 전기부터 시작된 조루리〔浄瑠璃〕의 일종.

새벽에는 폭풍이 얼마간 잠잠해졌다. 비는 그쳤지만 파도 소리는 더 높았다.

　일어나자마자 파도를 보기 위해 뒤쪽 둑으로 나왔다. 구마 씨의 오두막은 형체도 없이 무너졌다. 비 막는 거적은 멀리 둑 밑으로 날아갔고 대나무 기둥은 비스듬히 쓰러졌으며, 처마를 꾸민 조붓한 종이는 비에 젖어 푸른 솔잎과 한데 널브러져 있다. 맥주병의 꽃과 감자 끄트러기도 날아갔고, 구마 씨의 이불은 흠뻑 젖어 있었다. 구마 씨를 찾아 주변을 둘러보았지만 어디로 갔는지 모습도 보이지 않았다.

　측연한 마음으로 해변으로 내려갔다. 폭풍의 자취인 듯 모래밭의 고구마 줄기는 휘어잡아 흩뜨린 듯 엉켜 있었고, 고구마 잎은 허연 뒷면을 곤두세우고 있었다. 바다는 아직 어두웠다. 흩어져 사라지려던 비구름의 끝은 고노시마 섬 위에 드리웠고, 둔치에서 피어오른 바다 안개와 하나가 되었다. 바위 사이에서 부서지는 파도는 빛나는 흰 갈기를 휘날리는 은빛 사자 같았다. 암녹색으로 흐려진 파도가 모래벌판을 휩쓸었고, 해변에 밀려온 해초를 비벼 뭉개려 했다. 엄청나게 올라온 해파리가 오색의 고운 모래 위에서 빛나는 것이 아름다웠다.

　느슨한 잠옷의 가슴팍에 스며드는 물보라에 몸을 부르르 떨며 문득 포대(砲臺) 쪽을 보니, 바다 안개 속으로 파도가 부딪히는 곳에 웅크리고 앉은 사람의 모습이 희미하게 보였다. 구마 씨임을 한눈에 알 수 있었다. 무명옷에 감빛 바지를 입는 사람은 그 말고 없다. 어젯밤의 폭풍에 날아가 버린 판자와 나뭇조각을 주워 모으고 있는 것이었다. 나도 모르게 그쪽으로 다가갔다. 그는 한결같은 구릿빛 얼굴로 무심히 해초 속을 헤집고 있었다. 얼굴에는 우수의 그림자도 보이지 않았다. 내가 다가온 것도 눈치채지 못했는지, 열심히 주워서 모래밭의 높은 곳으로 던져 올리기만 한다. 발밑 가까이 닥치는 밀물도 알아채지 못하고 이따금 머리에 뒤집어쓰는 물보라를 닦으려고도 하지 않았다.

파도에 떠다니다 밀려와 해변 도처에 흩어진 나뭇조각과 판자 조각은 지난 세월의 파도가 가는 곳에 묻혔고, 이곳에서 덧없는 말로를 맞이했다. 아무도 모르는 구마 씨의 반생도 의지할 곳 없이 사람들의 마음으로부터 잊히고 말았다. 무덤의 문턱이 머지 않은 나이에 유목(流木)을 줍는 그 애처로운 모습이 마음에 강렬히 새겨졌다.

이곳의 장대한 자연 풍광을 배경으로 무구한 구마 씨를 본 찰나에 내 마음에 솟은 느낌은, 글로 쓸 수도 없고 말로 표현할 수도 없다.

집에 돌아갔더니 여자 종업원 야에가 객실 청소를 하고 있었다. "구마 공의 가문은 무너져 버렸지."라고 말하더니, 잠옷을 개며 "음, 가엾게도. 그 사람도 부인이 있던 시절에는 저러지 않았는데." 하고 동정이라도 하는 양 절절하게 얘기했다. 나는 대꾸하지 않고 툇마루 기둥에 기대어 폭풍의 기운과 함께 백운이 스러져 가는 하늘을 망연히 바라보았다.

장지의 낙서

헤이치는 오늘 아침, 누이동생과 조카딸이 고향에 돌아가는 것을 신바시까지 배웅한 후에 무언가 벅찬 짐을 내려놓은 기분으로 우에노행 전차에 탔다. 좌석의 맨 뒤쪽 구석에 기대 입구 옆의 유리창에 팔꿈치를 맡기며, 외투 옷깃 속에 몸을 묻고 망연히 거리를 바라보면서, 저도 모르게 요사이에 있던 일을 떠올렸다.

무병식재(無病息災)를 자랑하던 매제 요시다가 생각지도 못한 중환에 걸려 병원에 들어갔다. 누이는 연약한 몸으로 환자의 간호를 해야 했고 손 많이 가는 조카딸을 돌보며 집안일도 해야 했다. 차마 보지 못할 어려움을 고향에 알려도 가까운 핏줄들은 뜻밖에 냉담했고, 편지로는 허울 좋은 말을 해 와도 누구 한 사람 상경하여 손을 보태지 않았다. 애당초 고향의 사정을 몰랐던 것은 아니지만 너무 박정하다고 생각해 격하게 분개하여 그런 건 사람도 아니라고 욕을 했다. 때로는 누이 부부가 맥을 못 추니 친척마저 업신여기는 것이라 혼자 화도 내보고, 어떻게든 되어 버리라고 손을 놓아 버릴 생각도 했다.

하지만 마음 놓이지 않는 병인의 상태를 보고 또 들으며, 누이 가 애젊은 가슴에 커다란 근심을 안고 쩔쩔매면서도 부지런 히 일하는 것을 보면 몹시 가엾게 여겨졌다. 그래서 관청을 오 갈 때는 잠시 들러서 거들기도 하고 위로도 해 주었다. 아내와 하녀가 번갈아 도와주러 가고 있었지만, 사사로운 데까지 보 살펴 주고 있자니 또 부아가 치밀기도 하여, 애꿎은 누이에게 화풀이하곤 했다. 하지만 집에 돌아와 생각하면 그것이 또 딱 하게 느껴져 가만히 있을 수가 없었다. 이와 같이 언짢은 나날 을 보내는 동안, 환자는 점차로 악화되다가 세상을 떠나고 말 았다. 병원에서 도맡은 모양뿐인 장례식을 마치고, 누이와 조 카딸을 자신의 집으로 데려오기까지의 고생을 새삼스레 떠올 려 보았다.

살풍경한 병실의 조잡한 침상 위에서 마지막 숨을 들이쉰 이의 모습을 잊은 것도 아니고, 가을비 내리던 날 화장터의 처 량한 광경이 떠오르지 않는 것도 아니다. 하지만 헤이치의 마 음에는 이 모든 일이 마치 막 초저녁에 잠깐 꾼 악몽처럼 생각 되었다.

누이를 맡은 뒤로도 고향과 이야기하고 망인의 뒷수습을 하는 데 시달리느라 큰 고통을 맛본 것은 물론, 앞으로 누이 와 조카딸은 어찌해야 되는가에 관해 느긋이 생각할 겨를조 차 없었다. 아내와 하녀와 조용히 지내던 곳에 갑자기 두 사람 이나 늘어난 데다 조카딸은 한창 장난이 심한 나이라, 집 안이 시종 어수선하여 도대체가 아무런 일도 손에 잡히지 않는 형 편이었다. 그랬던 것이 오늘부로 일단락되어 누이는 고향의 친척집에서 지내기로 결정되었다. 그래서 오늘 아침 기차가 떠나고 개찰구로 돌아오자, 왠지 긴장이 풀린 것 같았다. 플랫

폼을 밟는 기분이 가볍고, 마침 정차장을 나오니 하늘도 맑게 개서 상쾌한 햇빛을 감추는 구름도 없었다. 오랜만에 날씨 좋은 일요일이었다. 집에 돌아가 무엇을 할지 정한 것도 없어서 긴자 거리를 어슬렁거리고, 큰 가게의 유리창 안을 들여다보거나 잡지 가게의 진열대를 뒤적이면서 한동안 거의 모든 일을 잊고 있었다. 교바시에서 전차를 타고 이 구석 자리에 앉고 나서야 비로소 오늘 아침의 이별이 떠올라, 최근에 있던 일을 되짚어 보았다. 박정하고 냉혹하다고 할 수 있겠지만, 괴로운 심사나 애끊는 슬픔도 하루가 지나면 하루만큼의 안개가 끼어 흐려진다. 전차의 창문에서 일요일 거리의 인파를 한가로이 내려다보는 심정은 평온했다. 그것은 단지 내가 의무를 다했고 요사이에 일어난 일을 일단락했다는 단순한 만족이 마음속 깊은 곳에서 움직이고 있었기 때문에, 과거의 고달픔도 미래의 걱정도 그림같이 아스라하게 느껴져 왠지 모르게 마음이 편해졌던 것이다.

바로 맞은편의 의자에는 중년 부부가 열 살쯤 되는 귀여운 사내아이를 데리고 앉아 있었다. 아마 단고자카[17]에라도 가고 있는 것이리라. 헤이치는 회사원으로 보이는 그 남성을 어디서 본 듯했지만 끝내 떠올릴 수 없었다. 저쪽에서도 가끔 이쪽을 힐끔거렸다. 아주머니가 아이의 모자 매무새를 신경써 고쳐 주었으나, 아이는 곧바로 뒤로 젖혀 버리고는 훌쩍거렸다. 아이의 얼굴이 꽤나 부모와 닮았다. 두 사람의 전혀 다른 용모가 아이의 사랑스러운 얼굴 속에 녹아들어 어디가 누구를 닮았는지 구분되지 않았다. 아이의 얼굴을 보고 부모를

---

17 예전의 도쿄 분쿄 구의 센다기 지역.

비교해 보면 전혀 달랐던 두 얼굴이 서로 닮아 보이는 것이 신기했다. 누이가 조카딸이 부모는 별로 닮지 않고 오히려 헤이치와 꼭 닮았다고 말한 기억도 났다. 매제는 일요일에 자주 가족을 데리고 도처에 놀러 나갔다. 건강했다면 지금쯤 분명 시내에라도 가고 있었을 것이다. 누이는 헤이치가 일요일에도 집에 틀어박혀 독서하는 모습을 보고, 오빠는 왜 그렇게 나가는 것을 싫어할까, 돌보아야 할 자식도 없는데 가끔 새언니에게도 바깥공기를 마시게 해 주면 좋겠다고 말한 적도 있다. 그런 생각을 하고는 아무 의미 없이 미소 지었다.

아이를 낀 맞은편의 일행은 스다초에서 내렸다. 그 자리에는 큰 가방을 안은 할아버지와 미술 학교 학생이 탔고 그 앞으로는 승객이 가득 서서 막혔다. 답답하고 푹푹 찌는 사람들의 입김 때문에 불편해졌다. 우에노에 도착하기를 기다리다 내렸다. 야마우치로 향하는 많은 사람을 따라 어슬어슬 걸어갔다. 서양인을 태운 자동차가 소란스럽게 달리는 맞은편에 종업원으로 보이는 이가 두세 명, 종이로 세공한 국화를 모자에 꽂은 채 자전거를 타고 지나갔다. 손마다 단풍 가지를 든 여학생 무리도 눈에 띄었다. 박람회장은 거의 철거되었는데, 1관부터 4관까지 있던 곳은 폐쇄된 상태로 남겨져 있었다. 벽은 얼룩으로 지저분했고, 들창의 유리는 낡아서 곳곳에 금이 가 떨어져 있었다. 잎을 거의 떨군 벚나무의 뿌리에는 철거한 목재가 난잡하게 쌓여 있고, 벽토가 하얗게 날린 위에는 낙엽이 어질러져 있었다. 모조 니혼바시〔日本橋〕는 흔적도 없어지고 양쪽의 둑도 반은 무너졌는데 아이들이 뛰놀고 있었다. 관람차도 쥐 죽은 듯 조용하고 철골의 페인트도 벗겨져 붉은 녹이 슬었으며, 바닥은 갈라지고 망가져 콘크리트의 자갈이 비

어져 나와 있었다. 살풍경하다기보다는 어쩐지 몹시 황폐해
진 경치다.

헤이치는 지난여름에 누이 부부와 조카딸과 함께 야시장
에 놀러 간 적이 있다. 조카딸의 바람대로 다 같이 관람차에
타고 키 큰 삼나무 가지를 스치는 밤바람을 맞았다. 그때 악대
의 떠들썩한 나팔 반주가 지금도 귀에 남아 있다. 그곳에 있던
얼음 가게에 들어가 쉴 때에는 숲 속으로 넘쳐 나는 사람의 모
습이 어른거렸고, 붉은 등불과 푸른 깃발을 흔드는 바람도 서
늘했다. 매제가 늘 입던 수수한 유카타를 편히 풀고 조카딸을
놀리면서 라무네의 구슬[18]을 빼던 모습이 선명하게 떠오른다.
그때 본 모습이 그러했는지도 이제는 확실치 않다. 헤이치는
그날 밤의 일을 마치 한 폭의 그림처럼 마음에 그려 보았다.

도서관 앞에서 우에노의 뒤편으로 돌아가면 사람의 왕래
가 적다. 숲의 나뭇가지 끝에 떼 지어 앉아 있던 까마귀가 한
마리, 두 마리 날아가는 소리가 쓸쓸히 허공에 흩어진다. 새삼
스레 죽은 이를 슬퍼하는 것도 아니고 사내답지 않게 누이의
불행을 원통히 여기는 것도 아니었다. 하지만 아침저녁으로
끊일 새 없는 번민에 쫓겨 단단히 마른 마음이 오늘 소춘(小
春)[19]의 햇볕에 녹아 흘러가듯, 아무 의미 없는 비애의 그림자
가 헤이치의 누그러진 마음 깊은 데서 움직이는 것이었다.

집에 와서 보니 아내는 볼일을 보러 나간 것 같았다. 하녀
가 잠깐 배웅을 나갔다가 곧바로 주방으로 들어가서는 인기

18 라무네는 메이지 시대부터 있던 청량음료로, 병 속에 탄산이 빠지는 것을 막는
    구슬이 들어 있다.
19 음력 10월의 다른 이름.

척도 내지 않았다. 오늘 아침까지 그토록 떠들썩하던 집이 쥐 죽은 듯이 고요하다. 헤이치는 툇마루에 서서 외투도 벗지 않고 뜰의 삼나무 울타리 너머의 눈부신 햇빛을 보다가, 돌연 영문 모를 외로움에 휩싸인 채 다다미방에 들어갔다. 책상 앞에 앉아 곁의 장지를 보니 조카딸이 어느새 낙서해 놓은 듯, 굵게 눌러 그린 인형 그림이 재미난 얼굴로 양손을 펼치고 있었다. 이 얼마나 천진난만한 그림인가 하며 한동안 응시하고 있었는데, 말로 표현할 길 없는 어두운 수심이 가슴에 복받쳐 와, 외투 주머니에 넣어 둔 주먹을 불끈 쥐며 아랫입술을 꽉 깨물었다.

가까운 건널목을 지나는 기차의 울림이 퍼지다가 다시 적막해졌다. 누이네는 이제 어디쯤 갔을지 생각하며 눈에 보이는 여행 안내서를 집어 들었다.

꽃 이야기

달맞이꽃

　고등학교 기숙사에 들어간 여름 끝 무렵의 일이었다. 기숙사 2층에서 자며 밤이 짧다는 말을 처음 실감했다. 잠버릇 사나운 옆자리 남학생에게 차여 눈을 뜨니 시계는 4시를 막 지나고 있었다. 동이 터 오며 반 정도 열린 침실 유리창에 빛이 걸렸고, 다 못 뜬 눈에 비친 새 모기장과 낡은 연둣빛이 꿈만 같았다. 창틀 아래로 높다란 편백나무 우듬지가 보였고, 그 위로는 막 깨어난 듯한 뒷산이 이쪽을 엿봤다. 잠자리를 그대로 두고 살며시 빠져나와 운동장에 내려오니, 넓은 잔디에 내린 이슬이 맨발에 대강 신은 군화를 적셨다. 깜짝 놀라 뛰어오르는 메뚜기 날갯소리가 상쾌했다. 풀밭 주위를 작은 소나무 숲이 둘러쌌고, 곳곳에 달맞이꽃이 흐드러지게 피어 있었다. 그 안을 헤치며 넓은 운동장을 한 바퀴 도는 동안, 붉은 햇빛이 시계대를 물들이며 조리장의 우물을 위세 좋게 뒤덮기 시작했다.

　어느 날 밤, 나는 묘한 꿈을 꾸었다. 꼭 운동장만 한, 조금 더 넓은 초원 속에서 어렴풋한 달빛을 받으며 비몽사몽 헤매었다. 엷은 밤안개가 풀잎 끝에 내렸고 사방은 얇은 비단에 감싸인 듯했다. 어디선가 꽃 내음 비슷한 향기가 났지만, 무슨 냄새인지 알 수 없었다. 발밑으로는 사방팔방 온통 달맞이꽃이 피어 있었다. 어린 여자아이 한 명이 나와 나란히 걸었는데, 현실의 사람인 것 같지 않은 파르께한 얼굴선에 달빛을 받으며 말없이 걸었다. 연회색 기모노의 길게 늘어진 옷자락에도 달맞이꽃이 아름답게 물들며 모습을 드러냈다.

어째서 그런 꿈을 꾸게 되었는지 지금 생각해도 알 수 없다. 꿈에서 깨어나니 유리창이 은은히 희어졌고, 벌레 소리가 들려왔다. 자면서 땀을 흘린 탓인지 가슴이 쥐어뜯기는 기분이 들었다. 일어나기가 무섭게 잠자리를 벗어나 운동장으로 내려갔고 달맞이꽃이 피어 있는 주위를 여기저기 하염없이 걸어 다녔다. 그 뒤로도 매일 아침 운동장에 나왔지만, 그때 이곳을 걸었던 때와 같은 상쾌한 기분은 들지 않았다. 도리어 심히 쓸쓸한 기분만 들었고, 그때쯤부터 나는 점차 내 몸을 깎는 듯한 우울한 공상에 골몰하게 되었다. 내가 불치병을 얻은 것도 이때쯤이었다.

밤꽃

삼 년간 하숙한 요시즈미가의 집은 구로카미야마[20] 산기슭에서도 더 들어간 곳이다. 집 뒤로는 좁은 뜰이 있고 그 위

20 규슈 지방의 사가 현에 있는 산.

는 바로 절벽이었으며, 큰 나무가 우거져 뒤엉켜 있었다. 쇠한 낙엽수의 열매가 직박구리 우는 소리와 함께 처마 끝에 떨어졌다. 내가 세 든 별채에서 앞문으로 드나들 때에는 반드시 이 뒤뜰을 지나야 했다. 뜰에 면한 다다미방 별채에는 석 장쯤 되는 작은 방이 있었는데, 멋들어진 둥근 창이 나 있었다. 주인댁 아가씨의 방이었는데, 둥근 창의 장지문은 여름에도 닫혀 있었다. 이 방 바로 위로 커다란 밤나무가 있었는데, 여름 초엽 시험 전에 조사 활동이 바빠질 무렵에는, 노란 끈을 꼰 듯한 꽃이 지붕이며 뜰에 한가득 떨어졌다. 떨어진 꽃이 썩으며 내는 달짝지근하고 강한 향이 작은 뜰을 가득 메웠다. 그 근방으로는 커다란 파리들이 기세 좋게 날갯소리를 내며 모여들었다. 자연의 힘차고 왕성한 기운이 머리를 뒤덮는 듯했다.

　이 꽃이 지는 창 안으로는 수줍은 아가씨가 들어앉아 글을 읽고 재봉 기술을 익혔다. 내가 이 집에 처음 왔을 때는 겨우 열네다섯 정도의 나이였고 모모와레[21]로 묶은 머리를 이마에 내리고 있었다. 얼굴빛이 까맣고 용모도 아름답지 않았지만 눈이 맑고 시원스러운 게 귀염성 있는 아이였다. 주인 부부 사이에 나이가 들어도 자식이 생기지 않아 친척 집에서 받아 키운 아이였다. 그 아이 말고는 커다란 얼룩 고양이가 있을 뿐이었고, 어찌 보면 허전하기 짝이 없는 가정이었다. 나는 항상 말수 적은 괴짜라 여겨졌던 만큼, 주인댁 가족과 실없는 이야기를 친근하게 나누는 일도 거의 없었거니와 따님에게 다정한 말을 건넨 적도 없었다. 식사 시간에는 매일같이 이 아

21　뒤통수에서 묶어 복숭아 모양으로 올린 머리. 주로 열일곱 살 이하의 소녀들이 했다.

이가 고마게타(駒下駄) 소리를 내며 부르러 왔다. 사투리 짙은 음색으로 "식사하시러 오셔요." 하며 제 할 말만 툭 던지고 총총걸음으로 돌아갔다.

처음에는 마냥 어린아이처럼 생각되었지만 여름에 귀성했다 돌아올 때마다 어딘지 성숙해지는 모습이 내 눈에도 보였다. 졸업 시험 전 어느 날 등불을 켤 무렵이었다. 복습에도 진저리가 나 툇마루로 나오니 짙은 밤꽃 향기가 이미 익숙해진 몸에도 다시 스며드는 듯했다. 주인집 앞에 심어 둔 나무 사이에 주인댁 따님이 흰 기모노에 붉은 오비를 맨 채 고양이를 안고 서 있었다. 나를 보자 평소답지 않게 얼굴을 붉히는 낌새가 땅거미 엷게 깔린 어스름 속에서도 느껴졌다. 아이는 정면으로 이쪽을 바라보며 오묘한 미소를 흘리더니, 무언가에 쫓기기라도 하듯 손님방 쪽으로 뛰어갔다.

그 여름을 끝으로 나는 그 고장을 떠나 상경했는데 이듬해 초여름쯤, 거의 잊고 지내던 요시즈미가에서 편지가 왔다. 그 아이가 쓴 편지 같았다. 연하장 말고는 따로 소식을 전해 들은 일도 없었지만 무슨 생각인지 자잘하게 자기 지역의 모습을 알려 왔던 것이다. 일전에 내가 빌렸던 별채는 그 이후 아무도 하숙하고 있지 않다고 했다. 도쿄라는 곳은 분명 좋은 곳일 테니 살면서 한 번은 가 보고 싶다는 말도 쓰여 있었다. 별다른 글도 아니지만, 어딘지 모르게 아름다운 까닭은 역시 젊은이가 쓴 글이기 때문이리라. 말미에는 '밤꽃도 폈습니다. 머지않아 졌습니다.'라는 말이 있었다. 편지 끝자락에는 그 아이 모친의 이름이 적혀 있었다.

파초꽃

날이 개자 갑자기 더워졌다. 아침부터 편지를 한 통 썼을 뿐 더는 무슨 일을 할 기운도 없었다. 몇 번이고 책상 앞에 앉아 보지만, 곧바로 괴로워져 그만 엎드려 눕고 말았다. 이따금 서늘한 바람이 불어와 처마에 단 유리 풍경을 울렸다. 마루 앞 모기장 속에서는 아기가 새빨간 얼굴로 베개를 벗어나 엎드려 누웠다. 툇마루로 나와 보니 마당은 벌써 반이나 그늘이 되었고, 그늘과 양지의 경계선에 개미가 이리저리 오가고 있었다. 요사이 우에다가에서 받아 온 달리아는 어찌된 일인지 조금 싹을 틔우다 만 채 크지 않았다. 두껍닫이 앞에 커다랗고 넓은 잎을 뻗은 파초는 올해 꽃을 피웠다. 그러나 그것도 커다랗고 두꺼운 꽃잎이 서너 장 피었을 뿐, 결국은 못다 피고 썩어 버렸는지 이제는 시들어 가는 듯 보였다. 개미가 두어 마리 꾀어들었다.

아기가 갑자기 울음을 터트리기에 들여다보니 모기장 속에 앉아 손발을 버둥거리며 울고 있었다. 주방에서 아내가 부리나케 뛰어왔다. 아기는 무릎을 아무렇게나 뻗은 채 껴안은 우유병의 젖꼭지를 물고는 숨도 쉬지 않고 꿀꺽꿀꺽 마셨다. 눈물을 흘려 쭈글쭈글해진 눈으로 부모 얼굴을 번갈아 보며 내용물을 마셨다. 다 마시자 또 느닷없이 울기 시작했다. 아직 잠에서 덜 깬 듯 보였다. 아내는 아기를 업고 툇마루에 섰다.

"파초꽃이야, 우리 아가야. 파초꽃이 피었어요. 이거 봐, 커다란 꽃이지. 열매가 열릴 거야. 저 열매는 못 먹을까?"

아기는 울음을 그치고 파초꽃을 가리키며 "모, 모." 하고 말했다.

"파초는 꽃이 피면 그걸 끝으로 시들어 버린다는데, 여보 진짜예요?"

"그래, 하지만 인간은 꽃이 피지 않아도 죽고 말지."라고 말하니 아내는 "어머." 하며 어깨를 들썩였다. 아기도 "어머." 하고 흉내를 냈다. 둘이서 웃으니 아기도 함께 웃었다. 그리고 다시 파초꽃을 가리키며 "모, 모." 하고 소리를 냈다.

베를린 대학: 1909~1910

1909년 5월 19일에 베를린의 왕립 프리드리히 빌헬름 대학[22]의 철학부 학생으로 입학한 이들 가운데는 누런 얼굴의 나도 섞여 있었다. 엄숙한 입학 선서식이 거행되었다. 나도 많은 신입생 속에 섞여 대강당에 들어섰는데, 상황을 알지 못해 우물쭈물했다. 그러자 그중에 사정에 밝은 일본 사람 한 명이 여러 가지로 충고를 해 주어서 큰 도움이 되었다. 그는 예전에 세상을 떠난 소다 기이치로[23] 박사였다. 나보다 훨씬 앞서 독일에 와 있었고 다른 대학에서 베를린 대학으로 전학해 왔다고 했으며, 독일어도 유창한 듯했다. 총장의 연설이 있었는데 나는 무슨 말인지 전혀 알아듣지 못해 조금 불안했다. 이어 총장이 신입생 모두와 악수를 나눈다기에, 일렬로 서서 나아갔다. 그때 거들고 있던 사무관 같은 사람이 나를 보고 무슨 말을 했는데, 무슨 말인지 알 수가 없었다. 소다 군에게 물으니,

---

22 현재의 베를린 훔볼트 대학교에 해당한다.

23 소다 기이치로(左右田喜一郎, 1881~1927): 일본의 경제학자, 경제 철학자.

"뒤이어 하시겠습니까?(Wollen Sie dort anschliessen?)"라고 말했을 뿐이라고 한다. 카를 총장의 강한 악력에 깜짝 놀랐다. 총장 자리에 있는 사람이란 역시 그만한 활력이 있는 것인가 싶었다.

폭 한 자 다섯 치, 길이 두 자 정도의 종이에 커다란 활자로 황제와 총장의 이름을 새까맣게 인쇄한 입학 증서 같은 것을 받았는데 문구가 라틴어여서 무슨 말인지 알 수 없었다. 보고 있자니 정신이 까마득해졌다. 날짜 부분에 'D. Berolini d. 19. mens. V anni MDCCCCIX(베를린, 1909년 5월 19일)'라고 적혀 있고 밑에는 총장의 서명이 있었다. '베를린'마저 라틴어로 되어 있어서 또 조금 놀랐다. 그리고 한 장 더 받은 것도 철학부장의 서명이 있는 라틴어 입학 면장이었다.

입학 선서식 전이었는지 후였는지는 잊어버렸는데, 대학 현관의 오른쪽에 있는 사무실에서 여러 입학 절차를 마무리했다. 도쿄 제국 대학의 졸업 증서도 검열받기 위해 제출했는데, 사무 담당자에게 그 일본어는 내가 느끼는 라틴어 이상으로 어려울 듯싶었다. 기입하는 여러 서식 가운데 '종교'라는 항목에 신도(神道)라고 쓰니, 그것은 어떤 종교냐는 질문을 받고 말문이 막혔다. 독일어를 잘 모르면 강의를 듣는 데 어려움이 있지 않겠느냐고 묻기에,

"뭐 금세 잘하게 되겠지요."

하고 대답했다. 그랬더니 사무 담당자가

"어디, 두고 봅시다.(Na! Sehen Sie mal zu.)"

라고 말하며 히죽히죽 웃었다. 마지막의 'zu'가 언제까지고 묘하게 귀에 맴돌았다.

베를린에 도착하자마자, 나카무라 기상대장[25]의 소개장

을 들고 헤르만 교수를 찾아가 청강 과목 등의 지도를 청했다. 첫 학기에는 플랑크[25]의 '물리학의 전 계통' 헤르만의 '기상 기계의 이론과 용법' 그리고 '기상 윤강', 루벤스[26]의 '물리 윤강', 아돌프 슈미트[27]의 '해양학', '지구의 에너지 예산', '지구 물리 윤강', 키비츠의 '공중 전기', 바르부르크[28]의 '이론 물리학 특별 강의', 펭크[29]의 '지구학 윤강'이라는 목록으로 정했다.

헤르만 교수의 강의는 신켈플라츠(Schinkelplatz)에 있는 기상대로 들으러 갔다. 왕궁과 강을 사이에 두고 광장을 바라보고 선 각진 벽돌 건물로, 그 유명한 신켈[30]이 세운 특색 있는 양식의 건물이라고 했다. 옛날에는 건축 연구소였고, 신켈이 죽을 때까지 거기서 살았다고 한다.

헤르만 교수는 희끗한 장발을 뒤로 넘기고, 늘 빛바랜 프록코트를 입었는데, 이 선생님의 강의가 가장 알아듣기 쉽고 편했다. 나는 자유롭게 도서실에 드나드는 것도 허락받았는데 도서실 안은 언제 가 보아도 아무도 없이 조용했다.

---

24 나카무라 기요오(中村精男, 1855~1930): 일본의 기상학자. 3대 중앙 기상대 대장(현재의 기상청)을 지냈다.

25 막스 플랑크(Max Karl Ernst Ludwig Planck, 1858~1947): 독일의 물리학자. 열역학의 체계화에 공헌하였다.

26 하인리히 루벤스(Heinrich Rubens, 1865~1922): 독일의 물리학자.

27 아돌프 슈미트(Adolf Friedrich Karl Schmidt, 1860~1944): 독일의 지구 물리학자.

28 에밀 바르부르크(Emil Gabriel Warburg, 1846~1931): 독일의 물리학자.

29 알브레히트 펭크(Albrecht Penck, 1858~1945): 독일의 지리학자, 지질학자.

30 카를 프리드리히 신켈(Karl Friedrich Schinkel, 1781~1841): 프로이센의 건축가, 도시 계획가.

함께 강의를 들은 사람은 고작 대여섯 명 정도였다. 그중에 루마니아에서 온 '오테테레산'이라는 남자가 있었다. 처음 만나 명함을 받고 그 이름을 보았을 때 별안간 웃음이 터질 것 같아 애먹었다. 그 뒤로도 교수님이 진지한 얼굴로 그 사람의 이름을 부를 때마다 웃겨서 진땀을 뺐다.[31]

이건 나중에 생긴 일인데, 이 학교를 다니면서 마무리 지은 작은 연구를 기상 세미나에서 발표해 보라는 교수님의 말씀에 언어가 서툴다며 거절했지만, 자기가 거들어 줄 테니 꼭 해 보라고 하셔서 어쩔 수 없이 칠판 앞에 서게 되었다. 그때의 곤혹스러움은 잊을 수가 없는데, 그래도 말이 조금 막히면 헤르만 교수가 필요한 말을 큰 소리로 대신해 주어서, 그때마다 지옥에서 부처님을 만난 듯한 기분이 들었다.

언젠가 노르웨이의 비에르크네스[32] 교수가 이 윤강회 자리에 와서 그의 일류 기상학을 강의했을 때 매우 흥미롭다고 생각하며 감탄했는데, 참석한 독일 기상학자들은 어느 한 사람도 감탄한 것처럼 보이지 않았다. 비에르크네스 교수는 그 이후 미국에 건너가 그 저명한 대작을 간행했던 것이다. 이분이 소국의 학자에 그치지 않으리라는 기분이 든 건 그 윤강회 때였다.

헤르만 교수는 고전에 정통해서 기상 강의에도 여러 고전을 인용하곤 했다. 언젠가 사저에 초대받았을 때 헤르만 교수의 자부심 충만한 서고를 구경하기도 했다. 교수님 사후에 우

---

31 일본어와 발음이 비슷한 말을 연상하고 웃은 것으로 보인다.

32 빌헬름 비에르크네스(Vilhelm Friman Koren Bjerknes, 1862~1951): 노르웨이의 물리학자, 기상학자.

리 중앙 기상대가 그 장서의 일부를 매입해 보존하고 있다.

헤르만 교수에게는 세 학기 잇달아 신세를 지면서 특별히 우대받은 기분이 들었다. 이십여 년이 지난 지금도 그 선생님의 얼굴을 생생히 떠올릴 수 있기에 그립다.

헤르만 교수의 교실을 나와 오른쪽을 보면, 강 건너편의 빌헬름 1세 기념비 뒤로 성채의 이면이 보인다. 강기슭을 따라 두 정쯤 걸으면 왕궁교의 왼쪽 끝이 나온다. 거기서 왼쪽으로 돌면 운터 덴 린덴(Unter den Linden) 거리며 바로 오른쪽 모퉁이가 군수품 창고(Zeughaus), 다음이 초병 근무소, 그다음이 대학교다. 위엄 있는 초병의 교대는 베를린의 명물인데, 과거 제정 독일의 상징처럼 화려하며 엄숙한 느낌을 주는 일일 행사였다. 그 화려하고 엄숙한 분위기가 독일 대학생, 특히 이른바 코어 학생의 일거수일투족을 지배하고 있는 듯 보였다. 대학 현관의 좌측에는 평범한 매점이 있어, 문구나 우유, 빵 등을 팔았던 것 같다. 현관에는 오페라, 연극 그리고 학생 견학단의 전단이 붙어 있었다. 10시쯤 현관에서는 햄 샌드위치를 선 채로 먹으며 전단을 읽는 이들을 자주 볼 수 있었다. 사과를 껍질째 우적우적 씹으며 걸어 다니는 여학생도 있었다.

플랑크 교수와 슈미트 교수의 강의는 이곳에서 들었다. 플랑크 교수의 강의도 말이 명석하고 알아듣기 쉬운 편이었다. 교수님은 첫 강의를 시작하며 인간 본위의 입장에서 물리학을 해방시켜야 함과 물리적 세계상의 단일성 등에 관해 한 토막의 철학 이야기를 들려주었다. 플랑크 교수의 매끈히 벗겨진 넓은 이마에서 눈을 뗄 수 없었다. 칠판에 쓰는 수식이 틀리면 학생이 신발 밑창으로 바닥을 쓱쓱 비비는지라 교실

안에는 희한한 잡음이 터져 나왔다. 그러면 선생님은 "아, 틀렸습니까."라고 말하며 잠시 망설인다. 학생이 또 무슨 말을 하면 "미안합니다."라며 그것을 수정한다. 선생님의 몹시 천진하고 조금도 으스대거나 젠체하지 않는 태도가 실로 유쾌하고 마음을 산뜻하게 했다.

플랑크 교수의 밝은 느낌과 반대로 아돌프 슈미트 교수는 왠지 우울한 느낌이 드는 사람이었다. 늘 정장의 한쪽 팔에 검은 상장(喪章)을 멘 것 같은 기분이 든다. 그러나 실로 머리가 좋은 선생님이라 생각하며 감복했다. 내가 알아듣기에는 조금 어려운 독일어였지만, 간결하고 요점이 분명해서 드물게 좋은 강의라는 생각이 들었다. 중요하면서도 상당히 어려운 사안의 핵심을 명료하고 확실하게 이해시키는 방법을 알고 있었다. 결국 선생님 스스로 그 학문의 심오한 곳까지 분명히 규명하여 체화하고 있기 때문에 그러하다고 생각했다. 일본의 대학에도 그러한 강의가 매우 필요하겠지만 적어도 내 학창 시절, 고등학교와 대학을 다니는 내내 그러한 코스는 빠져 있었던 것 같다. 한편 슈미트 교수에 관해 딱 하나 웃음이 나왔던 것은, 그가 영국 수리 물리학의 대가 러브(Love)를 '로페'라고 발음했던 일이다.

지구 물리학 세미나도 겨우 대여섯 명이 참여했는데, 그 중에는 아직 젊은 콜슈터 씨도 있었다. 지리 교실의 도서 관리를 하는 오트 바싱이라는 사람도 있었다. 이 사람이 청강에 열중하면 어깨와 팔이 기묘하게 큰 동작으로 끊임없이 경련했기 때문에, 옆자리에 앉으면 그게 신경 쓰여서 난감했다. 공부를 너무 열심히 해 신경을 상하게 하고 있는 것이 아닌가 싶었다. 학생들은 어디에서나 그에게 불편함을 느끼는 듯했다. 언젠가 동석한 술자리(Kneipe)에서 들은 학생의 탁상연설에서 그는 농담과 함께 심히 폄하되었는데, 그 사람은 '대범인(大凡人, Sehr gemeiner Kerl)'과 같은 존칭으로 불려도 태연히 함께 떠들고 노는 재미있는 사람이었다.

대학 강당 뒤의 작은 상수리나무 숲(Kastanien Wäldchen)을 지나 한 정쯤 가면 괴팅겐 거리의 한쪽에 지리 교실과 해양 박물관이 같이 있었다. 지리 세미나는 그곳에서 이뤄졌으며, 다음 2학년 내내 들은 펭크의 일반 지리학 강의도 그곳 강당에서 들었다. 기상이나 지구 물리학과 달리 지리는 윤강과 강의 모두 출석자가 많고 분위기가 사뭇 달랐다. 기상 윤강회는 고상하고 여유로웠고 지구 물리학 윤강회는 올곧으며 가족적인 분위기였지만, 지리 윤강회에는 어딘지 굉장히 세속적인 분위기가 있었다. 학자인 동시에 정치인인 펭크 교수의 인품이 반영된 것 같기도 했다. 언젠가 캐나다의 타르 교수가 와서 빙하에 관한 이야기를 했을 때, 펭크 교수는 토론 중에 짓궂은 이야기로 상대를 야유하면서, 좌중을 둘러보며 히죽 웃기도 했다.

펭크 교수의 강의는 명료하면서도 흥미로운 시사가 가득한 훌륭한 강의였다. 외국인 청강자도 많았는데 외국인끼리는 자연히 다가가기가 쉬웠다. 영국인 오길비 군, 루마니아의 기리치 군 등과 자주 교실 입구의 복도에 서서 이야기를 나누었다. 기리치 군은 지금 벨그라드 관측소에 있다는데 오길비 군의 소식은 모르겠다. 독일 학생 중에는 불성실하거나 게으른 사람도 꽤나 있었고, 어딘지 모르게 세상을 무상하게 보는 분위기가 그 교실 전체에 감도는 것이 느껴졌다. 나는 다행히 거기서도 도서실에 자유롭게 드나들 수 있어서 독서를 하거나 필기를 하거나 또 하천의 곡류에 관한 작은 '연구 (arbeiten)'를 하기도 했다. 이곳에서 1년 6개월을 지내며 견문 하는 동안에 독일 학자의 '연구'라는 말의 의미를 스스로 터 득할 수 있었던 것 같다. 그것은 오로지 끈기 있게 편집한 자 료를 벽돌처럼 쌓아 나가는 것이었다.

탐험가 섀클턴[33]이 베를린에 왔을 때 펭크 교수의 사저에 초대받았고, 주빈을 상대하는 일을 맡아 불려 갔다. 낯선 영 부인을 탁자로 모시는 역할을 하라기에 당혹스러웠다. 그 자 리에서 펭크 교수는, 오늘 모 인물이 섀클턴 씨의 탐험비로 몇 만 마르크를 기부했다고 선전했다. 그 모 인물이라는 사람 이 카이저 빌헬름 2세라는 것을 모두가 상상할 수 있게끔, 펭 크 교수 특유의 완곡한 수사법을 사용해 좌중의 흥을 돋우었 다. 펭크 교수는 명실공히 각료(Geheimrat)였으며 때때로 카 이저의 부름을 받고 독일 영토 정책의 중요한 정무에 참여했 다. '오늘은 카이저의 부름을 받고'라는 말을 몇 번이나 들은 기억이 있다. 언젠가 해양 박물관의 공개 강연회에서는 펭크 교수가 칭타오 이야기를 하며, 그 지역에 얼마나 지리적 이점 이 많은지를 역설하고 '그곳을 점유한 독일은 동양의 목을 누 르고 있는 것이다.'라는 뜻을 에둘러 내비쳤다. 그러고는 청중 속에 섞인 일본인 유학생인 내 얼굴을 보고 싱긋 웃었다. 훗날 에 세계대전의 결과로 칭타오가 독일의 손아귀에서 벗어났을 때에 왠지 모르게 그때의 강의가 생각났다.

---

33 어니스트 섀클턴(Sir Ernest Henry Shackleton, 1874~1922): 아일랜드 출신의 영국 군인, 탐험가. 1909년 1월 9일에 인류가 도달할 수 있는 최남단인 남위 88 도 23분에 도달하였다.

해양 박물관 앞에서 서쪽으로 고가 철도를 따라가면 정차장 앞을 지나 스프레이 강기슭이 나온다. 강기슭을 따라 두세 정 앞에 있는 마르샤르 다리의 막다른 남쪽 모퉁이에 물리 교실이 있다. 그곳에서 들은 키비츠라는 젊은 시간 강사(Privatdozent)의 '공중 전기' 강의는 처음에 청강자가 열 명 정도였지만 점점 줄어 결국 두세 명이 되고 말았다. 그 탓인지 몇 시간 만에 종강하고 말았다.

물리학 윤강회는 루벤스 교수가 의장이었으나 플랑크 교수도 거의 빠지지 않고 출석하여 모임에 광채를 더했다. 나이 든 사람으로는 양극선의 발견자 골트슈타인[34]과 바르부르크 등이 있었고, 젊은 사람으로는 게르케,[35] 프링스하임,[36] 폴 등도 있었다. 일본인으로는 나 외에 규슈 대학의 구와키[37] 씨도 얼마간 참석했던 것 같다.

물리학 윤강회에는 코안경을 끼고 집중하는, 그리고 뭐든지 굉장히 잘 아는 루벤스와 천진하고 소탈하며 해맑은 플랑크가 있었다. 그리고 널리 알려진 실험적 사실을 질문하고는 이어지는 득의에 찬 설명에 탄복하며 정중히 듣는 젊은이들이 있었다. 순진하기 때문이겠지만, 한편으로 누구에게도 지지 않을 장점을 가졌다는 것을 자각하고 있는 사람이 아니라면 그토록 순진해질 수 없겠다는 생각이 든 적도 있다. 훗날

---

34 에우겐 골트슈타인(Eugen Goldstein, 1850~1930): 독일의 물리학자.

35 에른스트 게르케(Ernst Gehrcke, 1878~1960): 독일의 실험 물리학자.

36 에른스트 게오르그 프링스하임(Ernst Georg Pringsheim, 1881~1970): 독일의 자연 과학자, 식물 생리학자.

37 구와키 아야오(桑木或雄, 1878~1945): 일본의 물리학자. 1914년에 규슈 제국 대학 교수로 취임했다.

아인슈타인에 대한 반유대인 운동으로 재능을 썩힌 게르케도 있었는데 그는 역시 좌중에서 가장 속인 같은 면모를 보였다. 젊지만 머리가 벗겨진, 언제나 말없이 커다란 여송연을 문 채 느긋이 기대 앉아 있던 이는 프링스하임이었다.

한번은 어떤 토론에서 폴란드인인 듯 검은 머리에 검은 수염을 한 이그나토스키라는 젊은 학자가 심히 흥분하여 당장에라도 상대에게 달려들까 봐 조마조마했던 적도 있었다. 바르부르크는 신장이 좋지 않은지 낯빛이 나쁘고 부어서 전혀 기운이 없었는데, 골트슈타인은 고령에도 얼굴빛이 싱그럽게 밝고 고상한 느낌이 나는 사람이었다. 플랑크는 그 사람에 대해 늘 진심을 담아 경의를 표하는 것처럼 보였다.

역시 물리학 윤강회에는 특별한 분위기가 있어서 재미있었다. 내가 출석한 네 세미나 각각의 분위기는 다루는 과학의 성질에서 비롯된 특징도 있겠지만, 결국 그 모임을 통솔하는 중심인물의 인품에 따라 채색되었다.

다음 겨울 학기에는 위의 선생님들 외에, 헬메르트[38]의 '지구의 모양'이나 오이겐 마이어의 '항공에 관한 응용 역학' 등을 들었다. 헬메르트 교수는 불그레한 얼굴에 눈을 슴벅거려서 어딘지 시골 할아버지 느낌이 나는, 그러나 어딘지 마냥 방심할 수만은 없을 것 같은 선생님이었는데 역시 자기만의 무언가가 있는 학자 같았다. 마이어 교수의 강의는 작센 방언이 심해 '작은'을 그라인(klein), '전쟁'을 그리크(Krieg)라고 하는 투라, 아무래도 알아듣기가 어려워 애먹었다.

---

38 프리드리히 헬메르트(Friedrich Robert Helmert, 1843~1917): 독일의 측지학
    자, 수학자.

네른스트[39]의 '물리 화학'도 참관으로 한두 번 들은 적이 있다. 그는 서양인치고는 키가 작고 땅딸막한 체격이었지만, 높은 청강석을 올려다보며 활기차게 손을 흔들거나 몸을 움직이고 고개를 돌리는 등 제스처가 풍부한 강의를 했다. 푸앵카레[40]가 말하는 기하학자형 학자라는 생각이 들었다. 교실은 늘 청강자로 넘쳐 났다.

강의와 윤강 외에도 견학이 많았다. 헤르만 교수 밑에 있던 사람들과 린덴베르크의 고층 기상대에 갔을 때에는 베르종 박사가 안내를 맡아 수고했다. 그는 뒤링과 함께 기구로 성층권 밑까지 다가가 실신을 하면서도 무사히 착륙한 경험이 있고, 탑승 기구로 올라간 것으로는 최고 기록을 보유한 사람이었다. 철도 간선에서 갈라진 시골을 도는 지선, 이른바 크라인반 기차의 느긋한 속도에 놀란 것도 이때였다. 뱀처럼 굽은 선로를 도쿄의 시영 전철보다 느린 속도로, 기적 대신에 "땡땡땡" 하고 부단히 종을 울리며 나아간다. 풍자만화 「크라인반」에는 항상 돼지나 닭이 철로 위를 돌아다니는 모습이 그려져 있는데 그와 똑같다. 정부 각료(Geheimrat) 이하는 모두가 왕복으로 4등 객차에 탑승했다. 희게 칠한 객차 안은 텅텅 비어 넓었고, 단지 한쪽 벽에 좁은 폭의 선반 같은 의자가 있을 뿐이었다. 탑승한 시골 사람들은 각자의 큰 짐에 앉아 가서 괜찮았지만, 짐이 없는 우리들은 선 채로 흔들리면서 줄곧 대기 물리에 관해 토론해야 했다.

---

39 발터 네른스트(Walter Herrmann Nernst, 1864~1941): 독일의 물리 화학자.
40 앙리 푸앵카레(Jules Henri Poincaré, 1854~1912): 프랑스의 수학자, 물리학자, 천문학자.

지리학 교실에서는 펭크 교수 혹은 조수 베어먼의 인솔 아래 근교의 지질, 지리 견학에 나섰다. 발이 빠른 펭크와 입이 빠른 베어먼 때문에 고생을 했지만 여러 가지로 상당히 도움이 되었다.

학생들이 꾸린 견학단에서 매주 여러 견학에 참가할 이들을 모집했고, 그 광고를 대학 현관에 붙였다. 당시 세계 제일이던 나우엔[41]의 무선 전신 발신소를 구경한 것도 이 견학단의 일원으로서였다. 큰 뱀 같은 무선 전신 시스템의 스파크가 픽픽 소리를 내며 번쩍이고 사라지는 광경을 보았다. 또 견학단으로 헤벨 극장의 무대 이면을 구경했을 때는 지하실 모터로 돌아가는 회전 무대를 그 밑에서 보거나 바람 소리를 내는 기계를 조종해 보기도 했다. 소리를 내는 것은 기계이지만, 소리를 바람 소리답게 만드는 것은 역시 인간의 예술이라는 생각이 들었다.

세 학기, 1년 6개월 동안의 베를린 대학 통학은 긴 것 같기도 하고 또 짧은 것 같기도 했다. 더 배운 것 같기도 하고 바보가 된 것 같기도 했다. 다 정리하고 괴팅겐으로 이사할 때에는 정말로 떠나기가 아쉬운 기분이었다.

마르샤르 다리와 왕궁교에서 매일 조망하던 스프레이 강의 탁류에 이는 물결을 훗날 영화 「베를린」의 한 장면으로 보게 되었을 때에는 실로 왕년의 기억이 되살아나는 느낌이었다.

41 독일 브란덴부르크 주의 한 지역.

선생님께 보내는 서신

베니스에서

사원 비둘기에게 콩을 사서 주는 게 일본에만 있는 줄 알았더니 이곳 산마르코 사원도 똑같습니다. 콩 말고 옥수수를 호리한 원추형 봉투에 담아 판매합니다. 큰길에 냄비를 놓고 데친 낙지를 파는 사내도 보입니다.

베니스의 거리는 낡고 오래됐지만, 아름다운 의미로 낡고 오래된 것인지라 벗겨진 벽부터 창문에 늘어진 세탁물까지 이루 다 말할 수 없을 만큼 아름답고도 수수한, 좋은 빛깔을 띱니다. 서리가 내리는 철인데도 아름다운 상록수의 녹음과 푸른 옥과 같은 물빛이 고풍스러운 가옥의 노랑, 빨강, 갈색 빛깔과 잘 어울립니다. 곤돌라도 재미있고 초라한 차림의 여성마저 아름다워 보입니다.

로마에서

로마에 오고서 계속 폐허를 방황했습니다. 오늘은 번화가를 떠나 알바노 호수에서 로카 디 파파 쪽으로 오래된 화산 유적을 보러 갑니다. 산허리 곳곳에 올리브가 무르익었고, 그 아래로 양 떼가 흩어져 있습니다. 산길에서 장사치 아닌 듯 장작과 양산을 묶어 머리에 이고, 양말을 짜면서 걸어오는 여성을 봤습니다. 목재를 실은 수레를 황소로 끌고 오는 사람도 있고, 나귀에 숯 가마니를 실은 사람도 있습니다. 밀감 나무도 있고 대나무도 있습니다. 눈과 머리가 검은 아낙들이 웅덩이에 모여 빨래하는 옆으로 닭이 떼 지어 다니고, 돼지가 곁길에서 웁니다. 바티칸도 조금 봤는데 어디든 명물로 가득합니다.

베를린에서

이번 여행 중에는 궂은 날이 많았습니다. 특히 스위스에서는 비와 안개 때문에 알프스의 눈도 보지 못했고 그다지 볼거리가 없었습니다. 그래도 몽블랑 빙하를 구경하러 간 날에는 날씨가 괜찮아서 좋았습니다. 온도계를 들고 기온을 재며 다녔습니다. 곡괭이 같은 막대에 끈을 달아 어깨에 멘 안내인이 영어 가이드는 필요 없냐기에, 그쪽은 영어를 할 줄 아느냐고 되물었는데 아니라더군요. 미끄러지지 않도록 조심하며 신발에 덧신을 신고, 혼자 빙하를 건넜습니다. 기분이 좋았습니다. 빙하 건너편은 모베 파(mauvais pas)라는 험로였고 산

곳곳에 고산 식물이 꽃을 피웠으며, 폭포가 여러 군데 있었습니다. 그 골짜기로 내려가면서 조그만 여관을 지나는데 뒤에서 어떤 사람이 쫓아왔습니다. 그러고는 당신 혹시 일본인 아니냐 묻기에 그렇다고 했지요. 그랬더니 자기는 영국 출신의 웨스턴이라는 사람인데, 일본에 8년이나 머무르며 높은 산에 많이 올랐고, 후지 산은 여섯 번이나 갔다고 하더군요. 그의 부인은 여관 앞 풀밭에서 양말을 짜고 있었습니다. 또 그곳에서 골짜기 밑으로 내려가 샤모니 마을[42]까지 걸었는데, 길가 목장에는 목에 방울을 단 소가 풀어져 있었고, 그 방울 소리가 자못 음악처럼 들렸습니다. 그리고 소를 치는 아이와 아주머니도 그야말로 그림처럼 산뜻했습니다. 일본에도 있는 가을 풀이 꽃을 피운 모습도 보였고, 건널목지기 오두막에 핀 국화와 길가의 성모 마리아 사당에 바친 꽃도 보았습니다. 샤모니 마을에 들 무렵에는 해가 벌써 기울기 시작했는데, 새빨간 저녁놀이 보송 빙하(Glacier des Bossons) 꼭대기를 물들인 때에는 정말 예뻤습니다. 마을 번화가에는 명물인 마노(瑪瑙) 세공과 쇠뿔 세공을 진열한 가게가 즐비했고, 그런 곳에는 늘 그렇듯 극장이 자동 피아노 소리로 손님을 불러 모았습니다. 파리에서 온 듯 보이는 화려한 복장의 여성이 산책하는 모습도 보았습니다.

샤모니에서 제네바로 돌아와 교외에서 노학자 살라만 씨를 찾아뵈었습니다. 그는 매우 기뻐하며 맞아 주었고, 자기 마차에 태워 마을 전체를 안내해 주었습니다. 점심 식사를 한 뒤 넓은 사유지를 구경하며 걸었습니다. 살라만 씨의 부인이 제

---

42 프랑스의 남동부 끝, 몽블랑 북쪽 산기슭에 있는 도시. 알프스 관광의 중심지다.

논문을 불어로 번역하여 이곳 학술지에 게재해 주었다고 합니다. 이곳은 프랑스 국경과 가깝고, 저택 베란다에서 목장 너머로 국경을 가르는 숲과 볼테르[43]가 살았다고 전해지는 집도 보였습니다. 양탄자 같은 초원에 이백 년이나 산 떡갈나무와 백 년 남짓 산 밤나무가 여기저기 늘어섰고, 그 사이로 꾸불꾸불한 샛길이 지납니다. 땅 한편에 지하에서 공기를 빨아들이고 내뿜는 우물이 있었는데, 거기서 그 원리에 관한 설명을 들었습니다. 저기압일 때는 분출이 활성화하면서 밀짚모자 정도는 불어 올린다고 하더군요. 우리는 소작인 주택과 외양간, 돼지우리, 분뇨를 쌓아 둔 데까지 보고 다녔습니다. 소작인 한 명 한 명에게 "알로." 하고 인사하며 한두 마디 대화를 나누었습니다. 농삿집을 짓는 방식은 옛 전통을 따른다고 합니다.

저택 입구에서 현관까지는 참나무 가로수가 늘어섰습니다. 그 양쪽으로 사과밭이었는데 마침 사과가 불그스름하게 익어 있었습니다. 서재에는 로마에서 사 왔다고 하는 대리석 반신상이 몇 개나 있었습니다. 살라만 씨는 하나하나 그 머리를 더듬고 얼굴을 만지며 보여 주었습니다. 그중 얼굴이 큰 소년상이 하나 있었는데 굉장히 준수한 외모였습니다. 선생님의 첫째 따님이 어렸을 적에 이 반신상에 푹 빠져, 선생님의 의자를 밟고 올라가 석상에 입맞춤을 했다고 합니다. 그 모습을 유화로 그린 액자가 응접실에 걸려 있었습니다. 안개가 끼고 비가 내리는 실로 조용한 날이었습니다.

제네바에서 베른, 취리히, 루체른 등을 둘러봤습니다.

---

43 볼테르(Voltaire, 1694~1778): 프랑스의 철학자. 계몽주의 운동의 선구자.

루체른에는 '전쟁과 평화 박물관'이라는 곳이 있었는데, 러일 전쟁관엔 저속한 풍속화가 많이 전시되어 있어서 기분이 조금 언짢았습니다. 그러나 도처의 산골짜기와 비탈면에 목장이 이어지고 사과가 열리는 아름다운 나라라고 생각했습니다.

이후 스트라스부르를 보고 뉘른베르크로 갔습니다. 중세의 독일을 보는 것 같아 재미있었습니다. 시청 밑의 지하 감옥을 관람할 때에는 아가씨가 램프를 켜고 안내해 주었습니다. 죄인은 짚조차 깔리지 않은 판자 침상에 고꾸라진 채, 빵도 물도 받지 못했다는 이야기를 들었습니다. 동행한 티롤모자를 쓴 노인이 여러 번 질문을 했지만, 아가씨는 자세한 것까지는 속 시원히 대답하지 못했습니다. 그렇게 지하 복도를 십오 분가량 걷자 깊은 우물이 나왔는데 "관람하시겠습니까." 하고 물어보더군요. 그런데 노인의 부인이 거부하여 보지 않고 그냥 나왔습니다. 그리고 뒤러[44] 화백의 집 유적도 보았는데 거기는 입장권이 추첨식이었습니다. 유명한 고성(古城) 한편에는 옛 형구를 진열한 탑이 있었습니다. 얼굴이 창백한 키 작은 여성이 설명하며 동행했습니다. 남학생으로 보이는 이가 그 안내인에게 "그렇게 주야장천 소름 돋는 이야기를 계속해도 아무렇지도 않소?" 하고 심술궂게 물음을 던졌는데, 그녀는 쓴웃음만 지었습니다. 저는 그 말에 대한 보상이라 생각하고 그림엽서를 몇 장 사서 안내인에게 주었습니다. 그리고 동전 하나를 던져 주고 도망 나와 버렸지요.

뮌헨에서는 나흘을 묵었습니다. 피나코테크 미술관에서

---

44 알브레히트 뒤러(Albrecht Dürer, 1471~1528): 독일의 화가, 판화가.

는 무리요[45]와 뒤러, 뵈클린[46] 등을 질릴 정도로 보고 나왔습니다. 그리고 드레스덴과 예나를 거쳐 바이마르에 두 시간가량 머무르며, 괴테[47]와 실러[48]의 생가를 구경했습니다. 괴테가 죽기 전에 마당의 흙을 접시에 담아 와서 분석하려는데 그때 몸 상태가 급속히 나빠졌다고 합니다. 서재 창문 아래에 있는 높은 서가에 흙이 담긴 접시가 지금도 놓여 있습니다. 옆의 침실로 들어가 봤는데, 괴테는 침대에 눕지도 못하고 팔걸이 의자에 기댄 채 생을 마감했다고 합니다. 의자 옆 선반 위에는 약병과 찻주전자, 찻종이 당시 그대로 놓여 있습니다. 서재의 책상과 침실이 뜻밖에 소박해서 깜짝 놀랐습니다. 2층 공간에는 여러 유물이 전시되어 있었는데 저는 괴테가 실험에 사용한 물리 기계와 표본 같은 것이 흥미로웠습니다. 실러의 집은 소박하다기보다는 가난한 수준이었습니다. 괴테 생가에는 제복을 빼입은 멋진 경비원이 몇 명 있었지만, 실러 생가는 등이 굽은 여성 단 한 명이 관리했습니다. 뒤뜰 건너편부터 벌써 남의 집 땅이었고 거기서는 장인이 무슨 세공을 한다고 합니다. 실러 거리의 막다른 골목에는 당시 분위기를 본떠 만든 큰 카페가 있었고, 유리창 안으로 보이는 20세기의 남녀가 머리 색이 다른 저를 신기한 듯 쳐다보았습니다. 거리에도 교차로에도 온통 낙엽이 깔렸습니다. 오래된 벽돌담에는 담쟁이덩굴

---

45   무리요(Bartolome Esteban Murillo, 1617~1682): 17세기 스페인을 대표하는 화가.

46   아르놀트 뵈클린(Arnold Böcklin, 1827~1901): 19세기 독일의 낭만주의 화가

47   괴테(Johann Wolfgang von Goethe, 1749~1832): 독일의 시인, 극작가, 정치가, 과학자.

48   프리드리히 실러((Johann Christoph Friedrich von Schiller, 1759~1805): 독일의 시인, 극작가.

이 핏빛으로 얽혔고 따사로운 햇살은 궁성 보초병의 투구에 비쳐 빛났습니다.

저는 이렇게 베를린에서 열흘 일정을 마치고, 괴팅겐으로 갔습니다.

파리에서 1

제 숙소는 오페라 거리 가까운 데서 조금 들어간 뒷골목에 있습니다. 두어 정 나가면 이탈리아 대로입니다. 매일 아침 여기로 나와 길모퉁이에서 신문을 삽니다. 처음 노트르담에 간 날에는 여기서 승합 마차를 타고 우선 바스티유 광장까지 갔습니다. 이야기로 듣던 감옥은 흔적도 없습니다. '칠월의 비(碑)'라는 기념비가 솟아 있을 뿐입니다. 기념비 꼭대기에는 자유의 신이 부순 쇠사슬과 햇불을 들고 서 있습니다. 바람이 무섭게 부는 날이었고 하늘에는 뜨문뜨문 구름이 떠다녀, 우러러보고 있자니 그 신의 동상이 하늘을 달리는 것 같았습니다. 교차로 광장에는 먼지와 휴지 조각이 소용돌이쳤습니다.

광장을 면한 곳에 '오 캐농(Au canon, 대포)'이라는 음식점이 있는데, 처마 위에 대포 모양의 간판이 있습니다. 거기서 다시 마차 2층에 올라타 오텔 드 빌49까지 갔습니다. 지나는 길 한편에는 푸성귀를 실은 작은 수레가 나란히 있었습니다. 대부분의 상인이 아주머니였고 뺨을 덮는 검은 숄을 걸쳤습니다. 시청 앞에 이르자 마차에서 내려 노트르담까지 돌개바

---

49   파리 시청(Hôtel de Ville)을 이른다.

람을 헤치며 걸었습니다. 유명한 사원이라면 어디든 검은 연기에 한번 그슬렸다 말끔히 씻겨 내려간 듯한 분위기가 있는데, 이 사원도 그랬습니다. 다른 유명한 수도원보다 그다지 훌륭하다고 생각하진 않지만 양쪽에 나란히 솟은 종루가 조금 색다른 느낌을 줍니다. 입구로 들어서자 주위가 불쑥 깜깜해졌습니다. 발밑에서 별안간 "폴 레 포블." 하는 날카로운 목소리가 울부짖었습니다. 커다랗고 새하얀 두건을 쓴 수녀가 보따리를 들이밀었습니다. 보따리 안에서 은화가 빛났습니다. 들어오는 신도는 모두 입구 쪽의 벽과 기둥에 달린 성수가 담긴 푼주에 손끝을 살짝 담가, 이마에서 가슴으로 내린 뒤에 왼쪽에서 오른쪽으로 손을 옮기며 십자를 그렸습니다. 사당 옆의 성모상과 예수상에는 촛불이 켜졌고 두어 명씩 그 앞에 무릎 꿇고 기도하였습니다. 촛불 파는 아주머니가 힐끔힐끔 저를 쳐다보았습니다. 성당 한가운데 멈춰 서 높은 스테인드글라스에 비치는 햇빛을 우러러봤는데 역시 기분이 좋았습니다. 오후라 예배는 없었는데 간혹 오르간의 낮은 메아리 소리가 들렸다 안 들렸다 했습니다. 우측 회랑의 기둥 아래에는 성모 마리아 입상이 있었고 그 밑으로 활판 인쇄한 기도문이 담긴 액자가 여러 개 걸려 있었습니다. 여기서 그 문구로 기도하면 백 일 동안 대주교가 삼종 기도(angélus)를 해 준다고 합니다. '세월을 버틴 상 앞에 엎드려 노트르담의 이름으로 기도하는 우리 성모시여……'와 같은 문구입니다. 우리들의 선조는 수세기에 걸쳐 파리의 기쁨과 슬픔을 이 상 앞에서 나눴다는 문구도 있습니다. 젊은 여자가 검은 사(紗)로 얼굴을 가리고 긴 촛불을 손에 들고 상 앞에 섰습니다. 그러고는 난간에 기댄 채 무릎 꿇고 가만히 있습니다. 아름다운 어깨가 이따금 들썩거렸고, 모자의 검은 새털이 떨리는 듯 보였습니다.

성모상 바로 옆에는 잔 다르크 석고상이 있습니다. 이 상을 완성시키기 위해 희사해 달라는 벽보가 붙어 있었습니다. 회랑에서 안으로 들어간 곳에는 신부가 참회를 받는 곳이 몇 군데나 있습니다. 재작년에 처음으로 이탈리아의 사원에서 참회 장소를 보고 꺼림칙한 기분이 든 이래, 이러한 실내 구조를 볼 때마다 신부에 대한 반감이 들고 신도가 가엾게 느껴졌습니다. 안쪽 회랑의 문 옆에 '보물 창고를 관람하실 분은 여기서 경비원을 기다려 주십시오.'라는 벽보가 붙어 있습니다. 그 앞에서는 신부 두 사람이 서서 이야기를 나누고 있었습니다.

문을 나서자 바깥에서 세찬 바람이 불어왔습니다. 성당 앞에서 오른쪽으로 꺾으니 탑으로 가는 계단이 나왔습니다.

어스름한 나선형의 좁은 계단을 올라갔습니다. 벽은 낙서 투성이입니다. 대부분이 관광객 이름인 것 같습니다. 계속 올라가다 가운데 단의 회랑으로 나왔습니다. 안개가 조금 꼈지만 생드니부터 부아까지도 훤히 보였습니다. 종루 아래의 문이 열리며 여자가 얼굴을 비쳤습니다. 탑으로 올라갈지 묻고는 탑으로 통하는 문을 열어 줬습니다.

"내려오면 이렇게 두드려 주세요." 하며 문을 툭툭 두드리는 시범을 보이더니, 저를 탑 안에 가두고 말았습니다. 깜깜한 계단을 더듬으며 올라가 꼭대기로 나왔습니다. 바람이 너무 세서 모자를 쓰고 있을 수 없었습니다. 모자를 벗으니 머리카락이 어지럽게 날렸습니다. 간신히 여행 안내서를 펼쳐들고 파리 전체를 조망했습니다. 탑 꼭대기의 풍파에 쓸린 돌에는 조개 화석이 가득 붙어 있었습니다. 사원의 역사와 파리의 역사도 재미있지만, 제게는 이 태곳적 조개의 역사도 재미있었습니다. 지붕의 함석과 돌에도 온통 이름과 날짜가 새겨져 있습니다. 탑을 내려와 문을 두드렸습니다. 잠시 기다렸지만 밖에서는 열어 주지 않았습니다. 다시 발로 문을 툭툭 찼습니다. 그러고 나서 잠시 기다리니 이윽고 문이 열렸습니다. 나오는 우리를 스쳐 탑에 들어가는 사람이 하나 있었는데, 안내인은 그에게도 똑같은 설명을 하고 밖에서 자물쇠를 걸어 잠갔습니다. 그러고는 "세바스토폴의 종을 관람하시겠습니다." 하며 앞에 서서, 반대쪽 종루로 인솔했습니다. 검은 베일과 숄 차림에, 뒤로 보이는 덧치마는 너덜너덜 했습니다. 난간에 달린 무서운 괴물 동상 여러 개가 파리를 내려다봅니다.

"이 괴물을 봐 주세요. 사색에 잠긴 듯 일 년 내내 이렇게 턱을 괸 채 생각을 하죠."

다시 종루로 돌아갔습니다. 좌측에 있는 것이 크림[50]에서 가져온 세바스토폴의 종이고, 우측에 있는 것이 이곳의 큰 종인데 무게가 몇 킬로그램이며, 안에 달린 추가 어쩌고저쩌고 설명을 했습니다. 종을 흔들어 움직이는 원리를 보여 주었습니다. 옆의 철봉으로 가볍게 땡땡 울리더군요. 특별한 축제일이 아니면 거의 치지 않는다고 합니다. 위고[51]의 소설에 영감을 준 그리스 문자 낙서는 진짜 있느냐고 물으니 "이제는 없습니다. 당신도 카지모도 이야기를 아시는군요." 하며 창백한 얼굴로 웃었습니다.

다시 원래 입구로 돌아오자 아까 탑에 올라간 남성이 저

---

50 우크라이나의 한 지역.
51 빅토르 위고(Victor-Marie Hugo, 1802~1885): 프랑스의 낭만파 시인, 소설가 겸 극작가. 대표작으로 『레 미제라블』이 있다.

처럼 문을 두드리고 있었습니다. 그녀는 "죄송합니다." 하고 문을 열어 주며 다시 종 관광을 인솔했습니다.

다음에 다시 연락드리겠습니다. 오늘은 사육제라서 북적일 것 같습니다.

파리에서 2

최근 위고 박물관이라는 곳을 구경했습니다. 위고가 살던 집에 유물을 진열해 대중에게 보여 주었습니다. 위고가 그린 그림이 많았는데 솜씨가 제법 뛰어나 깜짝 놀랐습니다. 위고의 작품 속 광경을 그린 여러 화가의 그림도 있었습니다. 『레미제라블』의 팡틴이 길거리의 괴한에게 눈덩이를 맞는 그림도 있습니다. 이것은 위고가 실제로 본 사건이라고 합니다. 안내자가 영국인처럼 보이는 연둣빛 정장을 입은 사람에게 설명했습니다. 연두색 정장에 부드러운 연두색 모자를 착용한 사내와 이런 데서 우연히 또 만난 것이 꽤나 신기했습니다. 노르웨이의 배에서도 이런 남자를 봤고, 베수비오 화산[52]에서도 봤습니다. 그들 모두 혀를 굴리며 "웰." 하고 발음했습니다. 계단 벽에 붙은 액자 인쇄물 앞에 선 키 작은 남자 셋은 큰 목소리로 그것들을 읽고는 무어라 이야기했습니다. 그들은 독일인이었습니다. 가느다란 활판을 하나하나 읽는 모양새가 아무래도 독일인인 것 같았습니다. 재미있는 것도 많았지만 서두르며 구경한 탓에 정리된 기억은 없습니다. 여유가 된다

52　이탈리아 나폴리 연안에 있는 높이 1281미터의 산이다.

면 한 번 더 보고 싶습니다.

오늘은 미카렘 축제[53]라고 합니다. 파리 전역의 세탁부 가운데 최고의 미인을 여제로 뽑아 성대한 행렬을 벌인다기에, 점심을 하고 인근 큰길까지 나가 보았습니다. 인도 곳곳에서 잘게 자른 색종이 조각이 든 종이 봉투를 팔았습니다. 가면과 종이 털, 닭 울음소리를 내는 피리도 팔았습니다. 바람을 불어넣으면 코끼리 코처럼 가늘게 휘릭 뻗는 장난감도 팔았습니다. 거리에는 엄청난 인파가 몰렸고 순경들도 경계에 투입되었습니다. 날씨가 좋고 따뜻해서인지 도쿄의 꽃놀이 때와 비슷한 기분이었습니다. 모두 집의 높은 창문에서 길거리를 구경했습니다. 화려한 여성용 모자가 눈에 띄었습니다. 창문에서 색종이 조각이 뿌려지는 모양이 꼭 벚꽃이 지는 것 같았습니다. 이따금 기다란 종이 끈을 던지는 사람도 있었습니다. 갖가지 분장을 한 무리도 지나갔습니다. 아이들이 많았지요. 행렬의 앞에는 기병이 섰습니다. 휘황찬란하게 빛나는 투구에 검은 머리를 늘어뜨린 이들이었는데요, 흉갑 기병(Cuirassier)이라더군요. 그 뒤로 악대가 따랐습니다. 멈춘 기차 지붕에 사람이 가득했고 거기서도 흐드러지게 종잇조각을 뿌렸습니다. 악대 뒤로는 기묘한 장식을 곁들인 수레가 왔습니다. 커다란 거북이 머리에 굴뚝을 꽂고 거북이 등에는 철도 공무원 인형을 태웠습니다. 이게 좌우로 흔들리며 나아갔습니다. 국영 서부 철도를 풍자한 것이라고 합니다. 그리고 각 지역에서 뽑은 여왕을 태운 수레가 하나둘 오기 시작했습니다. 여왕들은 모두 웃는 얼굴로 양쪽 길로 키스를 날립니다.

---

53 부활절 전. 사십 일간의 사순절 기간 중 세 번째 목요일.

우아우아 하고 구경꾼이 환호를 질렀습니다. 강한 햇볕에 더위를 느꼈는지 얼굴을 찡그린 사람도 있었습니다. 많은 상업 단체의 깃발도 보였습니다. 적십자기를 세운 구호대도 있었습니다. 저 뒤에 '여왕 중의 여왕' 마드모아젤인가 하는 사람이 꽃수레 가장 높은 단의 옥좌에 앉아 관을 쓰고 있었습니다. 또한 여러 광고를 내건 수레가 많이 왔고, 행렬의 마지막을 다시 기병이 경호하였습니다. 행렬은 이제 라보에티 가에서 샹젤리제 쪽으로 행진한다고 합니다. 대로는 굉장히 혼잡했고, 저도 가끔 종잇조각을 맞았습니다. 허름한 카페에 들어가 쉬고 있으니, 안쪽 탁자에 둘러앉은 남녀 네다섯이 만돌린을 켜며 노래하고 있었습니다. 재작년에 처음 서양 땅을 밟은 밤, 제노바[54]의 여인숙에 머물 때 밤늦게 창문 아래서 만돌린을 켜며 노래하는 사람이 있었습니다. 그 노랫가락이 자못 감상적이라고 할까, 비속하다고 할까, 하여간 묘한 기분이 들었는데 오늘 들은 노래도 같은 느낌을 주었습니다. 독일에서는 듣지 못한 가락이었습니다. 돌아와 외투를 털었더니 온 방에 색종이 조각이 한가득 흩어졌습니다.

　사오일 전 오페라 거리에서 구노[55]의 「파우스트」를 보았습니다. 메피스토펠레스의 저음이 마음에 들었습니다. 소품이 훌륭하고 생생했으며, 조명이 절묘하게 사용되는 것이 놀라웠습니다. 음악 시작 전의 신호로 판자를 쿵쿵 두드리는 소리를 내는 것은 독일과 달라 어딘지 재미있었습니다. 최종막 전

54　이탈리아 북서 해안에 있는 도시.

55　샤를 구노(Charles Gounod, 1818~1893): 프랑스의 작곡가. 「파우스트」와 「로미오와 줄리엣」을 프랑스적인 오페라로 만들어 내고자 한 인물이다.

에 발레 공연이 있었습니다. 고향에 있던 시절,《스튜디오》[56] 인가 어디에 게재된 무희를 그린 드가[57]의 파스텔화를 보고서 어떻게 이런 밋밋한 그림이 다 있을까 싶었습니다. 그런데 이후에 발레라는 것을 보고 드가의 진짜 그림도 보고 나니, 역시 이 화가의 그림이 일종의 광경, 운동, 색채, 느낌과 같은 것을 상당히 진실하게 나타냈구나 하는 생각이 들었습니다.

배우의 노래는 작년에 빈에서 들은 것이 더 나은 것 같습니다. 이 이야기를 같은 여인숙에 묵는 독일인에게 하니, 오페라는 독일 고유의 것이라며 어깨에 힘을 주더군요. 그는 바그너[58]의 오페라를 예로 들며 4막으로 된 것을 프랑스에서는 2막으로 적당히 나누어 공연한다느니, 공연이 제멋대로라고 하면서 매우 분개했습니다.

56 《The studio》. 영국의 월간 미술 전문지를 가리킨다. 1893년 창간. 나쓰메 소세키가 구독한 바 있다.

57 에드가 드가(Edgar Degas, 1834~1917): 프랑스의 화가.

58 리하르트 바그너(Wilhelm Richard Wagner, 1813~1883): 독일의 작곡가. 오페라 외에도 거대한 규모의 악극을 다수 남겼다.

병중기

다이쇼 8년 12월 5일, 맑음, 금요일

　이삼일 전부터 감기 기운이 있었는데, 전날에는 오전에 기상과 물리 강의가 있어서 출근했다. 오후 지나고 돌아갈 요량이었는데 뜻밖에도 기분이 좋고 날씨도 좋았다. 그래서 시로키야[59]의 하이가(俳画)[60] 전람회를 보러 갔는데 이미 끝나 있었다. 뒤이어 마루젠[61]에 가서 책을 두 권 정도 연구실로 배달해 달라고 했다. 위 상태는 그다지 좋지 않았지만 기분은 괜찮아서 승합 자동차로 긴자에 갔다. 그리고 평소처럼 후게쓰에 들러 커피를 마셨다. 위가 좋지 않다는 생각에 한 잔으로 끝냈다. 5일 아침에는 감기도 나아졌고 위도 괜찮은 것 같았다. 아침에는 수업이 없어서 느긋이 해가 잘 비치는 거실의 장

59　예전에 도쿄 니혼바시에 있던 노포 백화점.
60　하이카이풍의 멋을 풍기는 간소한 담채화.
61　일본의 대형 서점이자 출판사. 1869년 도쿄 니혼바시에 첫 점포를 열었다.

지 안에서 고타쓰를 쬐며 그럭저럭 있었다. 10시 반쯤 학교에 가니 일본 수학물리학회에 보냈던 글의 교정지가 와 있어서 바로 정정하고 기노시타 군의 방으로 들고 갔다. 내 연구실로 돌아와 전날 국민미술협회에서 한 강연「구름 이야기」의 원고를 교정했다. 한두 페이지 보는 동안에 갑자기 온몸이 달아올랐다. 증기탕에라도 들어간 듯했고 실내의 공기가 눌러 대는 것만 같아 참을 수 없었다. 곧바로 일어나 왼쪽 창을 열었지만 도로 감기에 걸리면 안 된다고 생각했기에 이내 다시 닫아 버렸다. 웃옷을 벗어 오른쪽 책상 위에 내던지고 책상 앞으로 돌아왔는데 동시에 말로 표현할 수 없는 흉통을 느꼈다. 모로 눕고 싶었지만 누울 곳이 없었다. 책상 위에 푹 엎드린 채 오른쪽으로 왼쪽으로 머리를 대 보았지만 흉통은 커지기만 했고 온몸에 땀이 났다. 한쪽 구석에 모포가 있다는 생각이 나서 자리에서 일어나 가지러 갔다. 모포에 손을 댄 순간 눈앞이 갑자기 새까매지며 몸이 좌우로 흔들리는 걸 느꼈다. 무엇인지 모르지만 큰일 났구나 싶은 기분이 들었다. 다음 순간에 나는 내 자리 뒤의 문 앞에 쓰러져 있었다. 왜 거기까지 갔는지는 전혀 기억나지 않는다. 이루 말할 수 없는 고통이 온몸을 눌러 댔고 이마에서 식은땀이 흘렀다. 그 괴로움을 조금이나마 가볍게 하는 유일한 방법으로 계속해서 크게 신음했다. 이삼일 전에 구두를 수선 맡긴 뒤 낡고 거친 구두를 신고 있었는데 그것이 걸리적거려 견딜 수 없었다. 발을 움직일 때마다 거칠한 선반이나 문에 부딪히는 딱딱하고 차가운 감각이 몹시 불쾌하게 과장되어 괴로움을 더했다. 입구 쪽 벽에 있는 증기 히터 위로 보이는 하얀 벽이 검게 찌들어 있는 것이 특히 눈에 띄어 불쾌했다. 묘하게도 그 지저분한 면 위에 쓰러져 신음하는 또 다른 내가, 쓰러져 있는 나를 쌀쌀맞게 방관하는 것 같은 기분이 들었다.

조수 아사리 군은 방에 없었다. 모자걸이의 모자와 외투로 보아 출근했음은 알 수 있었지만 아침부터 얼굴을 보지 못했다. 평일에도 내 연구실 앞으로는 사람이 잘 지나지 않는다. 도저히 벨을 누르기 위해 일어설 수가 없어서 아사리 군이 돌아올 때까지 기다릴 수밖에 없었다. 휑한 느낌의 방 천장이 보이는 것이 어째 불안했다. 떨리는 손으로 허우적거리며 잡힐 것도 없는 문을 이리저리 더듬으며 계속해서 짐승처럼 신음했다. 몇 분 정도 이 상태가 이어졌는지 알 수 없지만 내게는 무서우리만치 길게 느껴졌다. 그런 사이에 가벼운 발소리가 복도에서 들려왔고 아사리 군이 들어와서 대답은 했지만 내가 어디에 있는지 깨닫지 못한 모양이다. 두 번 세 번 목소리를 내며 부르다 내가 쓰러져 있는 것을 발견하고 서둘러 달려왔다. 깜짝 놀라 가까이 다가왔다. 책상 위에 놓인 이카쓰[胃活][62] 캔을 가져다 달라고 부탁하니 바로 가지고 와서 마시게 해 주려고 했다. 그런데 물이 없으면 마실 수 없으니 물을 한 컵 달라고 했다. 아사리 군은 곧바로 사환실에 찻주전자를 가지러 갔다. 그것을 기다리다 갑자기 구역질이 올라와 오른쪽을 보고 머리를 기울이며 토했다. 토하는 순간에, 토사물은 검은 피겠구나 싶은 예감이 머리에 번뜩였다. 역시나 검은 피가 먼지 범벅인 바닥에 지름 10센티미터 정도의 원을 그렸다. 뒤이어 토한 것은 약간 붉은 가운데 무언가 하

---

62 당시 일본에서 판매되던 위장약. 일본어의 '살리다.'라는 뜻의 '이카스[活す]'와
    발음이 비슷하다.

안 것이 섞였고, 전의 것 옆에 불규칙한 모양으로 두 배 정도의 넓이를 그렸다. 물을 가지고 온 아사리 군에게 의사를 불러 달라 부탁했다. 토하고 나니 흉통은 없어졌지만 급격히 힘이 빠지는 기분이 들어서 그대로 움직이지 않고 천장을 보고 있었다. 맥박을 재 봤지만 멀쩡했다. 일찍 집에 돌아가 눕고 싶었다. 집에 전화를 걸어 달라고 할까 생각했지만 뭐 서두를 것도 없겠다 싶었다.

그러는 사이에 낯선 의사가 왔다. (나중에 물어보니 학생감의 의사였다나.) 맥을 짚고 피를 검사했는데 달리 아무런 소견도 없기에, 내가 먼저 위궤양임을 알리고 토혈 전의 병세를 말하려 했지만 목소리를 낼 힘이 없어서, 게다가 입이 달라붙어 분명히 말을 할 수가 없었다. 기노시타 군도 왔다. 가네코 씨와 마나베 씨도 와 주었다. 스기우라 씨가 학교 모포를 가지고 와 주어서 그 위에 눕게 되었다. 아내 신(紳)이 왔다. 신의 얼굴에는 놀람과 침착함이 어우러져 있는 듯 보였다. 연구실의 벽을 배경으로 아내의 모습을 보는 느낌이 매우 묘했다. 그간 떨어져 있던 연구실과 가정이라는 두 개의 다른 세계가 이십 년 만에 별안간 서로 섞인 듯 느껴졌다. 아내가 베갯머리에 다가와 주었을 때에는 어째 굳게 먹은 마음이 약해지는 것만 같아 눈물이 나올 뻔했다. 나는 "거기 피가 있다, 피가 있어." 하고 말하며 신문지로 덮은 혈흔을 가리켰다. 내 목소리가 무서울 정도로 가차 없이 내 귀에 울렸다. 마나베 씨는 계속 지시하면서 탕파를 가져오라거나 얼음주머니를 가져오라 했다. 그리고 조수를 한 명 불러 붙여 주었다. 하얀 옷을 입은 조수는 내 다리 쪽에서 의자에 앉아 가만히 옆을 보고 있었지만 부단히 이쪽을 신경 썼다. 간호사도 한 명 와서 머리 쪽에 가만히 있었다. 다마루[63] 선생님께서 가끔 들어오셔서 조용히 상태를 보고 가셨다. 선생님의 얼굴이 몹시 다정하고 반갑게 느껴졌다. 후지사와[64] 선생님도 살짝 들르시기에 인사를 하려고 하니 손사래를 치시고는 발밑의 의자에 앉으셨다.

바닥에 누워 올려다보는 모든 사람의 얼굴이 매우 높은 곳에 있는 듯 느껴졌다. 그리고 모든 사람의 호의와 동정이 내 위로 쏟아지는 듯싶었다. 쓸쓸하고 차갑던 곳이 따뜻하고 편안하게 여겨졌다. K군도 가끔 얼굴을 보러 왔는데 그의 굳은 얼굴은 붉은 기를 띠었고 한층 더 부드럽게, 아니 오히려 유쾌하게 보였다. 입구 밖의 복도로는 많은 사람들의 목소리가 들렸다. 마나베 씨가 뭐라고 하자 사노 씨의 유쾌한 웃음소리도 들렸다. 가네코 씨도 가끔 보러 와 주셔서는 친절히 마음을 써 주셨다. 미우라 내과에 공실이 있어 오후 3시쯤에 가면 된다기에 신은 입원 준비를 하러 집으로 갔다. 사람들이 번갈아 가며 베갯머리에서 돌봐 주었다.

부드러운 모포에 둘둘 말린 위로는 신이 가져온 옷이 덮였고, 다리에 올린 탕파가 따뜻해서 기분이 나아졌다. 거의 아무 생각도 없이 꾸벅꾸벅 눈을 붙이고 있었는데 잠을 잘 수는 없었다. 모두가 춥지는 않느냐고 물었는데 춥거나 덥거나 한 느낌은 어디론가 달아나 버렸고, 다만 고요하고 아득한 느낌이 전신을 점령하여 3시가 오는 것이 딱히 길게 느껴지지는 않았다.

---

63 다마루 다쿠로(田丸卓郎, 1872~1932): 일본의 물리학자. 저자의 스승이다.

64 후지사와 슈지(藤沢周次, 1875~1945): 일본의 영문학자, 극작가. 당시 가쿠슈인(学習院) 영어 교사였다.

침대 인력거에 나를 올리는 방법을 두고 여러 의견이 오 갔다. 이윽고 침대가 왔다. 그와 동시에 힘쓰는 사람과 사환 이 우르르 실내로 들어왔다. 방 한가운데의 분석대 위에 둔 물 건이 어디론가 치워졌다. 나는 모포를 밑에 편 채 침대로 옮 겨졌고, 침대가 여러 명의 손에 들렸다. 요시에 교수님이 힘쓰 는 이 가운데 섞여 침대에 손을 대고 계신 것도 눈에 들어왔 다. 실외 통로로 나오자 다카키 씨와 나카가와 씨의 얼굴도 보 였다. 모두 딴 데로 고개를 돌려 내 얼굴을 보지 않으려고 노 력하는 듯했다. 그 시점에 덮개가 닫히며 나의 시야는 단지 가 로세로 몇 치 정도의 셀룰로이드 창으로 좁혀지고 말았다. 침 대는 다시 조용히 들어 올려져 복도를 흔들리며 지나갔다. 복 도 모퉁이를 도는 게 느껴졌다. 북쪽 계단을 내려갈 때에는 왠 지 조금 기분이 좋지 않고 이상했다. 마침내 현관을 나갈 때, 어쩐지 많은 이들이 호기심이나 동정 같은 여러 시선으로 배 웅해 주는 듯한 기분이 들었다. 나갈 때가 되어서야 처음으로 바로 옆에서 나카무라 선생님의 목소리가 들렸다. 마쓰모토 군의 활기 넘치는 목소리도 들렸다. 인력거가 슬슬 움직이자 따라오는 사람의 무수한 발소리가 들리기 시작했다. 셀룰로 이드 창에서 보이는 하늘은 실로 새파랬으며 아름다웠다. 높 이 있는 마른 가지가 이따금 그 아름다운 하늘에 도드라져 보 였다. 인력거 안은 따뜻했으며, 몸에는 아무런 고통도 없었다. 내가 무엇 때문에 이렇게 실려 가는 것인가 싶은 기분도 들었 다. 내가 시체가 되어 옮겨진다는 상상을 해 보았다. 병실까지 의 길은 예상과 달리 길었고 어디를 어떻게 지나는지 똑바로 알 수 없었다. 바로 얼마 전에 거리를 지나가다가 본, 병실 끝 의 경사면에 침대 인력거가 도착하자 병실의 창으로 많은 사람이 내다보던 광경을 떠올렸다. 인력거가 멈추고 침대가 들어 올려졌다. 복도를 지나고 있을 때는 조금 조용히 해 주었으면 싶었다. 침대를 들고 가는 사람들이 목적지에 가까워지자 무의식적으로 조바심을 내는 것이라고 생각하며 잠자코 있었다. 덮개가 열리며 좁은 입구를 지나 병실에 들어갔을 때 가장 먼저 눈에 띈 것은 잿빛 벽이었다. 불쾌한 잿빛을 띤 높은 벽은 위쪽 끝에서 곡면을 이루며 천장으로 이어졌다. 천장 한가운데 하얗게 칠한 환기창이 딱 하나 있을 뿐이었다. 무슨 까닭인지 '壙穴(광혈)'이라는 문자가 머리에 번뜩 떠올랐다.

무제 I

우주의 신비를 알고 싶다고 생각하니, 어느새 나의 손은 한 줌의 흙을 쥐고 있었다. 두 눈으로 지그시 그것을 바라보았다.

그러자 흙의 분자 속에서 성운이 탄생하고, 그 속에서 별과 태양이 탄생하고, 아메바와 삼엽충과 아담과 이브가 탄생하고, 그리고 내가 탄생하는 것이 똑똑히 보였다.

……그리하여 나는 과학자가 되었다.

잠시 있으니, 이번에는 왠지 노래를 부르고 싶어졌다.

이렇게 생각하니, 나도 모르게 큰 목소리가 나왔다.

그 목소리가 내 귀에 들어가는가 싶더니, 자연히 다음 목소리가 나왔다.

목소리가 목소리를 불렀고, 구가 구를 꾀었다.

그리하여 가는 구름은 처마 끝에 멈추고, 산과 물은 소리를 감추었다.

……그리하여 나는 시인이 되었다.

신성

매년 여름 슬슬 저녁 바람이 그리워질 무렵이면, 헛간에 넣어 두었던 대나무 평상을 안뜰로 내온다. 그것을 내는 날은 나의 단조로운 한 해 생활에 하나의 뚜렷한 구분을 짓는 중요한 날이다. 내일은 평상을 내야 하지 않겠느냐는 말이 누구의 입에서 나온다. 그런데 그다음 날에 비가 오거나 혹은 여러 일에 치이며 하루 이틀 미뤄진다. 그러다 마침내 '오늘이야말로'라는 생각으로, 아침에 지붕 밑 헛간에서 평상을 내렸다. 묵은 먼지와 곰팡이를 물걸레로 꼼꼼히 닦아 뒤뜰 그늘에서 말린다. 이윽고 저녁때가 되어 안뜰로 들고 나오면, 이제 우리 집에도 정말 여름이 왔다는 생각이 든다.

평상 밖에 접의자 세 개를 나란히 세우고 모두가 안뜰에 모인다. 아직 날이 밝은 초저녁에는 줄넘기를 하는 아이도 있고, 스케치북을 내어 할머니의 뒷모습을 그리는 아이도 있다. 다음 날 아침에 핀 나팔꽃의 봉오리 수를 세어 알려 주는 아이도 있다. 어린 여자애 둘은 툇마루에 여러 꽃을 늘어놓고 꽃가게 놀이를 하기도 한다. 어두워지면 불꽃놀이를 하고, 옛날

이야기를 하고, 할머니에게 '고향 이야기'를 해 달라고 하기도 한다. 어린 자식들은 아직 본 적 없는 부모의 고향을 옛날이야기 속 요정 나라처럼 신기한 환상으로 가득 찬 곳이라고 생각하는 것 같다. 이를테면 고향 집 앞의 시내에 집오리가 줄줄이 떠 있고, 저녁때가 되면 상류에 사는 주인이 쪽배를 타고 데리러 온다는 아무것도 아닌 이야기조차, 어린 머릿속에 꿈같은 무언가를 그리게 하는 모양이다. 그래서 항상 '고향 이야기'를 조른다. 이야기가 끝나면 "나도 고향에 가고 싶어!" 하고 한 아이가 말한다. 그러면 다른 애가 또 같은 말을 되풀이한다. 돌아가신 아버지의 소싯적 이야기도 종종 나온다. 어린 시절에 내 귀가 닳도록 들은 이야기가 다시금 어머니 입에서 나오는 것을 듣자니 몇 년 전까지만 해도 살아 계시던 우리 아버지에 관한 이야기 같지 않았다. 그것은 이제 머나먼 옛날 일이기 때문이다. 하물며 할아버지를 본 적이 없는, 혹은 어렴풋하게만 기억하는 아이들에게는 할아버지가 살았던 때의 아이즈 전쟁[65]이나 세이난 전쟁[66] 시대의 옛날이야기는, 책에서 보는 오랜 역사의 단편과 같은 감흥뿐일 터다. 그런 만큼 할아버지에 대한 그리움은 오히려 정화되고 순화되어 아이들의 머릿속 신전에 바쳐지리라는 생각이 들기도 한다.

올여름 초, 평상을 꺼낸 지 얼마 되지 않은 초저녁에 장남이 남쪽 하늘에 빛나는 커다랗고 불그스름한 별을 발견하고 저게 뭐냐고 물었다. 황도에 가까운 곳에 있고, 어른어른하며

---

65 1868년에 일어난 보신 전쟁(戊辰戰争)의 국지전 중의 하나로, 아이즈 번의 처우를 놓고 메이지 신정부군과 도쿠가와 막부 세력 사이에 벌어진 전투다.

66 1877년에 일본 서남부 가고시마의 사족인 사이고 다카모리(西鄕隆盛)를 중심으로 일어난 반정부 내란이다.

깜빡이지 않으니 분명 행성이리라 생각했다. 최근에 나온 천문 잡지를 찾아보니 화성임을 바로 알 수 있었다. 별자리표를 꺼내 대조해 보니 처녀자리(Virgo)의 일등성, 스피카의 약간 동쪽에 있었다. 그래서 그 표에 연필로 현재 위치를 표시하고 옆에 날짜를 적으며, 이번 여름 동안 이 행성의 궤도를 추적해 보기로 했다.

그것이 동기가 되어 아이들은 하늘이 맑게 갠 밤에는 가끔 별자리표를 내어 눈에 띄는 별자리를 비교해 보았다. 그 무렵 초저녁에는 직녀성과 견우성이 아직 상당히 동쪽에 있었다. 서쪽의 사자자리에는 희고 커다란 목성이 지붕 너머로 얼음 같은 빛을 던지고 있었다.

별자리표에 있는 '변광성'이라는 것이 무엇인지 궁금해하기도 했다. 나는 간단한 설명을 해 주고 때마침 보이던 '직녀성' 바로 옆의 베타 리라(Lyra)[67]의 흥미로운 광도 변화에 주목하도록 했다. 그 뒤로 밤마다 주의를 기울여 보니, 정말로 천문 잡지에 있는 예보대로 빛의 밝기가 변했다. 이 사실이 아이들에게 어떤 식으로 느껴졌을지는 모를 일이다.

하늘을 바라보는 동안에 가끔 유성이 떨어졌다. 나는 유성 이야기를 하면서 열렬한 유성 관측자는 눈을 크게 뜨고 밤하늘을 관찰한다고 이야기하며, 이른바 신성(nova)의 발견에 관한 이야기도 들려주었다. 주된 별자리를 외우고 있으면 초보자도 신성을 발견할 가능성이 있다는 이야기도 했다.

천체 간의 거리는 1초 만에 18만 6000마일을 달리는 빛이 1년을 걸려 도달하는 거리를 단위 삼아 측정한다. 그러한 막

---

67 십삼 일을 주기로 밝기가 변하는 식변광성. '세리아크'라고 불리기도 한다.

대한 거리를 두고 흩어져 있는 천체 중에 두 천체가 우연히 접근하여 신성이 발현될 가능성은 부처님 말씀을 빌리면, 백 년에 한 번 목을 내미는 눈먼 거북이가 망망대해를 떠다니는 구멍 뚫린 나무토막에 머리를 뀈 가능성에 비교될 정도로 적다고 한다. 그러나 천체의 수가 막대하기 때문에 신성의 출현이 그렇게 드물지는 않다. 다만 광도가 뚜렷하고 강한 것이 비교적 드물 뿐이다.

아이들을 기쁘게 한 것은 이런 이야기보다 신성의 빛이 수십 수백 년 전의 과거로부터 왔다는 점이었다. 우리의 선조가 살고 있었을 그 시각에 머나먼 우주 한편에서 돌발한 사변의 통보가, 마침내 지금 이 세계에 닿은 것이다.

그렇다면 우리가 '현재'라고 부르는 말은 단지 영원한 시간의 도정 가운데 고립된 한 점에 불과한 개념이 아닐까. 곰곰이 생각해 보면 그리 떨어져 존재하는 것 같지는 않다. 먼 옛날부터 가까운 과거까지의 모든 사건에 저마다의 계수를 곱해 적분(integrate)한 총화가 눈앞에 나타나고 있을 뿐 아닌가.

이런 생각을 하면서 귀가 닳도록 들은 어머니의 옛날이야기를 지금까지와는 다르게 흥미를 갖고 듣기도 했다.

8월이 되어 비 오고 흐린 날씨가 이어지며 평상도 두껍닫이 한쪽에 세워 놓은 채 며칠이 지났다.

어느 날 조간을 펼치니, 올해 졸업한 이학사 K씨가 유성 관측 중에 백조자리에서 신성을 발견했다는 기사가 있었다. 그날 저녁에 평상으로 나와 아이들과 그 신성을 찾아보니 바로 눈에 띄었다. 잠시 관찰하지 않은 사이에 계절이 흘러 버렸음은 견우성과 직녀성이 초저녁에 머리 바로 위로 와 있는 것만으로도 알 수 있었다. 그리고 신성은 천정점과 가까운 백조

자리의 가장 큰 별과 빛을 다툴 정도로 반짝이고 있었다.

"잠깐 게으름 피운 탓에 신성을 못 봤구나."라고 말하니, 아이들은 어떻게 생각했는지 얼굴을 붉히며 아주 재미있다는 듯 웃었다.

나는 농담으로 한 말인데 아이들에게는 내 말이 잘 이해되지 않았을 것이다. 그래서 오해하지 않도록 다음과 같은 설명을 해 두어야만 했다.

신성의 출현 가능성은 매우 낮다. 우리 같은 초보자가 별자리를 살필 가능성도 매우 낮다. 따라서 신성이 먼저 나타나고 우리가 그것을 발견할 확률은 두 개의 작은 분수를 곱한 값이므로, 작아도 한참 작은 분수에 지나지 않는다. 이에 반해 매일 밤 빠지지 않고 하늘을 뚫어져라 관찰하는 전문가에게 '우연'이란 주로 별이 출현하는 것에만 해당되며, 우리들의 경우처럼 별과 사람이 관여한 이중의 '우연'이 아니다. 구태여 말하자면 날씨가 어떤지 같은 일상적인 지장, 즉 우연한 요인 탓에 별을 하루 더 빨리 발견하는가 아닌가가 문제일 뿐이리라.

아이들은 이 설명도 잘 이해하지 못한 눈치였다.

어느덧 다시 흐린 날씨가 이어지고 아침저녁으로는 가을 기분이 난다. 밤바람이 몹시 서늘하다. 평상도 잊히기 일쑤였다. 그에 따라 별도 아이들 머리에서 사라져 버린 듯하다. 앞으로 신성이 어떻게 변할지를 관찰할 천문학자의 연구는 이제부터 시작이기에 학자들은 밤마다 흐린 하늘을 바라보며 밤새 갤 때를 기다리고 있을 것이다.

어린 Ennui

여름 방학 중에 한 번은 아이들을 데리고 가까운 해안으로 당일치기 여행을 하는 것이 최근의 상례가 되었다. 전에는 일주일쯤 묵는 일정으로 나서기도 했는데, 그러면 꼭 정해 놓은 것처럼 누군가 객지에서 아팠다. 어떤 해에는 어머니께서 심한 장염에 걸려 거의 반년이 지나서까지 고생하셨다. 또 어떨 때는 부자 세 명이 전부 열이 나고 탈이 나고 해서, 믿음직스럽지 못한 괴짜 의사의 진료를 받아야만 했다. 최근에 한 지인은 휴양지에서 사랑하는 자녀를 이질로 잃기도 했다. 그런고로 이제는 해수욕이 두려워져서 묵는 일정으로는 갈 마음이 나지 않았다. 그래도 아예 안 가자니 아이들이 불쌍하기도 하여 당일치기 여행을 생각해 냈고 그렇게 정했던 것이다. 아이들은 충분히 만족한 듯 보였다.

올해는 내가 아파서 갈 수 없게 되었다. 그뿐만 아니라 두 아들도 건강에 이상이 생겨 여행을 별로 원하지 않았다. 우리는 결국 아무 데도 가지 않기로 했다. 그 대신 각자 갖고 싶은 책이나 장난감을 사 주기로 했고, 그것으로 현대가 낳은 아버지의 새로운 의무를 면제받기로 했다.

큰 아이들은 책을 샀다. 최근에 그림에 재미를 붙인 둘째 야에코[68]는 수채 물감과 붓을 사 정해진 금액을 한 번에 쓰고 말았다. 막내 후유코[69]는 선향 불꽃[70]과 지요가미〔千代紙〕[71] 같은 자잘한 것을 조금씩 사서 나눠 받은 적은 돈을 비교적 오랫동안 썼다. 그것이 작은 언니와 오빠의 관심을 끌었다.

학교에 가는 아이들은 아침마다 복습을 한다. 아직 유치원생인 후유코는 그 시간 동안 놀아 줄 사람이 없어, 무리에서 멀어지는 쓸쓸함 같은 것을 느끼는 듯 보였다. 그래서 자기도 언니, 오빠처럼 할머니 무릎 앞에 그림 잡지 따위를 펼쳐 놓고 복습을 하기도 했다.

최근 4~5월 즈음부터는 아빠가 매일 그림을 그린 것이 아이들에게도 영향을 끼쳐, 모두 열성적인 자유 화가가 됐다. 누가 제안을 했는지 '그림 잡지'도 만들었다. 아이들 다섯이 각자 비밀리에 그린 것을 장녀가 정리해 엮고 발표했다. '굴뚝새'라는 이름을 붙이고 일주일에 한 번 정도 발행한 것이 뜻밖에 계속되다 최근에는 9호가 간행된 듯싶다. 표지 그림은 순서대로 맡기로 한 모양이다.

출품 그림을 그리는 동안에는 남에게 보이는 것을 몹시 꺼려, 모두 이 방 저 방의 구석에서 머리를 숙이고 그렸다. 오빠들이 억지로 보러 와서 싫다는 소송이 작은 아이들로부터

---

68 차녀 야요이〔弥生〕. 데라다는 수필에서 자기 자식의 이름이나 친척의 이름을 실명으로 거의 쓰지 않았다.

69 삼녀 유키코〔雪子〕.

70 심지 끝에 화약을 비벼 넣은 작은 꽃불.

71 무늬가 있는 수공용 색종이.

엄마나 할머니 앞으로 제출되기도 했다. 화가 가운데는 미완성품을 남에게 보이기 싫어하는 사람이 상당히 많은 듯하다. 물론 여기에는 분명 복합적이고 실제적인 다양한 이유가 있을 것이다. 그런데 그 외에도 어릴 때부터 이미 지니고 있는 묘한 심리도 영향을 주는 것 같다.

다섯 명이 그린 그림에는 각자의 작은 개성이 매우 부각되어 드러났다. 그뿐만 아니라 벌써 모두의 그림에 저마다 정해진 일종의 틀 같은 것이 싹을 틔우고 있었다. 아무래도 독창적인 데가 가장 많은 그림은 막내 후유코의 자유화였는데, 그런 점을 한번 인정받고 칭찬받으면 그것은 바로 장기가 되었다. 이를테면 후지 산 그림을 칭찬받으면 모든 그림에 반드시 후지 산을 그려 넣었다. 이다음에는 취향을 바꿔 놀라게 해 줘야겠다는 생각이 아이에게는 아직 없었다.

그러는 사이에 또《굴뚝새》문장호라는 것이 발행되었다. 내가 독서하는 옆방에서, 야에코와 소지[72]가 소곤소곤 이야기를 나누고는 소지가 무언가 종이에 쓰는 듯 보였는데, 야에코가 지은 이야기를 소지가 받아 적는 것이었다. 완성된 것을 보니 꽤나 다양한 글과 노래가 있었다. 장남의 글은 감상적이었으며 종종 누나와 남동생이 지은 글과 그림의 경향을 논하기도 했다. 야에코의 일기에는 간식이나 반찬에 대해 매우 자세하게 쓰여 있었다. 「별」이라는 제목을 붙인 후유코의 노래 같은 것이 있는데 아무리 봐도 의미를 알 수 없는, 그야말로 미래파의 작품이었다.

아이들이 그렇게 신나고 사이좋게 노는 동안 여름방학은

---

72   차남 세이지(正二).

사정없이 흘러갔다. 이제 몇 밤을 자야 학교 또는 유치원에 가느냐고 작은 아이들이 매일같이 물어 왔다. 그렇게 생각을 하고 본 탓인지 아이들의 얼굴에 어딘지 권태의 그림자가 엿보였다. 친척이나 지인이 피서지에서 보내온 그림엽서를 볼 때마다 나는 왠지 아이들에게 어떤 빚을 지고 있는 것만 같은 마음을 지울 수 없었다.

어느 날 저녁에 평상과 툇마루에 모두 모여 이야기를 나누다, 작년에 다 같이 밤에 긴자에 가서 아이스크림을 먹은 이야기가 나왔다. 그 이야기를 듣자 야에코와 후유코가 올해도 긴자에 데려가 달라고 말을 꺼냈다. 작년을 끝으로 한 번도 가지 않았던 것이다.

이튿날 저녁에는 하늘이 맑아 소나기가 올 걱정도 없어 보였고 바람도 선선해 슬슬 걸어 다니기도 적당한 듯하여, 아이 다섯을 데리고 긴자나 돌고 오라며 아내를 내보냈다. 막내 둘은 얼마나 좋은 곳에 갈까 기뻐하며 자기들이 고른 통학용 양복을 입고, 한 시간도 전에 신발을 신고 방방 뛰어다녔다. 사실 나는 두 아이의 초라하기만 한 양복을 보다가 일종의 울적함 느꼈다. 그 울적함은 아마 나 같은 계급의 아버지라면 모두 느낄 성싶다.

아이들이 나가고 나는 평상에서 어머니와 단 둘이 이야기를 나눴다. 다다미방의 전기도 거의 꺼 놓아서 뜰은 어두웠다. 온 집이 이상하게 쥐 죽은 듯했고 앞뜰 쪽에서 벌레 소리가 높게 들렸다.

10시쯤 잠자리에 들어 책을 읽고 있으니 대문이 열리며 모두가 우르르 돌아왔다. 어찌된 일인지 후유코가 울면서 들어왔고, 옷을 갈아입고 잠자리에 들어도 계속 훌쩍거렸다. 왜 그러는지 물어봐도 아무런 말도 하지 않았고, 다른 가족들도 왜 그러는지 몰랐다.

긴자를 걸으며 야시장을 구경하던 동안에 후유코가 "왜 빨리 긴자에 안 가?" 하고 몇 번이나 물었다고 한다. 여기가 긴자라고 설명해도 알아듣지 못했다. 아무래도 긴자라는 곳을 아이스크림 파는 가게로 생각했던 모양이다. 대문까지는 활기차게 돌아왔는데, 왜인지 문에 들어서기가 무섭게 울음을 터뜨렸다고 한다.

나는 "간만에 번화한 거리에 갔다 와서 경풍이라도 들린 건가?"라고 말했다. 내가 이 말을 하자마자 후유코는 울음을 뚝 그쳤다. 그리고 무언가 생각이라도 하는 듯했지만 머지않아 새근새근 잠들어 버렸다.

구근

9월 중순의 일이었다. 어느 날 정오, 겐키치의 집으로 소포가 하나 왔다. 커다란 차 주머니 같은 모양을 한 물건을 감싼 포장지에 판지가 붙어 있었는데, 수취인 이름은 있었지만 발송인이 없었다. 서툰 필체가 낯설었다. 포장지를 뜯어보니 새것 같은 무명 주머니가 나왔다. 도토리나 모밀잣밤이라도 들어 있는 감촉이다. 열어 보니 실제로 그 정도 크기만 한 구근 같은 것이 가득했다. 한 움큼 꺼내 포장지 위에 늘어놓고 살펴보면서도 무슨 물건인지 감이 잡히지 않았다.

알토란 같은 촉감이 났지만 모양은 더 호리호리하고 뾰족했으며 가는 종려털로 된 모자 같은 것을 썼다. 건드리니 그대로 주룩 벗겨졌다. 옆구리에 새끼를 친 것도 많았다.

아이들이 이를 보고 다가와 이리저리 만졌다. '모자'를 하나하나 벗기며 툇마루에 늘어놓거나 새끼 친 돌기를 관찰하며 초필로 구근에 '큐피'의 얼굴을 그렸다.

서양 화초의 구근인가 싶었지만 전혀 짐작이 되지 않았다. 부엌일을 하는 아내에게 일부러 가져가 보여 줬지만, 그런 것에는 털끝만큼도 흥미가 없는 아내는 제대로 보지도 않고 "몰라요."라고 대답하고는 상대해 주지 않았다. 노모도 안쪽 방에서 나와 안경을 쓰고 정성껏 살펴보기는 했다. 하지만 결국 그게 무엇인지 아무도 몰랐다.

'혹시 내 병에 좋다 해서 누가 보내 준 것은 아닐까. 달여서 마시라는 뜻 아닐까.'라는 생각도 해 보았다. 기나긴 병으로 고생한 겐키치는 자기 주위에서 일어나는 모든 일을 알게 모르게 자신의 병과 연관시켜 생각하는 습관이 생겼다. 천성적으로, 또 은둔 학자의 생활 탓으로도 에고이스트인 겐키치의 작은 자아는 그 위에 덮인 창백한 병의 베일을 통해 세계를 보았다.

그가 이렇게 생각한 이유는 하나 더 있다. 대학 2학년에서 3학년으로 올라가던 여름, 휴가 기간에 호흡기 질환이 발견된 적이 있다. 꼬박 일 년을 휴학하며 바닷가에 있는 고향에서 쉬던 그 무렵에 병에 잘 듣는다며 친척에게서 산나리 구근을 받았던 것이다. 그것을 질냄비에 지져 오후 간식 대용으로 먹기도 했다. 백합처럼 비늘 껍질로 된 구근이었는데, 크기나 모양이 이번 것과 비슷했다. 그 시절의 일을 생각해 보았다. 구근의 구수한 냄새와 맛도 떠올랐지만, 그보다도 그것을 지져 준 가족들의 얼굴과 거기에 딸린 아련한 낭만도 선명하게 떠올랐다. 그 시절의 겐키치는 비록 사소한 병치레를 하더라도 앞날에 대한 밝은 희망을 가슴 가득 품고 있었던 만큼 비관하지 않았거니와 특별히 초조해하지도 않았다. 오히려 일 년간의 시골 생활을 탐욕적으로 향락했다. 그랬던 것이 지금, 중년을 지난 생의 오후에 와서는 언제 나을지 모르는 끈질긴 위장병에 괴로워하며 마음이 달라졌다……. 그뿐만 아니라 이

번 병으로 외출이 금지되었기에 전처럼 자유롭게 문밖의 공기를 마시며 마음을 달랠 수가 없었다. 부리려면 부릴 수 있을 것 같은 몸을 되도록 움직이지 않도록 해야 한다는 것은 고통이었다. 그래도 겐키치는 지루해하지 않았다. 그의 독서욕은 발병 이후에 한층 더 커져서 거의 매일, 아침에 눈뜨고부터 밤에 눕기까지 무언가를 읽었다. 그렇게 책만 주야장천 읽으면 몸이 나빠지지는 않을까, 아내와 노모가 걱정하여 주의를 주기도 했지만 겐키치는 끝까지 그럴 걱정은 없노라고 우겼다. 실제로 그의 두뇌는 점점 맑아졌고 종일 독서를 해도 조금도 지치지 않을뿐더러 스스로도 신기해할 만큼 기민하게 회전했다. 읽는 내용이 무엇이건 속의 속까지 꿰뚫는 기분이 들었다. 읽어 가는 한 줄 한 줄에 온갖 암시가 복병처럼 숨어들었고, 그것이 뛰쳐나와 겐키치를 덮쳤다. 그러한 암시 가운데 하나를 추구해 가다 보면 거의 무한한 사색의 연쇄를 끌어당길 수 있었다. 그리고 그런 생각은 천지신명의 계시라도 되는 양 강하고 환하게, 무조건 참이며 모두 새로운 탁견이라도 되는 것처럼 여겨졌다. 신문의 3면 기사를 볼 때도 간혹 번갯불이 번쩍이며 그런 생각이 떠올랐다. 그럴 때면 수첩 구석에 암호 같은 글로 그 단서를 적어 두기도 했다. 그러나 항상 그런 상태는 아니었고, 반대로 권태도 주기적으로 순환되어 왔다. 그럴 때는 무엇을 읽어도 공허했다. 표면적 의미를 파악하기조차 힘들었다. 그럴 때 수첩을 펼쳐 자기가 써 놓은 암호를 보면, 대개 아무런 의미도 없는 시시껄렁한 내용이거나 지극히 진부하고 아니꼬운 감상에 지나지 않았다. 어째서 이런 시시한 생각이 그토록 자신을 흥분시켰는지 신기하게 느껴졌다. 어쩌면 자기가 일종의 과대망상에 빠진 것이 아닐까 하는 불안을 느낀 적도 있다. 겐키치는 비참한 심경에 허우적댔다. 세계를 완전히 뒤덮은 진흙 밑바닥에서 꿈틀거리는 기분이었다. 그러나 다시 흥분의 발작이 오면 그의 머리는 영묘한 빛으로 가득 참과 동시에, 시야를 가리던 잿빛 안개가 일거에 걷히며 만상이 투명하게 보였다.

이처럼 주기로 교대하는 두 세계 가운데 어느 곳이 진짜인지 정할 수가 없었다. 아마 그는 평생토록 이 풀리지 않는 수수께끼를 무덤 속까지 가지고 갈지도 모른다.

생활이 점차로 현실과 멀어짐을 스스로도 느꼈다. 자신과 세상을 떼어 낸 투명한 벽이 점차 두꺼워짐을 느꼈다. 그 벽 안에 들어앉아 혼자서 가만히 책 속의 세계를 보고 거닐며, 공상의 전당을 짓고 부수고, 다시 지으면서 최고의 행복을 느끼게 되었다. 그는 현재의 삶이 가진 가치를 의심하고 싶지 않았으며, 이 생활이 변하지도 않으리라 생각했다. 그 벽은 스스로 만든 것도 아니거니와 누군가가 가져온 것도 아니었다. 설령 저절로 생긴 이 벽을 깨부술 수 있다고 해도 지금의 건강이 그 노력을 허용하지 않을 듯싶었다. 그리 생각하며 안심하고 있는 한편으로 이래서는 안 된다는 불안감이 끊임없이 솟아났다. 이기적이면서도 마음이 약한 겐키치는 다른 사람의 눈에는 별것 아니게 보일 병으로 직무를 게을리하는 자신에 대한 타인의 비난을 의식했다. 그래서 가끔 병문안 오는 벗들의 무심한 대화 속에서 짓궂은 비꼼을 집어내 간파하려는 병적인 감수성이 굉장히 예민해졌다. 예컨대 그와 같은 병에 걸렸으면서도 열심히 활동하는 선배의 이야기가 나오면, 그것이 자신에 대한 직접적인 비난처럼 들렸다. 그런 소리를 들은 날은 밤이 이슥해지도록 그 이야기를 분석하고 종합하며, 끝으로 그 선배와 자신이 처한 경우가 다르다는 입장에서 병에 대한 각자의 대응을 지당하게 변명할 수 있을 때까지 숙면하지 못하는 일도 있었다. 어느 날엔 찾아온 두 사람이 최근에 본인이 아팠던 이야기를 했다. 한 사람이 감기로 일주일 동안 쉬며 누워 있었는데 실로 '괜찮은 기분'이었다면서 둘이 얼굴을 마주보며 무언가 의미심장한 웃음을 보였다. 이런 일도 겐키치의 혈관으로 한 방울의 독액을 주사하는 효과가 있었다. 겐키치는 두 사람이 돌아간 뒤에 멍하니 책상 앞에 앉아 줄곧 그 대화만 생각했다. 입속은 메말라 갔고 손이 떨렸다. 또 눈에 띄게 식욕이 떨어졌다. 스스로도 병적인 걸 자각하고 있었지만, 그 자각은 발작을 멈추는 데 아무런 도움도 되지 못했다. 이럴 때 적당한 책을 읽으면 나아진다는 사실도 알고 있었다. 하지만 발작이 심할 때는 책을 읽으려 노력해도 머지않아 마음이 책을 떠나 어둠 속으로 나가떨어졌다. 오히려 그 어둠을 향해 뛰어들어 얼마간 시간이 지나면, 어딘가에서 빛이 들어오며 날이 밝기도 했다.

마찬가지로 타인에게서 온 편지에도 상당히 민감했다. 그림엽서의 그림이나 문병 선물 따위에서도, 다른 사람들은 결코 상상하지 못할 '의미'를 찾아내기도 했다.

이런 성질의 겐키치는 발송인 불명의 무엇인지도 모를 구근 소포를 받아 들고 무심하게 있을 수 없었다.

그는 우선 휴지통에 던져 넣은 포장지와 끈, 주소 종이를 한 번 더 살펴보았다. 끈에 붙은 붉은 종잇조각 위의 우표에 찍힌 소인을 읽으려 애썼지만, 소인은 원형 윤곽만 희미하게 보일 뿐이었다. "정말 무책임하구나." 하고 우편국에 대한 불평을 중얼거리며 공허한 원 안에서 무언가를 찾아내고자 이리저리 자세히 보았다.

실망 후에 오는 허전한 감회로 생각해 보니, 소포가 손에
들어온 순간부터 이미 보낸 사람이 누구인지 대략 짐작은 갔
다. 고향에 있는 두 누님 말고는 이런 물건을 보내올 사람이
생각나지 않았다. 작년 가을 K시에 사는 누님이 한죽(寒竹) 죽
순을 보내온 일, A촌에 사는 누님이 언젠가 차실(茶實)을 보내
온 일이 떠올랐다. 그렇게 생각하니 예전에도 이번처럼 샛노
란 무명 주머니에 무언가가 들어 있기도 했는데, 공교롭게도
그것이 어느 누님이 보내온 것이었는지는 기억나지 않았다.

주소 종이의 필적은 두 누님과 전혀 달랐다. 그러나 두 사
람 모두, 특히 K시 누님은 자주 어느 손자에게 봉투 겉면을 쓰
게 한다는 생각을 하며 찬장에서 예전의 편지 뭉치를 꺼내 K
시 누님에게서 온 편지 몇 개와 주소 종이를 견주어 봤다.

K시 누님의 편지 가운데 몇 개가 이번 소포와 비슷했다.
예를 들어 '東(동)' 자, 특히 '樣(양)' 자의 모양이 매우 비슷했
다. 그런데 또 자세히 보면 '町(정)' 자는 꽤나 뚜렷이 달라서
전적으로 동일인의 필체라고 단정하기는 어려웠다. 한편 A촌
누님 편지는 거의 자필이고, 간혹 대필이 있어도 필적이 전혀
달라 문제가 되지 않았다.

"아직도 연구하고 있어요? 당신도 참 이상하군요. 나중에
편지든 엽서든 오면 누군지 알잖아요."

부엌에서 나온 아내는 필적 비교에 전념하는 그를 보고
답답해하며 말했다.

"보통은 편지가 소포보다 빨리 오지 않나?"

"그러니까 그건…… 편지가 뒤에 올 수도 있지요."

"여기 '樣' 자를 잠시 봐 줘. 아무래도 같은 사람이 쓴 것

같은데…….”

"네, 그렇네요. 그렇겠지요.”

성가셔진 아내는 무책임한 동의를 표했지만, 그래도 젠키치는 얼마간 안심했는지 흩뜨린 편지를 슬슬 정리했다.

K시 누님에게서 왔다고 하면 하나 짐작되는 것이 있었다. 누님이 작년까지 세 들어 살던 집의 스위스인 중학교 교사가 매년 여러 화초를 길렀다. 반은 취미 반은 부업이라고 했다. 화초나 구근을 채취해서 Y항의 상관(商館)에 파는 모양이었다. 그 서양인이 작년에 상하이로 전근할 때, 떠나기 전의 선물로 누님의 셋집 밭에 여러 가지를 남기고 갔을 가능성은 충분하다. 그 선물이 올해 많이 번식하여 우리에게도 나눠주었으리라.

그렇게 생각하니 젠키치는 머릿속이 확 밝아지는 기분이 들었다. 그리고 이 구근의 정체도 확실히 알 것 같았다.

"그래, 프리지어야. 프리지어가 맞을 거야.”

의식의 수평선 바로 아래서 뜨고 가라앉던 꽃 이름이 불쑥 분명히 떠올랐다. 동시에 그는 처음 소포를 뜯고 구근을 본 순간부터 이미 ‘프리지어’라는 이름이 가까운 곳에 감춰져 있었던 것처럼 생각되기 시작했다. 의식의 기저에서 나오고 또 나오려 하는 것을, 자각이 거의 없는 신기한 의식의 힘으로 무리하게 눌렀던 모양이다.

어째서 ‘프리지어’라는 이름이 갑자기 나타났나? 적극적인 이유와 소극적인 이유가 있다. 첫째로 그 스위스인이 꽃 중에서도 유독 프리지어를 많이 키웠다는 이야기를 누님에게서 들은 적이 있었다. 당시에 누님이 ‘프리지어’를 묘하게 발음한 일도 특별한 인상으로 남았다. 그래서 이 꽃 이름이 서양인과 구근이라는 조합으로 밀접히 연합한 것이다. 소극적인 두 번째 이유는 이러하다.

겐키치는 이삼 년 전에 지금의 집으로 이사 온 후로, 뒤뜰에 작은 화단을 만들어 사철 화초를 심었다. 작년 가을은 간다의 꽃집에서 튤립과 히아신스, 크로커스 등의 구근을 사 와 혼자 심고, 자라난 구근을 파내기도 했기 때문에 이 셋은 잘 알았다. 이것들 외에 또 글라디올러스 뿌리와 아네모네 뿌리도 오래전에 본 기억이 있다. 그런데 묘한 우연으로 프리지어 뿌리만은 본 적이 없었다. 지금까지 꽃집에서 화초를 살 때, 프리지어를 시종 구경했는데도 어찌된 영문인지, 뭔지 모를 신기한 동기로 언제나 다른 꽃을 구입했다. 때깔 좋고 향기 좋은 꽃이구나 싶어 눈이 갔으면서도 언제나 주위의 화려한 꽃에 이끌렸던 것이다. 그 때문에 겐키치는 지금껏 한 번도 프리지어를 집에 들고 온 적이 없었고 프리지어 뿌리가 어떻게 생겼는지도 알지 못했다. 단순 지식으로 구근이라는 사실만 알았을 따름이다

그렇게 생각을 해 보니, 소포의 구근이 그가 아는 프리지어라는 꽃과 맞아떨어지는 것 같았다. 겐키치는 구근의 냄새를 맡아 보았다. 향은 있었지만 꽃향기를 연상시키지는 않았다.

이것이 프리지어라고 한다면 어디에 심어야 좋을까. 그의 과민한 상상은 이미 프리지어가 훌륭히 자라 꽃피운 모습을 그렸다. 모 화백이 프리지어를 사생한 기분 좋은 그림을 떠올리기도 했다.

겐키치는 옆을 지나는 아내에게 "이봐, 알아냈어. 프리지어야, 이건……." 하며 설명했다. 그리고 또 노모에게 가서 심을 곳에 관한 이야기를 나누었다.

이튿날이 되자 정말 엽서가 왔다. 구근은 분명 프리지어가 맞지만 발송인은 겐키치가 전혀 생각지도 못한 사람이었다. K시가 아닌 A촌 누님의 삼남이 분가한 데서 보낸 것이었다. 평소 연하장 말고는 거의 편지도 하지 않을 정도로 서로 소원했던 조카가, 겐키치의 기억에서 끝까지 떠오르지 않았던 것이다.

그러나 이렇게 사실을 알게 된 겐키치의 머리는 쉬기는커녕 다시 바빠져야만 했다.

첫째는 필적의 문제다. 소포의 주소는 조카가 쓴 듯 보였다. 그런데 어떻게 그 글씨가 K시 누님에게서 온 편지의 주소 글씨와 비슷할 수가 있을까? K시 누님의 손자 — 누님의 아들은 세상을 떠났다. — 가 주소를 썼다고 치면, 글씨가 어떻게 이렇게 제 당숙의 것과 비슷할 수가 있을까? 그러나 A촌의 조카가 K시 누님, 즉 그의 큰어머니를 위해 봉투에 주소를 써주었을 수도 있으니 개연성은 충분하다고 생각되었다. 한편 두 필적이 비슷하기는 하지만 완전히 같다고 볼 수 없는 점이 아주 없지는 않았다.

하나 더 의문인 점은, 평소 원예를 하지 않는 조카가 — 겐키치는 그렇게 생각했다. — 어째서 프리지어 뿌리를 보내왔는가 하는 것이었다. 아무래도 이 프리지어 구근은 역시 K시 누님 쪽의 인연이 작용했으리라 강하게 추측되었다. 전원에서 비교적 한가하게 부부 생활을 하는 조카가 서양 화초를 재배하고 있었다고 자연스럽게 접근하는 것만으로는 어딘지 부족한 구석이 있었다.

겐키치는 조카에게 보내는 엽서에 잘 받았다는 감사를 전하면서 끝머리에 필적의 신기함과 구근의 출처에 관한 상상을 써서 보냈다.

답장이 오리라 생각하며 기다렸지만 열흘이 지나도 끝내 오지 않았다. 사실 그는 그다지 답장을 요구하는 식으로 글을 쓰지 않았다. 조카도 그런 줄로만 알았을 것이다.

젠키치는 일부러 한 번 더 의문점을 써서 부치는 건 꼴사나운 짓이라 생각해 관두기로 했다.

화단 가장자리에 심은 구근은 머지않아 싹을 틔우고 기세 좋게 자라났다. 이 풀의 씨를 말리지 않는 이상 언젠가 그 '신기함'을 밝혀낼 기회가 오리라. 그런데 진실은 누가 알려나.

자신의 내부 세계를 속속들이 비춰 낸 듯해도, 바깥 세계와 조금이라도 접촉하는 곳에서는 이미 무한한 영원의 어둠이 시작된다는 생각이 어슴푸레하게나마 그의 머리에 움트려 하였다.

액년과 etc.

기분에도 두뇌 회전에도 아무런 변함도 없는 듯한데, 운동도 일도 하지 못한 최근의 내게는 아침에 일어나서 밤에 누울 때까지 하루가 상당히 길게 느껴졌다. 구태여 허무를 채우려는 노력의 여세가 오히려 허무 그 자체를 늘리는 것처럼 생각되었다. 이와 달리 되돌아본 세월의 흐름은 나로서도 놀랄 정도로 빠르게 느껴졌다. 막연한 광야의 끝을 보듯이 무엇 하나 뚜렷한 목표가 없으니 어제 걸어온 길과 오늘의 경계가 구분되지 않는다. 이따금 기억의 눈에 보이는 자그마한 사건의 숲과 낮은 산도, 무엇인지 구분이 가지 않는 잿빛 물결을 그릴 뿐이다. 그 지평선의 저편으로는 생명이 활발하던 시절에 겪었던 특별한 사건을 품은 봉우리들이 투명한 공기를 통해 손에 잡힐 듯 보였다.

그런고로 최근 수개월은 생각 외로 빨리 지나가 버렸다. 쇠한 몸이 화씨 90도[73] 더위에 힘겨워하던 것이 바로 며칠 전

---

73 섭씨 32도 정도.

의 일 같은데 이제 혈액이 불충분한 팔다리의 말단은 장지나 화로 정도로는 추위를 면하지 못하고 얼어붙는 겨울이 왔다. 그리고 나의 실의와 희망, 의지와는 전혀 관계없이 세밑과 정월이 다가왔고 이윽고 지나갔다. 그리고 나는 세속에서 일컫는 액년의 경계선에서 바깥으로 발을 내딛었다.

예로부터 일본에서는 마흔 살이 되면 바로 노인 축에는 들어가지 않더라도 적어도 노인 후보자 정도로는 여겨지는 것 같다. 그러나 나는 그리 생각하지 않았다. 마흔 살이 되어도, 마흔한 살이 되어도 싱그러운 마음가짐을 잃지 않았을 뿐만 아니라 육체 쪽에서도 이렇다 할 쇠퇴의 징후 따위는 모른 채로 살았다. 그럼에도 불구하고 젊은이들의 모임 안에서 내 나이 또래는 중늙은이 무리로 여겨졌다.

그다지 거울이라는 것을 볼 기회가 없는 나는, 어느 아침에 우연히 툇마루의 양달에 누군가가 팽개쳐 둔 손거울을 이리저리 만지작거리다 이마 주위에 난 은색으로 빛나는 몇 가닥의 흰머리를 발견했다. 십 년쯤 전에 누구에게서 정수리의 머리숱이 듬성해졌다는 이야기를 듣고, 얼마 안 가 벗겨지겠다는 예언을 들은 적이 있다. 하지만 어쩌된 일인지 아직도 대머리라고 할 만큼 진행되지는 않았다. 대머리는 부친에게서 아들로 유전되는 성질이라는 설이 있는데 그것이 만일 진짜라면, 우리 아버지께서는 일흔일곱까지 정수리가 덥수룩하셨으니 나도 당분간은 벗겨질 가능성이 적을지 모른다. 그런데 그 대신에 언제인지 흰머리가 났다.

그 뒤로 유심히 살펴보니 동년배 친구들의 이마나 관자놀이에서 세 자 이상 떨어져서 보아도 티가 나는 흰머리를 발견하곤 했다. 아직 우리 또래보다 훨씬 젊은데도 나보다 흰머리가 많은 사람도 있었다. 언제는 간혹 만나던 동창과 이야기를 나누며, 그의 등 뒤쪽의 창에서 쏟아져 들어오는 강한 광선이 두발에 비치는 것을 주의해서 보았다. 칠흑색 위로 살짝 도는 보랏빛이 아닐린[74] 염료를 상기시켰다.

또 어느 날에는 노안경을 쓴 선배의 익숙지 않은 얼굴과 마주쳤다. 시험 삼아 그 안경을 빌려서 껴 봤는데 시야가 갑자기 밝아지는 듯했고 왠지 모르게 마음이 상쾌해졌다. 잠시 끼고 있다 벗으니, 눈앞에 거미줄이라도 친 것 같은 기분이 들어서, 나도 모르게 손가락 끝으로 눈을 비볐다. 그리고 무슨 생각이 퍼뜩 떠올랐다. 가만 생각해 보니 최근 들어 작은 글자를 볼 때에 부지불식간에 눈을 가늘게 뜨는 습관이 생긴 것이었다.

작년 여름에 자식들이 잿날이라 청귀뚜라미를 사 왔다. 그리고 툇마루의 처마 끝에 매달아 두었다. 초저녁 동안에는 방울을 흔드는 듯한 청귀뚜라미 소리가 자주 들렸는데, 그 소리가 마치 반대 방향에서 들려오는 것만 같았다. 신기하다 생각해 회중시계 소리로 좌우 귀의 청력을 시험해 보니, 왼쪽 귀가 진동수 많은 음파에 대해 둔감해져 있음을 뚜렷이 알 수 있었다. 그뿐만 아니라 빈지문을 닫고 잠자리에 들자 청귀뚜라미 소리가 들리지 않았다. 바로 옆에서 자는 아이들에게는 잘 들리는데 말이다.

내가 나이 따위를 상관하지 않더라도 나이는 나를 두고 보지만 않을 터다. 좌우간 흰머리와 쇠해 가는 시력과 청력, 그만한 실증이라면 어찌할 도리도 없다. 이러한 통행권을 쥐

74 독특한 냄새가 나는 무색의 액체로 합성물감, 의약품, 염색약 등의 원료로 쓰인다.

고, 나는 초로의 관문을 통과했다. 그리고 이내 눈앞에 있는 액년의 고개를 넘어야만 했다.

액년이라는 말이 언제부터 쓰였는지 나는 모른다. 어떠한 근거에 따른 것인지도 알지 못한다. 아마 많은 구전과 마찬가지로, 특정 시점과 장소에서 얻은 경험적인 자료와 어떤 형이상적인 사상이 결합되면서 생겨났을 것이다. 예를 들어 '입춘으로부터 이백열흘째' 하면 연상되는 태풍과 같은 것인지도 모른다. 그때와 팔삭⁷⁵ 전후에 걸치는 계절에, 남태평양에서 오는 태풍이 북서를 향하다 포물선형의 진로를 취하며 일본을 통과할 가능성이 비교적 높은 것은 과학적 사실이다. 계절의 지표로서 보면 이백열흘째도 의미가 없지는 않다. 그런데 과연 액년에 그 정도의 의미가 있기나 한지 모르겠다.

과학적 지식이 진보한 결과, 과학적 근거가 분명하지 않은 구전은 대개 다른 종교적 미신과 동격으로 취급되며, 적어도 진정한 의미의 지식층으로부터는 배척당했다. 물론 지금도 미개 시대를 그대로 간직한 모범적인 미신이 도처에서 행해지고 있으며, 그것이 일부 지식층에까지 만연해 있음은 사실이다. 그런데 그것과는 조금 궤를 달리하는 이야기로, 과학적으로 검증될 가능성을 갖춘 명제마저 한데 묶여 폐기되어 버릴 우려는 없는 것일까. 그런 식으로 쓰레기 더미에 묻힌 진주는 없을까.

근거가 없는 것을 긍정하는 것이 미신이라면, 부정할 반증이 불분명한 명제를 부정하는 것은 적어도 경솔하다고는 할 수 있겠다. 알 수 없는 일이라고 치부해 버리는 것은 신중

---

75 음력 8월 1일.

하기는 하겠지만 충실하다고는 할 수 없을 것이다. 이를테면 액년과 같은 것이 전혀 무의미한 명제인가. 어쩌면 의미를 어떻게 붙이느냐에 따라 어느 정도의 의미를 얻을 수 있지는 않을까.

이러한 의문을 품고 나는 가까이 있는 책에서 사람의 연령별 사망률 곡선을 찾아보았다. 모든 유한한 통계 자료에서 면하기 어려운 우연의 편차 때문에, 곡선은 불규칙한 맥동과 같은 물결을 그렸다. 그런데 불행하게도 특히 마흔두 살 전후에 걸친 뚜렷한 돌출을 찾을 수는 없었다. 이것만 보면 적어도 이 곡선이 나타내는 범위 내에서는 마흔두 살의 사망률이 특별히 높지는 않다는 막연한 결론을 얻을 수 있었다.

통계만큼 확실한 것은 없지만, 또 '통계만큼 거짓말을 잘하는 것은 없다.'라는 역설도 부인할 수 없다. 위의 곡선은 분명 하나의 사실을 나타내지만, 그것이 꼭 액년의 무의미함을 단정하는 증거는 되지 않는다.

과학자가 자연 현상의 주기를 발견하고자 얻은 자료를 통계적으로 조사할 때, 짧은 기간을 설정하면 뚜렷한 주기를 얻을 수 있지만 기간을 지나치게 길게 잡으면 간혹 그 주기가 소실되는 일도 있다. 이때 단기간의 자료에서 얻은 주기가 단순히 우연일 때도 있지만 그렇지 않은 경우도 있다. 특정 기간에만 계속되는 주기적 현상의 집합이 남발되는 식으로 뒤섞여 일어날 때가 그러하다.

이는 다만 하나의 비슷한 예에 지나지 않으나, 액년의 경우에도 자료를 어떻게 고르느냐에 따라서 어쩌면 뜻밖의 결과에 도달하지는 않을까. 이를테면 시대나 계절, 사람의 계급, 사인과 같은 표지로 분류했을 때 나타날 수 있는 곡선의 융기가 저마다 위치를 달리하니, 전부 겹치고 합치면 소실되지 않을까.

이러한 공상에 빠져 보았지만 결국 통계학자와 상의할 수밖에 없었다. 그러나 이런 공상에 귀 기울여 줄 학자가 내 주위에 있을지 짐작이 가지 않았다.

하여간 최근에 열 명도 되지 않는 적은 수의 내 동창 가운데 세 명이 짧은 기간에 잇달아 세상을 등졌다. 모두가 마흔둘을 중심에 둔 액년의 범위에 들어가는 유위한 나이에 병으로 쓰러지고 말았다.

생사라고 하는 것이 단순히 동전을 던지는 것처럼 간단하다면, 세 번 연속으로 뒷면이 나오고 또 세 번 연달아 앞면이 나오는 것도 결코 이상하지 않다. 더 복잡한 경우에서도 완전한 우연의 일치로 특별한 사건이 속출하여 초자연적 현상을 연상시키고 확률의 법칙을 모르는 세상 사람에게 기이한 생각을 일으키는 예는 얼마든지 있다. 그래서 나는 세 동창의 죽음만으로 다른 모든 죽음의 가능성을 추산하는 불합리를 구태여 범하지는 않을 것이다.

하지만 나는 반대로도 추산이 가능하다는 점을 전적으로 부정할 만큼의 증거 또한 가지고 있지 않다.

예를 들어 어떤 집에서 이질로 두 딸을 연달아 잃었다고 하자. 죽은 나이가 둘 다 네 살에다 태어난 달까지 거의 같으며, 죽은 계절이 똑같이 초여름의 몇 월이라고 하면 어떨까. 이 경우는 이미 우연이나 초자연적 현상으로부터 자연 과학의 범위로 한 걸음을 내딛은 것으로 여겨진다.

그렇다면 동시대에 태어나 같은 취미나 목적을 가지고 똑같이 학교생활을 마친 뒤에, 같은 분위기 속에서 일한 사람이 생리적으로도 다소 공통점이 있다는 것, 그리고 같은 시기에 죽을병에 걸린 일은, 전적으로 우연의 소산으로 치부하고 말 정도의 일은 아닌 것 같다.

이와 같은 미묘한 일치가 종종 일어나 그것의 과장된 결과로 액년이라는 말이 나왔다고 보지 못할 이유는 없다.

버드나무 밑에 늘 미꾸라지가 있다고는 할 수 없으나, 어떤 버드나무 밑에는 미꾸라지가 살기에 좋은 환경이나 조건이 갖춰져 있기도 하다. 이런 식으로 소위 액년이라는 것이 제공하는 환경과 조건을 생각해 보면 어떨까.

'사고(思考)의 절약'을 기치로 내걸고 발전해 온 소위 정밀과학은 자연계의 모든 배열과 그것의 변화 추이를 연속적인 것으로 보려는 경향을 만들어 냈다. 그리고 사정이 허락하는 한 물질을 틈이 없는 연속체(continuum)로 간주하면서 그 운동과 변형을 수학적으로 논할 수 있었다. 정밀과학은 모든 현상을 되도록 간단한 수식과 매끈한 곡선으로 표현하고자 했다. 그러한 경향은 생물과 관련된 과학 쪽으로도 침투해 갔다. 그리고 '자연은 간단함을 사랑한다.'라는 옛날의 형이상적인 사고가 지금도 막연한 형태로 어떤 분야를 연구하는 과학자의 머리 깊숙한 곳 어딘가에 살아남아 있다.

그런데 그러한 방법으로 진보해 온 결과는 외려 그 방법을 배신하게 되었다. 물질의 불연속적 구조는 이미 가설의 영역을 벗어났고 분자와 원자, 전자의 실재를 부인할 수 없게 되었다. 더욱이 에너지의 추이까지도 어떤 불연속성을 부정할 수가 없게 되었다. 생물의 진화에서도 연속적 변이가 부정되고 비약적 변이를 인정하게 되었다.

물의 흐름이나 바람이 부는 것을 봐도 그것은 결코 간단하고 한결같은 유동이 아니라, 반드시 어느 정도 율동적인 이장(弛張)이 있다. 마찬가지로 생물의 발육도 결코 간단한 2차나 3차 대수곡선 따위로 표현되는 것이 아니다.

이를테면 곤충의 일생도 그렇다. 알에서 미숙한 유충이 되고 그것이 번데기가 되고 성충이 되는 그 현저한 변화는 곤충의 일생에서 보이는 뚜렷한 율동과 같은 것이 아닐까.

인간은 모체를 벗어난 뒤에 이런 현저한 몸의 변화를 겪지 않는다. 하지만 불연속적인 생리적 변화가 어느 시기에 일어난다는 것은 잘 알려진 사실이다. 누에나 뱀이 허물을 벗는 것에 비할 정도로 눈에 띄는 외견상의 변화는 없다고 해도, 그 내부 기관과 계통에서 일어나는 변화가 일종의 율동적 이장을 하지 않는다는 증거는 아마 없을 터다.

그런 율동이 인간 육체의 생리적 위기이기 때문에 사소한 빌미로 불안정한 평형이 깨지자마자, 가속하는 파멸의 심연으로 떨어질 가능성이 커지는 건 아닐까?

이러한 어려운 문제는 나로서는 도저히 모르겠다. 어쩌면 전문 학자도 모를 만큼 어려울지도 모르겠다.

그럼에도 불구하고 나는 지금 내 몸에서 일어나는 사소한 변태의 징후를 보고, 내부의 생리적 기능과 맞물린 어떤 뚜렷한 변화를 연상하지 않을 수 없다. 그와 동시에 내 마음 쪽에서도 특별한 상태가 인지되는 듯하다. 그것이 육체의 변화가 주는 직접적인 영향인지 아니면 바깥의 자극에 의해 정신적 변화가 유발되어 육체와 감응하는 것인지 알 수 없다.

액년의 '액(厄)'이 반드시 그 사람의 병과 죽음이라고 할 수는 없다. 가정의 불상사나 사업 실패, 때로는 당사자에게는 아무런 책임도 없는 재앙까지 포함되는 듯싶다.

거리를 지나다가 때마침 짐수레의 고압가스 용기가 터져 부상을 당하는 것과 같은 재앙이 마흔두 살 전후로 특히 많을 것이라고 보는 이유에 대해선 쉽게 설명할 수 없다. 그러나 여러 우연한 재난의 근원을 깊게 파고들었을 때, 뜻밖의 사건이 잇따라 일어나는 것이 액년 전후에 놓인 사람의 정신적 위기와 관계가 있다는 예가 발견되는 경우는 없을까. 예를 들어 그 사람이 전부터 평안한 생활을 계속해 오다, 위험성을 띤 공업에 손을 댄 참에 앞서 말한 것과 같은 재난을 당했다고 하면 어떨까. 적어도 나이 든 친척 가운데는 그러한 '재난'과 '액년에 전업한 것' 사이에 어떤 인과 관계를 떠올리는 이도 적잖을 것이다. 그런데 이는 강바람이 불자 통장수가 기뻐한다는 것과 비슷한 궤변에 불과하다. 지금 당면한 문제에는 아무런 도움도 되지 않는다.

그러나 좌우간에 액년이 많은 이에게 정신적 위기가 되기 쉽다는 점은 상당수가 인정하는 바 아닌가? 옛 성인은 마흔이 되면 미혹되지 않는다고 했다. 이것이 유교 도덕과 함께 살아온 우리 선조의 표준이 되었다. 현대인의 입장에서, 마흔 즈음에 얻은 인생관이나 신조를 언제까지나 고수하며 마음을 놓는 것이 좋을지 아니면 죽을 때까지 번민하며 쇠약해진 몸을 황야에 드러내는 것이 좋을지……. 이것이 훌륭한 일일지 혹은 어리석은 일일지, 그런 문제는 미뤄 두더라도 나는 '마흔이 되면 불혹'이라는 말 이면에 숨겨진 '마흔은 미혹되기 쉬운 나이'라는 의미만큼은 인정하고 싶다.

이십 대 청년기에 신기루 같은 희망의 환영을 좇으며 한눈팔지 않고 기예의 수련에 힘써 온 이들이, 서른 전후에 현실이라는 투기장으로 내몰린다. 그리고 거기서 저마다 취해야 할 진로와 위치가 할당된다. 경기가 진행됨에 따라 자연스럽게 승리자와 패배자의 무리가 생겨난다.

뛰어난 자의 진보 속도는 처음에는 눈부실 정도로 빠르다. 그러나 처음에는 양이던 가속도가 점점 감소하여 0이 되고 다음에는 음이 된다. 그리고 딱 마흔 언저리에서 점차 극한에 가까이 다가가면서 속도가 감퇴하여 0에 근접한다. 거기서 그대로 자연에 맡겨 두면 어떻게 될까. 진보의 곡선은, 다다른 점근선(漸近線)과의 거리를 유지할 수 있을까. 이와 같은 의문의 기로에 선 사람은 아무런 망설임도 없이 한길을 취한다. 그리고 굽은 손톱과 같은 내리막길로 차츰 내려간다. 어떤 이는 평탄한 봉우리를 타고 안이한 마음으로 기슭의 경치를 보면서, 생각지 못한 절벽이나 심연이 길을 가로막을 가능성에 심란해하는 일 없이 밤의 역참으로 걸음을 서두른다. 하지만 몇몇 이들은 삶의 고개에 서서 창공을 우러르고, 빛나는 태양을 잡고자 죽음의 골짜기로 추락한다. 이런 불행한 이들 가운데 극소수의 사람만이 먼지처럼 잘게 부서진 유해로부터 다시 태어나 새로이 얻은 날개를 비로소 허공에 퍼덕인다.

용렬한 자가 걷는 길의 골짜기와 점근선은 뛰어난 자가 걷는 길이 거꾸로 비친 모양과 비슷하다. 골짜기의 밑바닥까지 내려간 사람은 대부분 그대로 기슭의 평야로 헤쳐 나갈 것이며, 소수의 사람은 거기서 다시 새로운 오르막에 발을 붙이거나 혹은 발을 헛디뎌 다시 기어오를 전망이 없는 구렁텅이로 떨어질 것이다. 혹시 그러한 갈림길이 거의 마흔 남짓한 액년 근처에 있지 않을까.

이런 실없는 생각을 하면서 삼 년에 걸친 액년을 지나왔다. 액년에 들기 전년에 나는 가족 하나를 잃었지만, 그 뒤로는 그다지 큰 불행을 당하지 않았다. 다만 마흔둘 끝자락부터 절로 병이 들어 지금도 다 낫지 않았다. 이 병으로 생긴 여러 어려움과 불쾌한 일이 없지는 않았으나, 그것은 액년이 아니더라도 내게 늘 따라붙어 있는 것과 별반 다르지 않은 정도였다. 그래도 오늘까지는 여하간 생명에 별고 없이 지나왔다.

그래서 이제부터 나는 어찌해야 좋을까.

나는 액년의 고개를 넘고자 남들처럼 반평생을 되돌아보고 있다. 이미 한낮을 지난 오후의 햇빛이 비추는 과거를 바라본다. 그리고 다른 이들처럼 부끄러워하고 후회하고 아쉬워한다. '지난 일은 지난 일이다.'라며 수백만 명의 사람들이 되뇐 말을 또 되뇌고 있다.

과거라는 것은 정말로 어찌할 수도 없는 것인가?

내 과거를 나만은 안다고 생각했는데 그것은 거짓말 같다. 현재를 모르는 내가 과거를 알 리 없다. 원인이 있기에 결과가 있다고 생각했지만 그것도 잘못인 것 같다. 결과가 일어나지 않고 원인이 어디에 있으랴. 중력이 있기 때문에 천체가 운행하고 사과가 떨어진다고만 생각했는데 이는 반대였다. 영국의 시골에서 사과가 떨어진 뒤에 만유인력이 생겨난 것이다. 그 인력이 얼마 전에 독일의 어느 유대인의 연필 끝에서 개조되었다.

과거를 정하는 것이 현재며, 현재를 정하는 건 미래가 아닐까.

혹 현재로 미래를 지배할 수 있을까.

나는 모른다. 아마 그 누구도 알 수 없을지 모른다. 이 알 수 없는 문제를 풀려는 시도로서, 나는 지금 실험을 해 보려고 한다. 내 과거의 발자취에서 주워 모은 온갖 보석과 흙덩이,

화초, 곤충, 설령 그것이 지렁이나 구더기일지라도 그 모든 것을 '현재라는 냄비'에 넣고 바짝 조려 볼 작정이다. 옛사람이 남겨 준 다양한 향료와 시약도 부어 볼 작정이다. 그 냄비를 화산 불에 올려 하룻밤 끓인 뒤에 첫닭이 울면 뚜껑을 열어 볼 생각이다.

뚜껑을 열면 무엇이 나올까. 아마 별다른 것은 나오지 않을 것이다. 처음에 넣어 둔 것이 삶겨 짓무르고 굳어져 있는 데 지나지 않을 터다. 그러나 나는 그 냄비 밑바닥에 괸 진액을 눈 딱 감고 마셔 버리려고 한다. 그리고 내 내부의 기능에 어떠한 변화가 일어날지를 시험해 보고자 한다. 만일 나의 눈과 손에 어떠한 변화가 일어난다면, 그 새로운 눈과 손으로 내 과거를 다시 보고 다시 만들어 보자. 그리고 그 위에다 미래의 토대를 세워 보자. 만일 그게 가능하다면 '액년'이라는 것의 의의가 새로운 광명을 비추며 내 앞에 나타나지 않을까.

그리 생각하고 나는 과거의 여행 가방을 뒤져 갖가지 물건을 꺼내 늘어놓아 보았다.

우선 다양한 책이 나온다. 대개는 더럽혀지고 좀먹어 이제는 읽을 수 없다. 여러 신과 부처 등 우상도 나오지만 어느 하나 부서지지 않은 것이 없다. 갈색으로 변한 자운영과 장미 꽃다발, 반쯤 베어 먹은 사과도 있었다. 수학 증서나 사령서 따위를 묶은 것을 툭 던지자 곰팡내 나는 먼지가 작은 소용돌이를 이루며 솟아올랐다.

자 같은 것이 한 묶음 정도 있는데 모두 구부러져 있다. 되나 저울 종류도 있지만 쓸 만해 보이는 것은 하나도 없다. 거울이 몇 개 있는데 모두 일그러지고 뒤틀린 형태로 비출 뿐이다. 반은 붉고 반은 희게 칠한 자 같은 것이 또 있다. 나는 이 간단한 자를 기준으로 모든 것을 재어 손쉽게 시비를 결정하도록 배웠던 것이다. 한쪽에는 '自(자)' 반대쪽에는 '他(타)'라고 적힌 카드와 같은 팻말도 있다. 나는 경우에 따라 이 팻말의 앞뒤를 가려 쓰는 것을 배웠다.

이것들을 보는 사이에 나는 이 잡동사니의 거의 대부분이 모두 받은 것이거나 빌린 것임을 깨달았다. 내 손으로 만들거나 내 노력의 정당한 보수로서 얻은 것이 너무도 적음에 깜짝 놀랐다. 이만한 부채를 변제하는 것이 일평생에 가능할지 의심된다. 그런데 다행인지 불행인지, 이제 채권자의 대부분이 어디에 있는지 알 수 없다.

그림 두루마리 한 권이 나와서 끈을 풀고 보았다. 첫 부분은 벌써 너덜너덜하게 썩었지만, 그래도 곳곳에 비교적 선명한 부분이 있다. 태어난 지 얼마 안 된 내가 용문에 오르는 잉어 무늬의 새 비단옷에 싸인 채 아직 젊으신 어머니의 팔에 안겨 산노〔山王〕[76]를 모시는 신사의 돌계단을 오르는 장면이 있는가 하면 마부의 손에 이끌려 나고야 오스칸노〔大須観音〕[77] 넓은 뜰에서 장난감을 사는 장면도 있다. 쓸쓸한 시골의 오래된 집 부엌의 단칸 마루에서 민소매 옷을 입고 한죽의 죽순 껍질을 벗기고 있는가 하면, 먼 서쪽 지역의 어느 학교 앞 과자가게 2층에서 동향의 학우와 인생을 논하고 있다. 시타야의 어느 동네에서 대금업을 하는 아주머니네 2층에 셋방을 얻어 애젊은 아내와 흙풍로로 밥을 짓고 사는 광경도 보인다. 이 광경 바로 뒤로는 덮은 지 얼마 안 된 봉분 앞에 어린 자식과 나

76　일본 신의 하나.
77　일본 진언종 지산파의 별격 본사.

란히 엎드려 절하는 쓸쓸한 뒷모습이 보인다. 동물원의 잎 떨어진 겨울나무나 그러한 배경 앞에 선 고적한 그림 속 나그네의 모습에서 내 그림자를 발견한다. 이렇게 조각난 그림과 그림을 잇는 머리말이 없다면 나는 그것이 나 자신의 일인지도 모를 것이다.

두루마리 속 도처에 새까만 먹으로 빈틈없이 칠해진 곳이 있다. 그런데 원래 거기 있어야 할 그림은, 다른 곳에 그려진 그림보다 몇 배나 명료하게 먹 밑으로 비쳐 보인다.

신기하게도 두루마리 첫 부분에 썩은 채 남겨진 그림의 색채는 눈에 띌 정도로 아름답게 보존되어 있는데, 뒤쪽으로 갈수록 물감의 색이 혼탁해지며 점차 희미한 회색을 띤다.

두루마리 마지막에 있는 그림은 상당히 기묘하다. 커다란 파리 잡이 병이 하나 있다. 그 안에 갇힌 많은 파리를 살피다 보니 그 속에 작은 사람이 섞여 있다. 그게 바로 나다. 병 위로 벗어날 구멍을 바라며 눈알뿐인 머리를 유리 벽에 마구 박는 것 같다. 다행히 아직 병 바닥의 식초 속에 빠지지는 않았다. 자유로운 하늘로 나가려면 한번은 병 바닥을 헤치고 가야만 한다는 것을 파리도, 작은 나도 모르는 듯하다. 그러나 병을 벗어났다고 한들, 바깥에는 또 여러 개의 파리채와 거미가 도사리고 있다. 그곳에서 벗어나도 필연적으로 덮쳐 오는 봄추위의 위협을 피하기는 어려울 것이다. 그렇다면 병을 나가는 것도 신중해야 할지 모른다.

과거의 여행 가방에서 나오는 물건은 그야말로 끝이 없다. 그만한 물건을 한 번에 담을 수 있는 '냄비'를 나는 가지고 있을까. 냄비가 있다고 해도 나는 또 그것을 끓이고 조릴 '연료'를 모아 두었을까. 생각이 여기까지 미치자 나는 조금 마음이 불안해졌다.

액년의 관문을 지난 나는 멈춰 선 채 그런 생각을 해 보았다. 그러나 결국 아무것도 이루지 못했다. 액년의 과학적 해석을 얻으려고 하였으나 실패했다. 주관적 의미를 구해 보았지만, 얻은 것은 종잡을 수 없는 망상뿐이었다.

액년의 진정한 의미를 내게 가르쳐 줄 이는 없을까. 누군가 그 존재가 희미해진 말을 살려 '마흔의 미혹됨'을 풀어 줄 이는 없을까.

꿈 I

1

돌계단을 오르자 넓은 노대 같은 곳이 나왔다. 흰 대리석 난간의 네 모퉁이에 커다란 화분이 놓였고, 그것에 과일이며 꽃이 한가득 담겨 있었다.

앞으로는 넓은 호수가 저 멀리로 점차 넓게 펼쳐졌고, 밤안개 속으로 희미하게 이어져 있었다. 양쪽 물가에는 시커먼 숲이 오르락내리락 이어졌고, 그 위에 다리를 놓은 듯 자남색의 밤하늘이 덮여 있었다. 하늘에는 수많은 별이 백열의 꽃불처럼 빛나고 있었다.

이윽고 숲 위로 달이 떠올랐다. 그것은 흡사 비눗방울과 같은 무지갯빛을 띠며 놀라운 속도로 올라왔다.

시선 바로 아래의 물가에 엽란 모양을 한 풀이 나 있는데, 그 풀빛이 피처럼 붉었고, 창백한 월광을 받으며 마치 스스로 발광하는 양 투명하고 붉게 빛났다.

난간 모퉁이의 화분에 다가가 거기서 한 송이의 장미를

집어 들고 보니, 그것은 모두 유리로 된 조화였다.

호수의 수면에 미세하게 떨리며 반짝이는 잔물결을 바라보는 동안에 나는 놀라운 사실을 깨달았다.

호수의 물이라 생각했던 것은 전부 수은이었다.

마음이 몹시 쓸쓸해져서 다시 물가의 혈홍색 풀로 눈을 옮겼다. 그러자 그 잎이 바람도 없는데 움직였다. 점차 강하게 동요하고 뻗어 오르는가 싶더니 어느새 진짜 화염으로 변해 있었다.

하늘이 별안간 시뻘게지는가 싶더니, 나는 커다란 용광로 한복판에 우뚝 서 있었다.

2

나는 선창 위에 서 있었다. 맞은편에는 동체가 비참하게 벗겨지고 지저분해진 기선이 정박해 있다. 우산처럼 펴진 양륙기가 끊임없이 움직이며 커다란 함 같은 것을 메달아 올리고 또 내리고 있다.

독일 병사 여럿이 바쁜 걸음으로 그곳을 오갔다.

별안간 희한한 괴물이 내 눈앞에 나타났다. 그것은 흡사 두루미와 같은 모양의 자동 기계다. 기껏해야 집는 역할이 전부인 듯 보이는 긴 부리의 지렛대 지점에 박힌 나사못이 마치 눈알처럼 보였다. 새의 몸과 다리는 달군 쇳조각을 망치질만으로 이어 붙여 만든, 매우 간단한 구조로 보인다. 쇠는 곳곳이 붉게 녹슬었다. 그런데도 이 조잡한 기계는 희한하게도 정교한 장치로 이뤄져 있는지 완전히 자동으로 활동했다. 흡사 두루미와 같은 걸음걸이로 두세 걸음 걷더니, 멈춰 서서 고개를 숙이고 부리로 선창의 널을 쿡쿡 소리 내며 쫀다. 그러한 거동을 되풀이하면서 일직선으로 나아간다.

나는 그 기계의 구조를 신기하게 생각하기보다 기계의 목적이 무엇일지 수상하게 여겨 보았으나 전혀 짐작도 되지 않았다. 선창을 왕래하는 병사들은 이 신기한 쇠로 된 새가 있는 줄 모르는지 혹은 알면서도 신기하지 않은지, 누구 하나 돌아보지도 않았다.

그래서 쇠 두루미는 무인지경으로 가는 듯 어디까지고 단조로운 거동을 되풀이하며 일직선으로 나아가는 것이었다.

그러는 동안 저편에서 커다란 화물차가 왔다. 무언가 곤봉과 같은 것을 수십 개씩 한 다발로 묶은 것을 가득 싣고 있었다.

가까이 다가가서 보니 그 봉과 같은 것은 모두 사람의 오른팔이었다.

나는 그것을 보자 왠지 모르게 모든 사정을 이해한 것 같은 기분이 들었다.

쇠 두루미가 저쪽에 멈춰 선 채 긴 목을 틀어 가만히 내 얼굴을 쳐다보았다.

3

고가 철도에서 내려와 트렙토(Treptow)[78]의 천문대로 가

---

78 독일 베를린의 한 지역.

는 올곧은 도로 옆에 내가 서 있었다. 길 양쪽으로는 아름다운 잔디밭과 숲이 있다.

구릿빛을 띤 태양이 때마침 자오선을 가로지르는데, 지평선으로부터의 고도가 어쩐지 불안할 정도로 낮다.

나는 그때 별다른 이유 없이 '이제 드디어 세상의 끝이 다가온다.'라고 생각한다.

맞은편에서 많은 군중이 불규칙한 종대를 이루며 행진해 온다. 점점 다가오는 것을 보니, 행렬의 선두에는 소와 말, 당나귀, 돼지, 닭이 섰다. 그 뒤로 사람의 무리가 따라온다. 네모난 판에 커다란 문자로 뭐라고 적힌 것을 깃발처럼 앞세운 사람도 있고 커다란 마분지 확성기를 옆구리에 낀 사람도 있다.

돼지나 닭이 가끔 대열에서 벗어나 길가의 잔디밭으로 가려는 것을 조그만 바늘과 같은 채찍으로 집요하게 마구 찌르며 냉담하게 행렬로 돌려보내는 사나이가 있다.

피뢰침 같은 것이 달린 투구 모양의 모자를 쓴 순경이 대열의 양측을 호위하고 있다.

순경이 모두 다 복스럽고 푸근한 인상인 데 반해, 행렬에 참여한 이들의 얼굴은 모두 방금 전에 사람이라도 죽이고 온 것처럼 몹시 섬뜩한 표정이다. 가축의 머리를 보고 있자니 그것이 점점 어디서 본 적이 있는 사람의 얼굴과 닮아 가는 듯한 기분이 든다. 그리고 그들 모두 굉장히 괴로운 듯한, 권태의 절정에 다다른 표정을 내비쳤다.

광장까지 오자 행렬이 멈췄다. 그리고 가축을 중심으로, 행진하던 사람과 구경꾼이 둥근 진을 만들었다.

행렬의 한 사람이 중앙으로 나서 연설을 시작했다. 나는 열심히 그 연설자가 하는 말의 의미를 이해하고자 노력했지만, 슬프게도 무슨 말인지 전혀 알 수 없었다. 다만 가끔 장군(General)이 뭐라고 하는 말을 반복하는 것을 간신히 알아들을 수 있을 뿐이었다.

연설자는 키 작은 남자로, 사진으로 본 트로츠키[79]와 매우 닮았다. 오른손을 공기를 가르듯 종횡으로 내지르며 믿기지 않을 만큼 큰 목소리로 외치고 있었다. 가끔 왼손으로 가축 쪽을 가리키고는 뭔가 특별히 호소하는 표정을 내비쳐 보였다.

연설이 끝났는지, "와아!" 하는 소리가 났다. 그리고 다시 대오를 지은 행렬은 똑바르게 뻗은 큰길을 걸으며 저편으로 점점 멀어져 갔다.

구릿빛의 태양이 이제 꽤나 낮게 드리워져 잎을 떨군 자작나무 가지에 걸려 빙글빙글 도는 듯 보였다. 쭉 보고 있노라니 그 회전이 점점 빨라지는 것만 같았다.

'이것이 좀 더 빨라지면 위험하다.'

그리 생각하며 나는 서둘러 베를린의 시가지 쪽으로 돌아갔다.

---

79 레온 트로츠키(Leon Trotsky, 1879~1940): 러시아의 혁명가.

가을의 노래

차이코프스키의 「가을의 노래」라는 소곡이 있다. 나는 짐발리스트[80]가 연주한 그 곡의 레코드를 가지고 있다. 간혹 그것을 꺼내어 들으면서 홀로 차분히 그 곡이 불러일으키는 환상의 세계를 헤쳐 간다.

북유럽의 끝없는 평원 깊숙한 곳에 자작나무 숲이 있다. 탄식하듯 드리워진 나무의 우듬지는 벌써 황금빛으로 물들어 있다. 석양이 기울어 가는 하늘에 쓸쓸한 바람이 스쳐 지나가면, 아름답고도 아름다운 눈물처럼 낙엽이 내리쏟아진다.

나는 숲 속을 누빈다. 황량한 좁은 길을 정처 없이 헤매며 걷는다. 마리야 미하일로브나[81]가 나와 나란히 걷고 있다.

우리는 말없이 걷고 있다. 그러나 두 사람의 가슴속을 오가는 마음은 바이올린 소리가 되어, 높고 낮은 음으로 들려온

---

80 에프렘 짐발리스트(Efrem Zimbalist, 1889~1985): 미국의 러시아계 바이올리니스트.

81 마리야 미하일로브나(Старицька Марія Михайлівна, 1865~1930): 러시아의 배우.

다. 그 소리는 인간 세상의 모든 말보다 더한, 달랠 길 없는 슬픔의 표현이다. 내가 G현으로 말을 걸면 마리야는 E현으로 답한다. 현의 소리가 끊기고 이어지고 사라질 때, 두 사람은 멈춰 선다. 그리고 그윽이 서로의 눈을 바라본다. 두 사람의 눈에는 이슬방울이 맺혀 빛나고 있었다.

두 사람은 다시 걷기 시작했다. 현의 소리는 전보다 높게 떨리며, 이윽고 목메어 우는 듯 잦아들었다.

바이올린 소리의 기복에 메아리가 답하는 것처럼, 어렴풋한 첼로 소리 같은 것이 울려왔다. 사라져 가는 첼로 음의 뒤를 따라 매달리기라도 하듯이, 다시 바이올린의 고음이 울려왔다. 그 희미한 반주 음은 두 사람이 헤어진 뒤에 남을 그리움의 반향이었다. 이것이 한없이 덧없고 쓸쓸했다.

'환하지만 무정한 가을날'이 들판의 저 끝으로 저물어 갔다. 두 사람은 숲 변두리에 서서, 서로 이야기가 통한 것처럼 먼 사원의 탑에서 빛나는 최후의 섬광을 바라보았다.

한 번 말랐던 눈물이 다시 끝도 없이 흘렀다. 그러나 그것은 이제 슬픔의 눈물이 아니라, 영원히 넋을 파고들 외롭고도 외로운 쓸쓸한 체념의 눈물이었다.

밤이 닥쳐온다. 마리야의 모습은 보이지 않았다. 나는 혼자 쓸쓸히 숲 변두리의 그루터기에 앉아, 하늘의 어렴풋한 미광 속으로 사라져 가는 현의 소리가 남긴 미련을 좇았다.

정신을 차리니 곡은 끝나 있었다. 그리고 무릎에 올린 손끝에서 다 탄 담뱃재가 뚝 떨어지며 녹색 카펫으로 부서져 내렸다.

어느 환상곡의 서

1

텅 빈, 공허한 어둠 속으로 별안간 작은 불길이 치솟는다. 묘소의 풀잎 끝을 비추는 도깨비불처럼, 깊은 분화구 밑에서 번쩍이는 유황불처럼 넘실넘실 타오른다.

불길의 빛이 주변을 비추더니, 커다란 벽난로의 그을린 공동이 나타난다. 불길은 벽난로의 배를 핥듯이 타오르며 꼭대기의 어두운 구멍으로 빨려 든다. 구멍 안쪽에서 '고오.' 하는 바람 소리가 나더니 갑자기 불길이 커진다. 그러자 아래쪽에 있던 석탄이 생생히 빛나기 시작한다.

화로 앞의 커다란 팔걸이의자에 푹 들어앉은 백발노인이 나타난다. 노인은 꼼짝도 하지 않고 가만히 불길을 바라본다. 불길 속에서 과거의 환영을 보는 것이다.

불길의 장막 저편으로 성대한 무도회가 펼쳐진다. 화려하고 밝은 음악 소리를 따라 호랑나비처럼 화려한 사람들이 움직이고 있다.

불길이 어두워진다.

울창한 정원의 분수 곁에 장미가 만발한 퍼걸러[82]가 있다. 그 그늘에 남녀의 모습이 보인다. 어디선가 밤의 휘파람새 소리가 들려온다.

석탄이 갈라지며 굉장한 폭음을 내더니, 검은 연기가 한참 동안 소용돌이쳐 오른다.

무시무시한 전장이 나타난다. 냄비에 든 것이 눌어붙는 듯한 소리를 내며 날아오는 포탄이 눈앞에서 터진다. 흰 연기와 함께 날아가 버리는 고목의 검은 그림자가 보인다.

전장이 사라지자, 외딴 숲 속의 그늘진 초지가 나타난다. 두 사나이가 멀리 떨어져 서로 마주 보며 서 있다. 두 사람이 동시에 오른손을 드는가 싶더니 손끝에서 팍하고 흰 연기가 난다. 그러자 한 명이 쓰러지는 기둥처럼 고꾸라진다. 동틀 녘의 빛이 숲 위로 펼쳐지고, 이슬 맺힌 초원에 벌레가 운다.

초원이 어느새 바다로 변한다. 끝도 없는 파도의 벌판을 헤쳐 나아가는 배의 뱃전에 기대어 한 사나이가 서 있다. 막해가 저문 수평선의 저편을 바라보고 있다. 굵은 눈물이 뺨을 타고 흐른다. 저녁놀을 받은 돛의 색이 피처럼 붉다.

저녁놀을 머금은 구름이 부서진 자리에서 금발의 여자가 나타난다. 머리카락을 양손으로 헝클어뜨리며 하늘을 우러르는 얼굴에 절망이 떠오른다. 그 위로 푸른 별이 눈부시게 빛난다.

화로의 불이 일시에 꺼지고, 불길이 팍하고 사라진다. 노인은 언제까지나 같은 자세로 화로의 불을 응시하고 있다.

---

82 골조 위에 덩굴 식물을 얹어 그늘을 만든 서양식 정자나 정원 길.

2

숲 속에 늪이 있다. 커다란 자작나무 대여섯 그루가 켜켜이 쓰러진 채 썩어 간다. 썩은 나무의 향이 자욱하다.

멀리서 뿔피리 소리가 난다. 이윽고 개 짖는 소리, 말발굽 소리가 들려오며, 그것이 점점 가까이 다가온다. 물가의 풀 속에서 새가 날아올라 나무숲의 어둠으로 사라져 간다.

사냥꾼 무리가 나타난다. 붉은 웃옷, 흰 바지, 검은 장화 차림의 기수가 폭풍처럼 나무 사이를 누빈다. 무리를 벗어난 개 한 마리가 물가에 뛰어들어 풀 냄새를 맡고 있는데, 피리 소리가 울리자 총알을 탄 듯 달려가 무리 뒤를 따른다.

사냥꾼 무리가 지나자 쥐 죽은 듯 조용해진다. 늪의 표면이 거울처럼 잦아든다.

어디선지 모르게 님프[83]와 판[84]의 무리가 나온다. 눈부신 한낮의 빛 아래서 각축을 벌이며, 미친 듯이 물가를 뱅뱅 돈다. 물가의 풀이 짓밟히며 때때로 물보라가 인다. 이윽고 진이 빠져 나무 그늘이나 초원에 잠들어 버린다. 꽃을 찾아 초원을 헤매며 윙윙대는 벌 소리가 들려온다.

해가 저물며 늪의 표면에서 얇은 사(紗)와 같은 아지랑이가 일기 시작한다.

멀리서 뿔피리 소리, 개 짖는 소리가 아득히 들려온다. 님프 무리는 어디로 갔는지 그림자도 보이지 않는다.

83 그리스 신화에 나오는 요정의 총칭.
84 그리스 신화에 나오는 목신(牧神).

지진 일기

다이쇼 12년 8월 26일. 흐림, 저녁때 뇌우.

월식은 비 때문에 보이지 않았다. 저녁때는 진기한 전광 (Rocket lightning)이 서쪽에서 천정점을 향해 뻗어 가는 모양으로 나타났다. 마치 종이테이프를 던지듯 서에서 동으로 늘어졌다. 다 같이 구경했다. 이 나이가 될 때까지도 그런 빛은 본 적이 없다고 어머니가 말씀하셨다.

8월 27일. 맑음.

시무라[85]의 별장에서 묵었다. 드물게 쾌청한 날씨다. 음력 열엿새 날의 붉은 달이 숲에서 나온다.

8월 28일. 맑음, 소나기.

아침 안개가 짙게 깔렸다. 잔디를 깎았다. 때까치가 왔는데 울지 않았다. 저녁때 기차로 돌아올 무렵 뇌우가 시작됐다.

---

85 현재 도쿄의 이타바시 구 소재.

가토 수상[86]의 장례식이 있었다.

8월 29일. 흐림, 오후 뇌우.

오전에 기상대에서 후지와라 군의 소용돌이 구름 사진을 봄.

8월 30일. 맑음.

아내와 시무라 별장에 가서 스케치판에 그림을 한 장 그림.

9월 1일. 토요일.

아침에 비바람이 거칠어질 기세더니 폭우가 덮쳐 왔다. 굉장한 기세로 내리다가도 마치 칼로 자른 듯이 뚝 그친다. 그래서 이제 그쳤구나 생각하면 또 쏟아져 내리는 실로 희한한 단속적 강우였다. 잡지 《분카세이카쓰(文化生活)》에 보낼 원고 「석유램프」를 다 썼다. 비가 잦아들어 우에노의 니카카이전[二科会展] 구경을 갔다. 회장에 들어선 것이 10시 30분쯤이다. 무더웠다. 프랑스 전시회의 영향이 뚜렷이 눈에 띄었다. T군과 찻집에서 홍차를 마시며 그의 출품작인 「I곶의 여자」에 관한 이야기를 들었다. 그림의 모델이 된 여성의 남편에게서 출품 철회 요구를 받았다는 이야기를 듣던 중에 급격한 지진을 느꼈다. 의자에 앉은 두 발바닥 밑에서 나무망치로 빠르게 난타하는 듯한 진동이 느껴졌다. 아마 그전에 왔을 터인 약한 초기 미동을 느끼지 못하고 바로 주요동을 느낀 것 같았다. 그

---

86 가토 도모사부로(加藤友三郎, 1861~1923): 일본 해군 대장 출신. 21대 내각 총리대신.

렇다고 해도 기묘한 단주기 진동이라고 생각하는 사이에 진짜 주요동이 급격히 덮쳐 왔다. 그 순간 이는 내가 전혀 경험한 바 없는 비상한 대지진임을 깨달았다. 그러자 어릴 때부터 어머니에게 수없이 들은 도사 안세이 지진[87] 이야기가 생생히 떠올랐다. 마치 배를 탄 듯 흔들흔들한다는 어머니의 묘사가 적절하다는 것을 느꼈다. 회장 건물이 흔들리는 모양새를 주의해서 보니 사오 초 정도의 긴 주기로 삐걱삐걱 소리를 내며 완만히 흔들렸다. 이 정도면 여기는 괜찮겠다는 직감이 들었기 때문에 두려운 느낌은 이내 사라졌다. 그리고 이 드문 강진의 진동 경과를 가능한 한 자세히 관찰해야겠다 생각하고 노력했다.

주요동이 시작되어서 깜짝 놀라고 몇 초 뒤에 일시적으로 진동이 쇠했다. 이 정도라면 큰일도 아니겠다고 생각한 즈음에 한 번 더 급격하고 보다 격렬한 파동이 일어나서 두 번째로 깜짝 놀랐다. 그때부터는 점차 감쇠하여 장주기 파동만 느껴졌다.

사람들은 대체로 최초의 최대 주요동을 감지했을 때 너도나도 일어나 출구로 뛰쳐나갔는데, 우리의 대각선 맞은편에 있던 중년 부부는 그때까지 일어나지 않았다. 게다가 그 부인은 비프스테이크를 먹고 있었는데, 적어도 겉보기에는 태연히 고기 조각을 입으로 옮기고 있었다. 내게 그 모습이 분명한 인상을 남겼다. 그러나 두 번째로 최대 진동이 왔을 때는 한 명도 남김없이 자리를 떠나 버려 장내가 텅 비었다. 유화 액자는 일그러지고 떨어진 것도 있었지만 대부분 멀쩡

87　1850년대 일본 안세이 연간 전후로 빈발한 지진. 도사는 고치 현의 옛 지명.

히 걸려 있었다. 이것만 봐도 이 건물에 미친 진동은 그리 격렬하지 않았음을 알 수 있다. 나중에 생각해 보니, 건물의 고유 진동 주기가 뚜렷이 길어서 유리했던 것 같다. 진동이 쇠하고 나서 바깥의 모습을 보러 나가려 했지만 찻집의 점원도 죄다 나가 버리고 아무도 없어 계산을 할 수가 없었다. 그래서 계산대 가까운 곳의 변소 문으로 나가 낮은 나무 울타리 너머로 바깥을 보니, 사람들이 여기 한 무리, 저기 한 무리씩 모여 멍하니 하늘을 보고 있다. 이 변소 문을 거쳐 울타리를 넘어 벗어난 사람들인 것 같다. 하늘은 이제 반쯤 갰지만 조각난 뭉게구름이 폭풍 때와 같이 떠 있었다. 그사이에 점원 한 명이 돌아와서 계산을 마쳤다. 점원이 매우 친절하게 감사 인사를 한 것으로 기억한다. 출구로 나가니 거기에는 신발 지키는 아주머니가 혼자 흐트러진 신발을 정리하고 있었다. 맡긴 양산을 받고 건물 뒤쪽에 사람들이 모인 데서 T화백을 찾아냈다. 그의 두 자녀도 함께 있었다. 부근의 거목에서 큰 가지가 부러져 떨어졌다는 것을 그때 깨달았다. 이것이 부러지고 떨어진 것이 지진 때문인지, 그렇지 않으면 오늘 아침의 폭풍우 때문인지 알 수 없었다. T군과 헤어지고 도쇼구[88] 앞쪽으로 걸어오니 평소에 없던 곰팡내가 코를 찔렀다. 하늘을 올려다보니 시타야 방면에서 굉장한 흙먼지가 날아오는 것이 보인다. 그걸 보고 수많은 가옥이 무너졌겠다 싶었다. 이런 상황이라면 도쿄 전체가 불바다가 될 수도 있겠다는 직감이 들었다. 도쇼구 앞에서 경내를 엿보니 석

---

88 도쇼구〔東照宮〕는 도쿠가와 이에야스〔德川家康〕를 모신 신사로서 전국 곳곳에 세워져 있는데, 여기서는 우에노 도쇼구를 말한다.

등이 죄다 북쪽으로 넘어가 겹겹이 쓰러져 있다. 큰 기둥문 (鳥居, 도리이)의 기둥은 그대로였지만 위쪽 횡목이 엇나가려 하였고, 게다가 떨어지지 않고 위태롭게 걸려 있었다. 세이 요켄[89]의 점원들이 커다란 벚나무 아래에 모여 있었다. 큰 불상의 머리가 떨어진 걸 나중에 알았는데 그때는 전혀 눈치채지 못했다. 연못 쪽으로 내려가는 비탈 옆의 이나리(稲荷)[90]를 모신 신사의 기둥문도 기둥은 서 있었지만 가로대는 떨어져 부서져 있었다. 비탈을 내려가서 보니 시노바즈 벤텐 사당의 사무소(社務所)가 연못 쪽으로 고꾸라질 듯 넘어가려는 모양을 보고, 그제야 과연 대지진이로구나 하고 분명히 실감했다.

무탈한 날이 이어지다가 갑자기 일어난 커다란 변화를 충분히 자각하는 데는 뜻밖에 수고가 든다. 이날은 니카카이를 보고 니혼바시 주변에서 점심 식사를 할 요량이었다. 그 지진을 체험하고 시타야에서 불어오는 흙먼지 냄새에 큰불이 났음을 예상하고, 도쇼구의 석등이 죽 넘어간 것을 눈앞에서 보았음에도 여전히 점심 식사 일정을 그대로 유지하였던 것이다. 그런데 벤텐 사무소가 무너진 것을 보고 나니 비로소 '이거 정말 큰일이구나.' 하는 생각이 들었다. 그리고 처음으로 우리 집은 어떻게 됐을지 조금 걱정이 되었다.

벤텐 앞에 전차가 한 대 멈춘 채 움직일 것 같지 않다. 차장에게 물어봐도 언제 움직일지 모른다고 한다. 돌이켜보니

---

89 1872년에 도쿄 부 쓰키지에 '서양관 호텔'로 창업한 노포 서양 요리점. 1923년 간토 대지진으로 쓰키지 본점이 소실되며 우에노 세이요켄이 본점 역할을 한다.
90 곡식을 관장하는 일본 신.

이런 물음이 얼마나 비상식적이었는지 잘 알겠다. 아마 그 당시 차장에게 이런 질문을 한 시민은 만 명 중에 몇으로 손에 꼽힐 것이다.

동물원 뒤로 가니 도로 한복판에 다다미를 깔고 그 위에 환자를 눕히고 있었다. 오가는 사람이 없는 거리는 적막했다. 네즈[91]를 지나 집에 가려고 했으나 빈번히 덮쳐 오는 여진으로 허물어지다 만 벽돌담이 또 무너지는 장면을 보았다. 저습지의 길은 위험하겠다 싶어 야나카 미사키초[92]에서 단고자카로 향했다. 야나카의 좁은 길 양쪽에는 넘어지려는 집도 있었다. 어질러진 소금 전병 가게 앞으로 강렬한 햇볕이 내리쬐던 것이 인상적이었다. 단고자카를 올라 센다기로 오자 이제 넘어지려는 집은 하나도 없고, 곳곳에 기와 몇 장이 떨어진 집이 있을 뿐이었다. 아케보노초에 들어서자 언뜻 보면 거의 아무 일도 일어나지 않은 것처럼 고요하였고, 봄처럼 명랑한 햇빛이 즐비한 가옥을 비추고 있다. 우리 집 현관에 들어서자 아내가 빗자루를 들고 벽 구석구석에서 부서져 떨어진 벽토를 치우고 있었다. 이웃집의 벽돌로 된 앞 담장은 전부 도로로 무너져 내렸고, 이웃집과 우리 집의 경계 돌담은 전부 우리 집 쪽으로 무너져 있었다. 만일 뒤뜰에 나가 있었다면 위험할 뻔했다. 듣자 하니 상당히 심하게 흔들려 거실의 장지가 전부 넘어지고 고양이가 놀라 뜰로 뛰쳐나갔지만, 우리 집 사람들은 뛰쳐나가지 않았다고 한다. 평소에 몇 번이고 가족에게 타일러 둔 것이 효과가 있었던 것 같다. 바퀴 달린 피아노가 자리를

---

91   도쿄 분쿄 구의 한 지역.

92   현재 도쿄 다이토 구의 한 지역.

조금 벗어나 있고, 받침대 위에 둔 화병이 마루방 바닥으로 굴러떨어졌으나 신기하게도 깨지지 않고 멀쩡했다. 이것 말고는 기와 몇 장이 떨어진 것과 벽에 균열이 간 정도였다. 장남이 중학교 개학 날이라 혼조〔本所〕[93]의 저 끝에 가 있었는데, 지진 때는 이미 집에 와 있었다. 간혹 여진이 있었지만 그 외에는 평소와 전혀 다르지 않다는 기분이 들자 도쿄 전체가 불바다가 되리라는 조금 전의 생각은 말끔히 잊어버렸다.

그사이에 조수인 니시다 군이 와서 대학 의화학 교실에 불이 났는데 이학부는 무사하다고 전했다. N군이 왔다. 이웃의 TM교수가 와서 도시 곳곳에 불이 났다고 한다. 툇마루에서 보니 남쪽 하늘에 괴상한 적운이 솟아오르고 있었다. 그것은 보통 적운과는 달랐다. 마치 예전 사쿠라지마 대분화[94] 때의 연기구름을 사진으로 보는 것 같았다. 이른바 꽃양배추(cauliflower) 모양의 전형적인 적운이었다. 상당히 큰 화재 때문에 생긴 것이리라 직감했다. 그 구름 위로는 도쿄에서는 좀처럼 볼 수 없는 감청색의 가을 하늘이 맑게 갰고, 쨍쨍 내리쬐는 늦여름의 햇빛이 바람 없는 뜰의 색비름을 비추었다. 전차 소리도 멈추고 근처에 집 짓는 소리도 멎어, 세상이 실로 고요하고 괴괴한 느낌이 들었다.

저녁때는 후지타 군이 와서, 도서관과 법문과(法文科)가 전소했고, 산상 집회소와 본부도 불탔으며, 이학부에서는 목조건물인 수학 교실이 불탔다고 한다. 석식 후 E군과 하쿠산[95]

---

93 도쿄 스미다 구의 한 지역.
94 규슈 남부의 사쿠라지마 섬에서 1914년 1월 12일부터 약 한 달 동안 계속된 분화.
95 도쿄 분쿄 구의 한 지역.

에 가서 양초를 사 왔다. TM씨가 와서 대학의 상황을 알려 주었고 밤이 되고 나서 대학의 상황을 보러 갔다. 창밖으로 도서관의 서고가 불타는 모습이 훤히 보였다. 하룻밤은 꼬박 불탈 것처럼 보였다. 보통의 화재라면 많은 사람이 모여 있었을 텐데, 주위에 사람은 없고 들개 한 마리가 근처를 어슬렁대고 있었다. 미터와 킬로그램의 보조 원기(原器)를 넣어 둔 창고의 목조 지붕이 불타는 것을 세 사람이 달라붙어서 진화하고 있었다. 내화 설계된 실내는 괜찮을 것 같았지만, 옥상에 일부러 그러한 불쏘시개를 올린 것은 어리석었다. 물리 교실의 창틀에도 불똥이 튀어 타는 것을 이학사 아키야마와 오자와가 끄고 있었다. 양동이 하나만으로 야요이초 문밖의 우물까지 가서는 물을 길어 와 끼얹는 것이었다. 이것도 내버려뒀으면 건물 전체가 불타 버렸을 터다. 11시 무렵, 돌아가는 길에 본 전찻길은 노숙자로 가득했다. 화재로 인해 진홍빛으로 물든 구름 위로는 푸른 달빛이 비추었다.

9월 2일. 흐림.

아침에 대학으로 가 파손 상황을 둘러보고 나서, 혼고 거리의 유시마 고초메까지 갔다. 그러자 화마가 휩쓴 유시마다이의 들쑥날쑥한 지형이 한눈에 보이며 뜻밖에도 우에노 숲이 가깝게 느껴졌다. 병선(兵燹)[96]이라는 말이 떠올랐다. 또한 에도 시대 이전의 주변 경관도 상상되었다. 마구 뒤엉킨 전선이 길을 막았고 불탄 전차의 잔해가 오도 가도 못하고 서 있었다. 지하실도 모두 불탔고 군데군데 벽돌담의 잔해가 널려

---

96 전쟁으로 인한 화재.

있었다. 그을린 나뭇가지가 새하얗게 재를 뒤집어쓰고 있기도 했다. 묘진[97] 앞의 파출소와 자동 전화만이 기적처럼 타지 않고 남아 있었다. 마쓰즈미초까지 가니 아사쿠사, 시타야 쪽은 아직도 일부가 불타고 있어 흑연과 화염의 바다였다. 연기가 뜨겁고 눈이 매워 나아갈 수 없었다. 그 연기 깊숙한 데서 혼고 쪽으로 잇따라 피난해 오는 사람들 가운데 얼굴과 양손 모두 나병 환자처럼 살이 부풀어 오른 이를 두 사람이 어깨에 걸쳐 끌면서 데려오고 있었다. 그런가 하면 반대편을 향해 가는 사람들 가운데는 사진기를 들고 소풍이라도 가는 듯 여유로운 모습을 보이는 이들도 있었다. 아사쿠사의 친척을 찾아가는 일은 단념하고 마쓰즈미초에서 오차노미즈로 올라가니, 여자 고등 사범 학교 뜰은 교운도 병원의 피난소가 되었다는 팻말이 있었다. 오차노미즈 다리는 중간의 양쪽이 조금 무너진 채 남아 있었지만 스루가다이는 전부 폭삭 무너졌다. 메이지 대학 앞에는 검게 탄 시체가 굴러다니고, 불탄 함석판이 덮여 있었다. 진보초에서 히토쓰바시까지 와서 보니 기상대도 대부분 불탄 듯한데, 신기하게도 관사가 남아 있는 것이 돌담 너머로 보였다. 다리가 불타서 그런지 순경이 경계를 선 채 사람을 통과시키지 않았다. 그때 자전거 한 대가 달려오더니 제지에 아랑곳하지 않고 경계를 뚫고 건너갔다. 소가 수로를 따라 연못까지 가서 길가에 쉬고 있는데 그 앞으로 피난민이 계속 지나갔다. 실로 각양각색의 사람들이었다. 쉰 살쯤 되어 보이는 여자가 혼자 커다란 개 한 마리를 등에 업고 갔다. 보통이 하나 가지고 있지 않았다. 유카타가 흙탕물이라도 뒤집어

---

97 도쿄 하치오지 시의 한 지역.

쓴 것처럼 누렇게 물들어 있었다. 많은 사람의 시선에도 무관심한 듯 한눈팔지 않고 서둘렀다. 젊은 남자가 커다란 연잎을 머리에 쓰고 그 위로 수건을 묶었다. 그리고 물 넣은 얼음주머니를 머리에 늘어뜨리고 펄럭이며 걸어가기도 한다. 또 막일꾼으로 보이는 한 사나이가 우당탕대며 무언가를 질질 잡아 끌고 오는 모습을 보았다. 자세히 보니 불탄 함석 위에 사방 두 자 정도의 얼음덩어리를 얹고 어쩐지 득의에 차서 끌고 가는 것이었다. 이러한 행렬 속에 멋진 고급 자동차 한 대가 사람의 흐름에 막혀 서 있는 것도 보았다. 차 속에는 족자라도 든 것 같은 오동나무 궤가 한가득 실려 있고, 한 남자가 그 속에 파묻힌 모양으로 앉아 주위를 둘러보고 있었다.

집에 돌아오니 화재에서 몸만 피한 아사쿠사의 친척 열세 명이 피난 와 있었다. 모두가 무엇 하나 가져올 겨를도 없어서 어젯밤에는 우에노 공원에서 노숙을 했는데, 순경이 와서 ○○ 명의 방화꾼이 배회하고 있으니 주의하라고 했단다. 우물에 독을 넣었다느니 폭탄을 던졌다느니 별의별 뜬소문이 다 들려왔다. 이런 변두리 동네까지도 휩쓸어 버리려면 도대체 몇천 킬로그램의 독약, 몇 만 킬로그램의 폭탄이 필요할 것인가. 이런 어림짐작만으로도 나는 그 이야기가 믿기지 않았다.

저녁때 고마고메 거리로 갔더니 피난민 무리가 잇따라 다키노가와 쪽으로 흘러갔다. 큰길의 가게도 짐을 싸고 떠날 채비를 하고 있었다. 집에 와 보니 근처에도 피난을 간 집이 있다고 한다. 우에노 쪽에서 난 불이 이 주변까지 올 것 같지는 않았지만 만약의 경우에 대비해 피난할 각오를 했다. 피난할 생각을 하고 보니, 반드시 가지고 가야 할 물건은 거의 없었다. 내가 그리며 모은 약간의 유화만 조금 아까웠을 뿐이고,

남에게 빌린 로마자 원고에 책임을 느낀 정도다. 아내가 얼룩 고양이만 데려가고 점박이는 두고 가자 하니, 아이들이 어떻게 해서든 데려가겠다고 바구니 같은 것을 준비하고 있었다.

9월 3일, 월요일. 흐린 뒤 비.

아침 9시쯤 장남을 이타바시[98]로 보내고, 미요키치에게 부탁해 백미, 채소, 소금 등을 보내도록 했다. 나는 대학으로 갔다. 두 갈래 길의 한쪽으로는 지방으로 피난하는 사람이 끊임없이 지나갔다. 다른 한쪽에는 피난 갔다 돌아오는 사람과 지방에서 올라오는 사람이 반대의 흐름을 이루었다. 여유로운 표정인 사람도 있지만 보기만 해도 몹시 비참한 몰골인 사람도 있었다. 다친 한쪽 발을 끌면서 지팡이에 의지해 걷는 젊은이의 얼굴은 어디로 가겠다는 목적도 없이 절망으로 가득한 기색이었다. 부부가 작은 앉은뱅이 수레에 환자로 보이는 노모를 태워 끌고 갔다. 먼지로 새까매진 환자의 얼굴이 위를 향하고 있었다.

돌아오는 길에 갈림길 주변에서 우유 캔과 전병, 비스킷 등을 샀다. 불탄 지역 근처의 모든 식료품점은 텅텅 비어 있었다. 식료품 결핍이 점차 파급되어 가고 있음을 확실히 알 수 있었다. 집에 온 뒤에 비상용으로 가다랑어포, 매실 장아찌, 통조림, 녹말 등을 사러 근처로 나갔다. 어쩐지 몹쓸 짓을 하는 것 같은 기분이 들었지만 스무 명 남짓한 식구를 책임지게 된 터라 어쩔 수 없다는 생각이 들었다. 오후 4시에는 미요키치의 아버지 다쓰고로가 백미, 고구마, 무, 가지, 간장, 설탕 따

98　현재 도쿄 이타바시 구의 남동부에 해당함.

위를 수레에 실어 와 한숨 돌릴 수 있었다. 그런데 역시나 부엌에 식료품을 한 수레나 들여놓은 일은 굉장히 부끄러운 처사라고 느꼈다.

E군에게 아오야마에 있는 고미야[99] 군의 빈집이 어떤지 보러 가 달라고 부탁했다. 돌아와 들려준 이야기로는 지진 때 책장이 쓰러지며 출구를 막았기 때문에 장남이 2층에 있었더라면 걱정이 되었겠다는 것 정도였다. 그 외에 별다른 이상은 없었고, 그 후로는 저택 앞 공간에서 피난했다고 한다.

야경단으로 함께 활동한, 지진 당시 마에바시에 있던 사람의 이야기에 따르면 1일 밤 도쿄의 화재는 꼭 불기둥처럼 보였기 때문에 오시마[100]가 분화한 것이 아닌가 하는 소문도 돌았다고 한다.

---

99 고미야 도요타카(小宮豊隆, 1884~1966): 일본의 독문학자. 나쓰메 소세키의 장편 소설 『산시로(三四郎)』의 모델로 알려져 있다.

100 도쿄 남서쪽 이즈 반도 동쪽 해상에 있는 섬.

아쿠타가와 류노스케 군

아쿠타가와 류노스케[101] 군이 자살했다.

내가 그의 얼굴을 본 것은 불과 서너 번 정도다. 그중에 한 번은 아마 나쓰메 선생님의 7주기에 조시가야[102]의 묘지에서 였을 것이다. 대개 격식을 갖춰 양복 아니면 하오리에 하카마를 입은 사람들 가운데 하카마를 입지 않은 아쿠타가와 군의 모습이 눈에 띠었다. 심히 초췌하고 윤기 없는 창백한 얼굴로 사람이 모여 있는 데서 조금 떨어져 서 있던 모습이 떠오른다. 입술 색이 뚜렷이 붉게 보였던 것과 긴 머리카락을 손으로 매만져 올리는 모습이 그 사람의 인상을 한층 우울하게 만들었던 것 같다. 참배를 끝내고 모두가 돌아갈 때에 K군이 "어떤가, 나중에 오지 않겠나."라고 말하자 입을 다문 채 가볍게 목례만 한 것으로 기억한다. 그런 것까지 기억하고 있다는 것은

---

101 아쿠타가와 류노스케(芥川竜之介, 1892~1927): 일본의 소설가. 「라쇼몬」, 「코」, 「지옥변」, 「참마죽」, 「덤불 속」 등 주옥같은 단편을 다수 남겼다.

102 도쿄 도시마 구의 한 지역.

그날 아쿠타가와 군이 내 머리에 무언가 특별한 인상을 새겨 넣었기 때문인 듯하다.

　또 한 번은 K사 주최로 A파 가인(歌人)의 가집 간행 기념회를 시바 공원 레스토랑에서 열었을 때였다. 식탁에서 간사의 지명으로 테이블 스피치가 있었다. 주인공 가인의 오른쪽에 앉은 아쿠타가와 군이 침통한 표정으로 일어섰다. 자신은 감상이 전혀 없지만 만일 군이 뭔가 느낀 것을 말하라고 한다면, 오늘 밤 식탁에 나온 빵은 소화기가 약한 자기에게 무서울 정도로 딱딱한 것이었다, 라는 요지의 말을 하고 자리에 앉았다. 그날 밤 아쿠타가와 군에게는 지난번 조시가야 묘지에서 봤을 때와 같은 심약함 따위는 보이지 않았다. 젊은 패기와 예민함으로 긴장된 안색과 말투였다. 그러나 무거운 병이 그의 육체를 안쪽에서 갉아먹고 있음은 누구에게든 명백하게 보였다. '무서울 정도로 딱딱한 빵'이라는 말이 지금 이 추억을 쓰는 내 귀의 깊숙한 곳에서 생생히 들려온다. 그리고 그것이 이 뜻밖의 죽음에 관한 암시인 것 같은 기분이 들어 견딜 수가 없다.

　그때 같은 열에 앉은 네다섯 사람 중에 벌써 두 사람이 고인이 되었다. 가인 S씨와 A씨다.

과거의 기록

우시조(丑女)가 세상을 떠났다는 소식이 왔다. 그녀는 고향의 아버지 집에서 십오 년 가까이 일한 나이 든 하녀다. 내가 고등학교를 다니던 시절에 처음 고용살이를 와서, 병약한 어머니를 도와 일가의 갖은 일을 도맡았다. 아버지께서 돌아가신 뒤에 내가 고향 집을 처분하고 이곳으로 이사할 때, 그녀는 고향의 바닷가 마을로 돌아갔다. 그녀의 집을 지을 남동생은 러일 전쟁에서 전사하여 그야말로 혈혈단신이 되었기에, 시집간 언니의 딸을 양녀로 삼아 돌보았다.

어머니께서 살아 계실 때에는 가끔 편지를 보내왔는데, 어머니께서 돌아가신 후에는 자연히 소원해져서 이번에 몸이 좋지 않았던 것도 모르고 있었다. 나이 들고 나서는 여러 병을 앓았다고 하니, 아마 그중의 하나로 인해 쓰러졌을 터다.

그녀는 모든 의미에서 충실한 여자였다. 만사를 어중간하게 처리할 수 없는 성격이었다. 그 성격은 자연히 종종 강한 '아집'의 형태로 나타났다. 또 무학이기는 하지만 당시 여자로서는 보기 드문 명석한 두뇌와 날카로운 안목을 가지고 있었다. 우시조는 누구이건 상관없이 남의 얼굴을 뚫어져라 쳐다보는 버릇을 지니고 있었다. 상대의 눈을 통해 그의 마음속 밑바닥까지 꿰뚫고자 하는 듯했다. 실제로 그녀에게는 그런 신기한 능력이 어느 정도 있었던 것 같다. 사람이 기교로 만들어 낸 그림자에 숨은 본성을 그대로 보는 듯했다. 그래서 많은 사람이 그녀를 꺼리거나 미워한 듯싶다. 역시 그러한 만큼 자기 자신의 내부를 직시할 수는 없었던 모양이다.

언젠가는 어느 지체 높은 부인이 사람들에 둘러싸여 인력거에서 내리는 순간을 관찰하고는, 그 부인의 피부에 있는 어떤 특징을 찾아내 남에게 이야기할 정도로 관찰력이 좋았다. 그것은 곧 화젯거리가 되었고 모두가 그녀를 실로 무서운 여자라고 했다.

우시조는 일본 여자로는 드물게 듬직한 체격의 소유자였다. 용모는 추하지 않은, 루벤스의 그림[103] 같은 인물에 속했다. 거동은 민활하지 않고 둔중한 편이었으나, 그래도 일은 뭐든지 빨리 진행했다. 머리가 좋았기 때문에 쓸데없는 일에 시간을 낭비하지 않았다. 또 몸을 아끼거나 곁길로 샐 줄도 몰랐기 때문일 것이다.

나는 그녀의 충실함을 민폐로 느끼는 일도 적잖았다. 신경 쓰지 말고 내버려 두었으면 하는 순간에도 결코 그렇게 해주지 않았다. 그러니까 우리는 다른 종류의 에고이스트로서 도저히 양립할 수가 없었던 것이다.

묘한 기억이 떠오른다. 아버지가 돌아가실 무렵 병상 베

---

103 플랑드르의 화가 루벤스(Peter Paul Rubens, 1577~1640)의 작품에서 엿보이는 분위기를 염두에 둔 표현으로 보인다.

갯머리 가까이에 고드름을 두고 선풍기 바람을 쐬고 있었다. 기온이 화씨 90도[104]를 넘긴, 잊기 힘들 정도로 무더운 날이었다. 우시조는 고드름을 올린 함석통에 괸 물을 작은 접시로 떠서 마시고 있었다. 그런 걸 마시면 안 된다고 말렸지만, 듣지 않고 몇 잔이고 떠 마셨다. 당시 그녀의 눈 주위로 보라색 테가 생겼던 모습이 분명히 떠오른다.

작년에 어머니의 유골을 모시고 귀성했을 때 우시조는 일부러 십 리 길을 와서 조문해 주었다. 그때 그녀의 머리칼이 뚜렷이 하얗다는 것을 깨달았다. 우시조는 자기가 나이 든 것을 반은 자랑스럽게, 반은 어쩐지 불안하게 이야기했다. 살아 있었다면 아마 올해로 쉰두세 살쯤 되었을 것이다.

나의 젊은 시절 고향의 추억 속에 똑똑히 새겨진 가까운 사람들이 현실에서 점점 사라지는 것은 역시 쓸쓸하다. 설령 살아 있더라도 두 번 다시 만날 일이 있을지 알 수 없고, 형식뿐인 연하장이나 복중 문안 이외의 교류도 없는 사람이라면 추억의 고향 사람이더라도 그 죽음의 소식 역시 오동잎 한 장의 쓸쓸함밖에 가지지 않는 것이다.

잡기 수첩의 마지막 페이지에 잊지 않으려 적어 둔 과거에 대한 기록을 펼쳐 보니, 고인이 된 이가 매우 가까운 사람만 해도 벌써 열 명 남짓 된다. 그중에서 반은 나보다 어린 사람이다. 언젠가는 이들과 함께한 추억을 쓰고 싶다. 하지만 그 하나하나를 쓸라치면 끝도 없으며, 그렇게 써 봤자 결국 내 자서전이 되고 말 터다. 이는 그리 쉬이 마음먹을 수 있는 일이 아니다. 그리고 아마 다 쓰기도 전에 나 자신 또한 누군가의

104 섭씨 32도 정도.

과거 기록 속 인물이 될 터다.

가까운 사람일수록 그 추억의 짐이 너무도 무거워 옮겨 적는 붓의 움직임을 더디게 한다. 그래도 추억의 고장 경계 가까이에 사는 사람들의 이야기라면 비교적 부담 없는 기록 자료가 될 수 있을 듯하다.

나의 과거 기록에 올라야 하는데 아직 오르지 않은 것으로는 세 마리의 집고양이가 있다. 신기하게도 그리움의 고장에서 이들 가축은 사람과 조금도 다르지 않다. 입도 벌리고 말도 한다. 이쪽의 마음도 그대로 잘 통한다. 죽은 사람에 관해서라면 아름다운 추억일지라도 쓴맛을 지니기 마련인데, 이들 가축의 추억에는 결코 쓰디쓴 뒷맛이 없다. 그것은 역시 그들이 사는 동안에 말을 하지 않았기 때문이리라.

시키의 추억

시키[105]의 추억에 관해서는 수년 전 《호토토기스》에 로마자로 쓴 글을 게재한 적이 있다. 이번에 이 글을 쓰는 데 참고할 요량으로 그 잡지를 찾아보았지만 보이지 않는다. 아무튼 같은 내용을 쓰고 싶지는 않으니, 전에 쓰지 않았다 싶은 것만 쓰기로 하겠다.

1

자연 과학에 관한 화제에도 시키는 상당한 흥미를 가졌던 것 같다. 당시 내가 찾아간 자리에서 그 분야의 무엇에 관해 이야기를 하였는지 잘 기억나지 않지만, 단 하나 떠오르는 기

---

105 마사오카 시키(正岡子規, 1867~1902): 일본의 하이진(俳人), 가인. 시, 소설, 수필 등 다방면에서 창작 활동을 하며 일본 근대 문학에 큰 영향을 끼쳤다. 메이지 시대의 대표적인 문학자로 죽음에 이르기까지 칠 년간 결핵을 앓았다.

억이 있다. 태풍 이야기를 하다가 그 막대한 에너지를 어떻게든 사람에게 유익하게 쓰고 싶다는 이야기를 했더니 그것을 매우 흥미로워했다. 폭풍이 일으키는 피해를 피하지 않고 그것을 적극 이용하겠다는 생각이 유쾌하다며 기뻐했다.

사생문을 고쳐했을 뿐 아니라 "화초의 가지 하나를 머리맡에 두고, 그것을 정직하게 사생하니 조화(造化)의 비밀을 점점 깨쳐 가는 기분이 드는구나."라고 말한 시키가 자연 과학에 흥미를 가진 것은 당연한 일인지도 모른다. 『앙와만록(仰臥漫錄)』[106]에 '현미경에 보이는 녹말의 형상' 그림을 붙여 둔 것도 그러한 의미에서 흥미롭다.

어쨌든 문학자라 일컬어지는 계급에서, 과학적인 현상에 흥미를 가질 수 있는 사람과 없는 사람을 구별한다면 시키는 전자에 속하는 편인 듯했다. 이는 '시키'라는 인간과 그 작품을 연구할 때 고려할 만한 점이 아닐까 싶다.

2

학예의 순수한 발전에 장애를 일으키는 사회적 구속에 불만을 표했다는 이야기도 한두 번 들은 게 아니었던 것으로 기억한다. 예컨대 미술이나 음악 방면의 관학파가 민간파를 압박하는 일 등에 대해 구체적 실례를 들며 관료적 원로의 횡포를 논하였다. 그런데 그것이 단지 냉정하게 객관적인 소문을 전하는 게 아니라, 굉장히 흥분해서 주관적인 분개를 표현하

106 시키가 병이 든 이후에 병상에서 쓴 일기.

는 것이었다. 어디에서 그런 자료를 얻었는지, 그 자료가 얼마나 진실에 가까운지 나는 전혀 모른다. 그러나 고인이 그런 이들의 내막에 흥미를 가졌고, 그러한 자료의 공급자를 가졌음은 분명하다.

내가 느끼기에 시키는 순탄히 세상을 살아가는 예술가와 학자에게 반감을 품으면서 한편으로는 자신과 가까운 예술가와 학자가 불우하게 살며 괴로워하는 모습을 답답히 여긴 듯하다.

3

한번은 서양 소설 이야기를 하다가 졸라[107]의 『나나』 줄거리를 내게 들려주었다. 또한 책 제목이 기억나지 않지만, 젊은 승려가 오래된 벽화인가 어딘가에 있는 나체화를 보고 성적으로 자각하는 장면을 굉장히 실감 나게 말해 주었다. 당시 시키는 병들어 있기는 했지만 굉장히 생기 있고 신선한 사람 같았다.

나는 그가 『앙와만록』에 묘사한 나날의 상차림을 읽는 데에 질리지 않는 흥미를 느끼곤 한다. 그리고 그것을 읽으면서, 어찌된 영문인지 간혹 졸라의 소설에 대해 나눈 이야기가 떠오른다.

거의 썩어 문드러질 지경의 병든 육체를 껴안고 그러한 전투와 사업을 수행한, 화덕의 불꽃 같은 거인의 생명력(vital

---

107 에밀 졸라(Emile Zola, 1840~1902): 프랑스의 소설가. 자연주의 문학의 대표자.

force)을 이야기하는 데는 이러한 사소한 일화도 어느 정도 의미가 있지 않을까 싶다.

4

시키가 자신의 집에서 후세쓰[108] 씨의 집으로 가는 길을 그려 가르쳐 준 종이가 유일한 유품으로 내 수중에 남아 있다. 그것은 시키 특유의 원고용지(당지에 붉은 괘선, 18행 24자)에 가득히 그린 약도다. 오른쪽 위로 비스듬히 철도 선로가 두 줄 그어져 있다. 우구이스요코초는 오른쪽 아래 반에 곡선으로 그려졌고, 시키안[109]은 길이 1센티미터 정도의 비뚤어진 직사각형으로 표시되어 있다. 그림의 왼쪽 반은 비교적 복잡하게 그렸고, 후세쓰 씨의 저택 부근의 막다른 골목길이 또렷이 그려져 있으며 '후세쓰', '아사이' 두 집의 위치가 기입되어 있다. 흥미로운 것은 골목길 입구의 양옆 모퉁이에 '목욕탕', '이발소'라고 써 놓은 것이다. 그리고 후세쓰 저택 옆에 '가미네기시 40번'이라 표시하고, 그 오른쪽에 커다란 기둥문을 그리고 '미시마 신사'라고 적었다. 그 밑에 문을 그리고 '정문'이라 해 놓은 것은 아마 마에다 저택의 정문일 것이다.

다리와 허리를 뻗지 못하고 모로 누운 시키의 두뇌 속에 꽤나 명확하게 보존된 네기시의 풍경을 보여 준다는 점에서

---

108 나카무라 후세쓰(中村不折, 1866~1943): 일본의 서양화가. 나쓰메 소세키의 『나는 고양이로소이다』의 삽화를 그린 것으로 알려져 있다.

109 마사오카 시키가 1894년(메이지 27년)에 옮겨 와 살던 집. 시타야 가미네기시 소재.

이는 흥미롭다. 이 주변도 구획 정리로 예전 모습이 얼마나 사라져 버릴지 두고 볼 일이다.

지금 오래간만에 이 그림을 꺼내 보고 있으니 삼십 년 전 시키안의 광경이 생생히 떠오른다. 고인덴자카[110]에서 우는 저녁매미 소리와 저택 뒤를 지나가는 열차의 소음을 듣는 것만 같다.

---

110 현재 도쿄 다이토 구의 한 지역.

다카하마 씨와 나

다카하마[111] 씨와는 벌써 꽤 오랫동안 만나지 않은 것 같다. 마루노우치 빌딩[112] 1층을 슬슬 거닐 때면, 8층의 호토토기스사를 찾아 옛날이야기라도 한번 해 보고 싶은 기분이 들기도 한다. 이번에 가이조〔改造〕사에서 '교시의 사람과 예술'에 관해 무언가 쓰라는 말을 들은 김에, 펜을 들어 그 옛날이야기를 써 보기로 한다.

삼십여 년 전의 일이다. 구마모토 고등학교를 졸업하고 도쿄에 올라오면서 품은 기대 가운데서도 가장 중요했던 것은 마사오카 시키를 찾아가는 일이었다. 그래서 도쿄에 도착하기 무섭게 네기시 우구이스요코초를 찾아갔다. 마에다 저택의 문 바로 앞에 있었는데 저쪽에서 오는 한 청년이 묘하게

---

111 다카하마 교시(高浜虚子, 1874~1959): 일본의 하이진, 소설가. 《호토토기스》의 이념인 '객관사생(客観写生)', '화조풍영(花鳥諷詠)'을 제창한 것으로 알려져 있다.
112 1923년부터 1999년까지 도쿄 지요다 구 마루노우치에 존재했던 빌딩. 1923년 1월에 호토토기스사가 발행소를 그곳으로 이전했다.

나의 주의를 끌었다. 그 시절 유행하던 챙 넓은 중절모를 쓰고 줄무늬 기모노, 줄무늬 하오리, 거기다 고무신을 신고, 접는 가방을 겨드랑이에 낀 채 매우 천천히, 차분하게 걸어왔다. 그때 나는 직감적으로, 그가 '교시'라는 사람이 아닐까 생각했다. 그 뒤로 시키의 집에서 만나 그 직감이 적중했음을 깨달았다. 중절모에 평상복을 입고 고무신을 신고, 사색에 깊이 잠긴 듯한 모습으로 천천히 걸어오던 모양이 분명히 기억나는데, 이는 흔한 착각인지도 모른다. 그리고 앞치마 같은 옷을 걸치고 있던 것 같기도 한데 이는 더 미덥지 못하다.

시키의 사생화를 구경하고 있었는데 그중에 홍시를 그린 것이 있었다. 거기에 교시[113]가 '말의 항문 같다.'라고 적어 둔 것이 남아 있었다. 내가 웃자 시키는 "아니, 정말로 그것인 줄 아는 게 더 웃기더구먼." 하며 교시의 논평을 변호했다.

시키의 장례식 날, 다바타의 사원 문 앞에 서서 장례식에 참여한 사람들을 배웅하던 이들 중에, 심히 초췌한 얼굴을 한 교시가 있었던 것도 생각난다.

교시와는 센다기초의 나쓰메 선생님 댁 문장회에서 간혹 함께했다. 글 읽기 담당은 대개 교시가 맡았다. 마쓰야마(松山) 사투리[114]가 약간 섞인 특색 있는 낭독이었는데, 그것이 당시 《호토토기스》의 분위기와 밀접한 관계가 있었던 것처럼 느껴진다.

내가 태어나 처음 원고료라는 것을 받고 스스로에게 놀란

---

113 본 수필에서 데라다는 일반인으로서의 '다카하마'에게는 말을 높이고 있으나 그의 호인 '교시'로 칭할 때에는 예사말을 쓰고 있다.

114 시코쿠 지방 에히메 현 쪽의 사투리.

것은 「도토리」라는 소품으로, 다카하마 씨에게서 소액의 우편환을 받았다. 당시 나는 대학 강사를 하고 받는 월급 35엔과 아버지께서 보내 주시는 돈으로 가정을 꾸리고 있었다. 이것으로 이 유치한 아마추어는 후원자를 얻은 것이었다. 그 후에 내가 쓴 것에 관해 나쓰메 선생님으로부터 "이번 건 교시가 칭찬했다네." 하는 말씀을 듣고 굉장히 득의양양해지기도 했다. 쓰지 않아도 될 것을 쓰면서 자기 치부를 만천하에 드러내는 버릇은 그즈음에 들어 버린 고질병이었다.

나쓰메 선생님, 교시, 소코쓰[115] 그리고 아마 시호다[116]까지 다 함께 간다 렌자쿠초의 닭고기 집에서 밥을 먹은 적이 있다. 어떠한 기회로 만난 것인지는 잊어버렸다. 그때 소코쓰 씨가 한 여러 재미있는 이야기 가운데, 어느 신문 기자가 실패 끝에 투신할 생각으로 아즈마바시의 난간에서 뛰었는데, 뒤쪽으로 뛰는 바람에 다리 위로 떨어졌다는 일화가 있었다. 이것이 『나는 고양이로소이다』에 등장하는 간게쓰 군의 이야기를 이끌어 낸 것 같다. 다카하마 씨가 기억하고 계실지 한 번 여쭈어 보고 싶다.

교시가 소설을 써낸 무렵, 나는 이미 소설이라는 것을 거의 읽지 않았다. 따라서 그의 작품도 유감스럽지만 거의 읽지 않았다. 다만 무슨 작품에서, 스님의 귀가 움직인다고 쓴 것을 재미있다고 생각한 적이 있는 정도다.

센다기 문장회 시절의 글은 자주 읽었다. 다른 무리가 쓴 글에 비해 교시의 글은 그것이 표면적으로는 단순한 사생이

---

115 사무카와 소코쓰(寒川鼠骨, 1875~1954): 마사오카 시키 문하의 하이쿠 시인.

116 사카모토 시호다(阪本四方太, 1873~1917): 마사오카 시키의 문하생.

라도 그 이면에 어떤 몽환적인 분위기가 감도는 것 같았다. 시호다 씨의 세밀한 사생문에 비해 특히 그러한 느낌이 들었다.

요즘 《호토토기스》에서 교시의 만주 여행기를 가끔 읽는다. 역시나 예전의 교시를 보는 듯한 기분이 든다. 필치가 세련되고 고담해졌어도, 역시 어딘가 예전의 「세 가지(三つのもの)」와 「석관(石棺)」 시절의 흔적이 지면 아래서 떠오르는 것처럼 느껴진다. 그러나 이런 점을 다카하마 교시 씨에게서 느끼는 사람은 비교적 적을지도 모른다. 마루노우치 빌딩 시절의 《호토토기스》만 아는 사람은 조금 알기 어렵지 않을까 싶다.

조금 더 천천히 생각하며 쓸 겨를이 있었다면 더 재미있는 옛날이야기를 생각해 낼 수 있었을 텐데, 원고 마감이 일요일 아침에다 더욱이 외출 전에 쓰는 것이라 유감스럽지만 이것뿐이다. 다카하마 씨에게는 실례한 부분도 많으리라 생각하지만 옛일을 생각하시어 용서해 주시기를 바란다.

나쓰메 소세키 선생님을 추억하다

구마모토 5고등학교 재학 중에 2학년 시험이 끝난 즈음의 일이다. 같은 현의 학생 가운데 시험을 '망친' 두세 명을 구제하기 위해 각 과목 담당 선생님의 사택을 방문하여 '점수를 받기 위한 운동 위원'을 선출했을 때, 다행인지 불행인지 나도 그 일원이 되고 말았다. 그때 나쓰메 선생님이 담당하시던 영어를 망친 자가 나와 친척 관계인 남학생이었다. 그는 집이 가난해서 남한테 학비 지원을 받고 있었던지라 혹시라도 낙제를 하면 그걸 끝으로 지원이 끊길 우려가 있었다.

처음으로 찾아뵌 선생님 댁은 시라카와 강가, 후지자키 신사 근처의 한적한 마을이었다. '점수를 받으러' 오는 학생들을 문전박대하는 선생님도 계셨지만, 나쓰메 선생님은 개의치 않고 기분 좋게 맞아 주셨다. 그리고 푸념처럼 늘어놓는 이야기를 가만히 들어 주셨는데, 물론 점수를 주겠다, 안 주겠다 말씀하시지는 않았다. 좌우간 이 중대한 위원의 사명을 다하고 나중에 잡담을 나누던 끝에 나는 "하이쿠란 대체 무엇입니까."라는 몹시도 어리석은 질문을 꺼냈다. 예전부터 선생님께서 하이진[117]으로 유명하다는 사실을 알았고, 그 무렵에 저절로 하이쿠에 대한 흥미가 무르익어 가고 있었기 때문이다. 그때 선생님께서 답해 주신 말씀의 골자가 지금도 분명한 인상으로 남아 있다. "하이쿠는 레토릭을 바짝 달인 것이다.", "쥘부채의 사북 자리와 같은 집주점(集注点)을 지적하여 묘사하며, 퍼져 가는 연상의 세계를 암시하는 것이다.", "꽃이 지니 눈이 내린 듯하다, 같은 상투적인 묘사를 진부하다고 한다.", "가을바람, 허연 나무 활에 덩굴 뻗네[118]와 같은 구는 가구(佳句)다.", "아무리 노력해도 하이쿠를 짓지 못하는 성질을 지닌 사람이 있고, 처음부터 능란한 사람도 있다." 이런 이야기를 듣고 갑자기 나도 하이쿠를 써 보고 싶어졌다. 그래서 그 여름 방학에 고향에 돌아가서 손에 잡히는 대로 자료를 붙들고 이삼십 구 정도를 지었다. 여름 방학이 끝나고 9월에 돌아오자마자 무엇보다도 먼저 그것을 들고 선생님을 찾아가 보여 드렸다. 그다음에 찾아뵈었을 때에 돌려받은 원고에는 짤막한 평 또는 유사한 구가 적힌 식의 첨삭이 있었고, 그 가운데 두세 구의 머리에 'ㅇ'나 'ㅇㅇ'가 달려 있었다. 그 이후로 하이쿠 삼매경에 빠져 열심히 구작을 하고, 일주일에 두세 번이나 선생님 댁을 드나들곤 했다. 그 무렵에는 시라카와 부근의 집을 처분하시고 우치쓰보이로 옮기셨다. 다쓰타 산록의 내 하숙집과는 상당히 멀었는데, 연인이라도 만나러 가는 것 같은 마음으로 다니곤 했다. 지붕 없는 동향의 대문을 들어가면 보이는 막다른 현관의 섬돌은 옆으로 들이친 비에 젖은 상

---

117 하이쿠 시인을 일컫는 말.
118 秋風や白木の弓につる張らん。

태였던 것 같다. 비 오는 날이면 진흙투성이의 발을 수건으로 꼼꼼히 닦고 오르는 것은 괜찮았지만, 비단 방석에 앉는 것은 부끄러웠던 기억이 있다. 현관 왼쪽으로 다다미 여섯 장 정도의 방이 있고, 그 서쪽으로 붙은 데가 여덟 장 정도며, 두 개의 방이 공용 툇마루를 넘어 남쪽 뜰에 면해 있다. 뜰은 거의 아무것도 심기지 않은 평지였고, 대를 쪼개 만든 앞쪽 울타리 너머로는 밭이 있었다. 울타리에 얽힌 나팔꽃 덩굴은 늘 그렇듯 겨울이 되어도 덜렁이며 남아 있었을 것이다. 다다미 여섯 장짜리 방이 평소의 응접실이고, 여덟 장짜리 방이 거실 겸 서재였을 터다. '나팔꽃, 수건걸이로 기어오르네'[119]라는 선생님의 하이쿠가 생각난다. 그 수건걸이가 여섯 장짜리 방의 툇마루에 달려 있었다.

선생님께서는 늘 검은 하오리를 입고 단정히 정좌해 계셨던 것으로 기억한다. 결혼한 지 얼마 되지 않은 젊은 사모님께서 가문(家紋)을 넣은 오글쪼글한 검은 비단 예복을 입고 현관으로 나와 주시기도 하셨다. 시골뜨기인 내 눈에는 선생님의 가정이 상당히 단정하고 전아하게 느껴졌다. 사모님께서는 언제나 고급 생과자를 내주셨다. 선생님께서 좋아하셨는지 아름답게 윤이 나는 홍백의 갈분떡 같은 것이 자주 나오곤 했다. 내가 들고 오는 원고를 나중에는 선생님 자신의 원고와 함께 마사오카 시키에게 보냈고, 시키가 교정을 가해 돌려주었다. 그리고 그동안 지은 하이쿠의 일부가 《닛폰(日本)》 신문[120] 1면

---

119 朝顔や手ぬぐい掛けにはい上る。

120 1889년부터 1914년까지 발행된 일본의 일간 신문. 마사오카 시키는 1892년부터 그곳의 기자로 있으면서 문예 활동의 거점으로 삼았다.

최하단 왼쪽 구석의 하이쿠란에 실렸다. 나도 선생님을 따라 그 신문을 오려서 종이봉투 속에 모아 두는 것을 낙으로 삼았다. 내가 쓴 구가 처음으로 활자가 되어 나타난 것이 기뻤다. 당시에 나 말고 선생님께 하이쿠를 배우던 사람들 가운데는 구리야가와 센코, 히라카와 소코, 가모 시센 등 여럿이 있었다. 그들과 '운좌(運座)'[121]라는 것을 시작했다. 처음에는 선생님 댁에서 했는데, 나중에는 다른 집을 빌려서 한 적도 있다. 때로는 선생님과 마주앉아 십분십구(十分十句)를 시도해 보기도 했다. 그때 선생님께서는 굉장히 본인다운, 흔한 생각을 뛰어넘는 기발한 구를 연발하시고는 스스로도 이상하다는 생각이 드셨는지 킥킥 웃기도 하셨다.

선생님 댁에 서생으로 들어가도 될지 여쭤 본 적이 있다. 뒤편 헛간이라면 비어 있으니 와 보라는 말씀을 듣고 안내받은 그 방은 우선 다다미가 벗겨진 데다 먼지투성이에 정말로 헛간처럼 되어 있어서, 완전히 실망을 해 버리고 물러났다. 그런데 그때 '괜찮으니 들어가겠습니다.'라고 했다면 다다미도 새로 깔고 깨끗하게 해 주셨을 텐데, 당시의 내게는 그럴 용기가 없었던 것이다.

그즈음의 선생님과 친했던 동료 교수 분 가운데는 가노 고키치, 오쿠 다이치로, 야마카와 신지로와 같은 분들이 계셨다. 『이백십 일(二百十日)』[122]의 등장인물 중 한 사람이 오쿠 씨라는 것이 널리 알려져 있었다.

---

121 출석자가 같은 제목 또는 각자 다른 제목으로 하이쿠를 짓고 잘된 것을 서로 고르는 모임.
122 소세키의 중편 소설. 1906년에 《주오코론》을 통해 발표했다.

학교에서는 『어느 아편 중독자의 고백』[123]이나 『사일러스 마너(Silas Marner)』[124]를 배웠다. 마쓰야마 중학교 시절에는 굉장히 면밀한 교육 방식으로 축자적 해석을 하셨다고 하는데, 우리의 경우에는 오히려 그와 반대로 뜻이 통하는 것을 중시하는 방식이었다. 선생님께서 단지 소리 내어 술술 읽어 가시다가 "어때, 알겠나." 하고 말씀하시는 식이었다. 그런가 하면 글의 한 구절을 두고 여러 인용문(quotation)을 칠판에 쓰기도 하셨다. 시험 때, 일찍이 선생님께서 인용하신 호메로스의 시구 몇 구절을 암기해 두고 그걸 그대로 답안에 쓰고서는 크게 득의양양해한 적도 있다.

교실에 들어오시면, 우선 조끼 주머니에서 체인도 전혀 달리지 않은 니켈 테 시계를 내어 책상 한구석에 살짝 올린 뒤에 강의를 시작하셨다. 다소 복잡한 것에 관해 회심의 설명을 하실 때에는, 검지를 뻗어 콧대 위에 조금 비스듬히 갖다 대시는 버릇이 있었다. 질문하기를 좋아하는 남학생 하나가 꼬치꼬치 성가시게 캐묻곤 했는데 "그런 건, 글을 쓴 당사자에게 물어도 알 수가 없네." 하며 단호히 물리치셨다. 일부 동창들은 당시의 선생님을 매우 무서운 분이었다고 하는데, 내게는 조금도 무섭지 않은 가장 친근하고 반가운 선생님이었다.

과외 강의로 주로 문과 학생을 위해 아침 7시부터 8시까지 『오셀로』를 강의하셨다. 추울 때였던 것 같은데, 2층 창문에서 보고 있다가 검은 오버코트에 싸인 선생님이 정문에서

---

123 영국의 비평가 토머스 드 퀸시가 자신의 체험을 바탕으로 쓴 자서전풍 작품.
124 영국의 작가 조지 엘리엇의 장편 소설.

헤엄치는 듯한 모습으로 서둘러 오시는 것을 보고 "야아, 왔다, 왔다." 하고 소란을 피우는 학생도 있었다. 검은 오버코트의 단추를 야무지게 채워 굉장히 세련되고 말쑥한 풍채였다. 반면에 자택에서 검은 하오리를 걸치고 추운 듯 정좌하고 계신 선생님의 모습을 보면 왠지 모르게 미토로시[水戸浪士][125]와도 같은 고아한 느낌이 들기도 했다.

선생님께서 여름휴가 때 고향으로 내려간 내게 보내신 엽서에는 발을 뻗고 위를 보며 낮잠을 자는 사람의 모습이 그려진 간단한 묵화와 하이쿠가 한 구 적혀 있었다. 대강 '너구리의 낮잠이로다.'로 끝나는 구였다. 너구리처럼 생긴 얼굴에 선생님과 같은 수염을 쭉 길러 놓았다. 이 무렵부터 낮잠을 주무시는 습관이 있으셨던 것으로 보인다.

고등학교를 나와 대학에 들어갔을 때, 선생님의 소개를 받고 병상에 있는 마사오카 시키를 찾아갔다. 그때 시키는 나쓰메 선생님의 취직과 그 외 여러 가지 일에 관해서 애를 쓰며 일을 벌였다는 이야기를 들려주었다. 실제로 시키와 선생님은 서로 외경하던 가장 친한 벗이었을 것이다. 그런데 때로는 선생님께서 "정말이지, 시키라는 자는 무엇이 되었든 자기가 위대하다고 생각한다네. 건방진 녀석이지." 하며 웃으시는 일도 있었다. 그러면서도 서로를 인정하고 반가워하는 마음은 잘 아시는 것 같았다.

선생님의 양행(洋行)으로 요코하마로 배웅을 갔다. 배는 로이드사의 프로이센호였다. 배가 나갈 때 동행한 하가[126] 씨

---

125 미토 번의 낭인. 특히 에도 시대 말기에 유교 사상이 짙은 미토학(水戸学)의 영향을 받고 존왕양이 운동을 행한 사람을 가리킨다.

와 후지시로[127] 씨는 모자를 흔들며, 배웅하는 사람들에게 활기찬 인사를 보냈는데, 선생님께서는 홀로 조금 떨어진 뱃전에 기대 가만히 선창을 내려다보고 계셨다. 배가 움직이기 시작함과 동시에 사모님께서 얼굴에 손수건을 대는 모습을 보았다. 고베에서 '바다 위, 추풍 같은 한 사람이 부네.'[128]라는 구를 엽서에 적어 보내셨다.

　선생님의 유학 중에 나는 몸이 좋지 않아 일 년을 휴학하고, 고향의 바닷가에서 쉬고 있었다. 그래서 소일거리로 장황한 편지를 써서 런던의 선생님께 보내곤 했다. 그리고 선생님의 답장을 낙으로 삼았다. 건강을 되찾고 재차 상경한 뒤 얼마 못 가 아내를 잃었다. 그렇게 혼고 고초메에 하숙하던 때에 선생님께서 귀국하셨다. 신바시 역(지금의 시오도메)에 마중 나갔더니, 기차에서 내린 선생님이 따님의 턱에 손을 대고 하늘을 보게 하셨다. 가만히 그렇게 계시다가 이윽고 손을 떼고 묘한 미소를 지으신 얼굴이 생각난다.

　귀국하시고 당분간 선생님은 야라이초[129]에 있는 사모님의 본가 나카네 가문의 저택에 임시로 거처하셨다. 내가 찾아 뵈었을 때는 벌써 커다란 나무 상자에 책으로 가득 찬 짐이 도착해서, 쓰치야 군이라는 사람이 그것을 열고 책을 꺼내고 있었다. 그때 영국의 미술관에 있는 명화의 사진을 여러 장 구경했고, 그중에 좋아하는 것을 두세 장 고르라고 하셔서, 레이놀

126　하가 야이치(芳賀矢一, 1867~1927): 일본의 국문학자. 제국학사원 회원.

127　후지시로 데이스케(藤代禎輔, 1868~1927): 일본의 독문학자. 교토제국대학 교수.

128　秋風の一人を吹くや海の上。

129　도쿄 신주쿠 구의 한 지역.

즈[130]의 여자 그림과 무리요의 「성녀 마리아 막달레나」 등을 받았다. 선생님의 손가방 속에서 백장미 조화가 한 다발 나왔다. "그것은 무엇입니까."라고 물으니, "누구한테 받았다네." 하고 대답하셨다.

아마 그때 초밥을 대접받았을 것이다. 나는 전혀 눈치채지 못했는데 나중에 들은 바로는, 선생님께서 김초밥에 젓가락을 대시면 나도 김초밥을 먹었다. 선생님께서 계란 초밥을 드시면 나도 계란 초밥을 집었다. 선생님께서 새우 초밥을 남기시면, 나도 새우 초밥을 남겼다고 한다. 선생님 사후에 나온 메모 가운데 'T의 초밥 먹는 방법'이라고 적어 두신 것은 이때의 일인 듯하다.

센다기에 거처를 정하시고부터는, 또 옛날처럼 사흘을 멀다 하고 놀러 갔다. 그 시절에는 아직 영문학 교사이자 하이진이었을 뿐인 선생님 댁 현관은 그리 번잡하지 않았지만, 그래도 틀림없이 매우 폐가 되었으리라. 오늘은 바쁘니 돌아가라고 하셔도, 어쩌고저쩌고 제멋대로 핑계를 대고는 뻔뻔스럽게 눌러앉아, 선생님이 일을 하시는 곁에서 《스튜디오》의 그림을 보거나 했다. 당시 선생님은 터너[131]의 그림을 좋아하셔서, 자주 그 화가에 관해 이야기하셨다. 언제였던가, 선생님께서 어디서 약간의 원고료를 받으셨을 때 그것으로 사 온 수채 그림물감 한 세트와 스케치북, 상아 주머니칼을 보여 주셨는데 매우 기쁘신 듯 보였다. 물감으로 그림엽서를 쓰고 친한 이들에게 보내시거나 했다. 『나는 고양이로소이다』 이후에는 하시구

---

130 조슈아 레이놀즈(Joshua Reynolds, 1723~1792): 영국의 초상화가.

131 윌리엄 터너(Joseph Mallord William Turner, 1775~1851): 영국의 화가.

치 고요[132] 씨나 오쓰카 나오코[133] 여사 등과도 그림엽서를 교환하셨던 것 같다. 상아 주머니칼은 나중에 끝부분의 이가 조금 빠졌는데, 내가 나의 주머니칼로 갈아서 모양을 바꿔 드린 적도 있다. 시대의 느낌을 담는다면서 늘 볼과 코에 비비셔서 유지가 침투해 황갈색이 되어 있었다. 서재의 벽에는 황벽종의 어떤 스님이 쓴 반절지가 걸려 있었고, 덴구[134]의 깃털 부채와 같은 것이 신변에 놓여 있기도 했다. 세피아 잉크로 잘게 쓴 필기가 언제나 책상 위에 있었다. 스즈키 미에키치[135] 군이 직접 그렸다는 옆얼굴을 벽에 붙여 놓으신 적도 있다. 누구에게 받은 큐라소 병의 모양과 색을 사랑하셨다. 삼나무 잎의 향이 가미된 술이라는 말씀을 듣고 마신 일이 떠오른다. 풀색의 양갱을 좋아하셨고, 레스토랑에 같이 가면 늘 풋콩 수프가 있는지 물으셨다.

『나는 고양이로소이다』로 선생님은 일약 유명해지고 말았다. 《호토토기스》 관계자들의 문장회가 간혹 선생님 댁에서 열렸다. 선생님의 『나는 고양이로소이다』를 계속해서 낭독하는 것은 언제나 다카하마 씨였는데, 선생님은 가끔 몹시 겸연쩍은 얼굴을 보이며 굳은 채 낭독을 듣기도 하셨다.

내가 학교에서 오래된 《필로소피컬 매거진》[137]을 보다가 허튼[136]이라는 성직자가 쓴 '교수형의 역학'이라는 진기한 논

---

132 하시구치 고요(橋口五葉, 1881~1921): 문학서의 장정 작가. 우키요에 연구가.

133 오쓰카 나오코(大塚楠緒子, 1875~1910): 메이지 말기에 활약한 가인, 작가.

134 일본에서 친숙한 산의 요괴. 하네우치와(깃털 부채)를 사용해 하늘을 자유롭게 날아다닌다고 한다.

135 스즈키 미에키치(鈴木三重吉, 1882~1936): 일본의 소설가, 아동 문학자.

136 새뮤얼 허튼(Samuel Haughton, 1821~1897): 아일랜드의 과학 작가.

문을 발견해서 선생님께 보고했더니 "그것 재미있으니 보여 주게."라고 말씀하시기에 학교에서 빌려 와 도움을 드렸다. 그것이 『나는 고양이로소이다』의 간게쓰 군의 강연이 되어 나왔다. 고등학교 시절에 수학에 탁월하셨던 선생님께서는 그런 글을 읽어도 충분히 이해할 수 있는 소양이 있으셨던 것이다. 문학자로는 이례적이라고 생각한다.

다카하마, 사카모토, 사무카와 씨와 선생님과 내가 함께 간다 렌자쿠초의 닭고기 음식점으로 점심을 먹으러 갔을 때, 스다초 주변을 걸으면서 사무카와 씨가 말한, 어느 별난 신문 기자의 투신 장면도 간게쓰 군의 행적이 되었다.

우에노의 음악 학교에서 매달 열리는 '메이지 음악회'에 도 가끔 선생님과 같이 갔다. 한번은 연주곡목 중에 개구리 울음소리와 샴페인 따는 소리가 섞인 표제악 같은 것이 있었다. 그것이 어지간히 웃겼던지, 돌아오는 길에 세이요켄 앞을 어슬어슬 걸어가면서, 선생님이 그 "굴굴굴" 하는 개구리 소리를 흉내 내고는 속에서부터 웃음이 터져 나오는 것처럼 웃으시는 것이었다. 그 시절의 선생님에게는 아직 생기발랄한 서생과 같은 구석이 적잖이 있었던 것 같다.

내 플란넬 목도리에 때가 묻어 회색이 된 것을 보시고는, 지저분하다며 하녀에게 세탁을 시키신 적도 있다. 좌우간 선생님은 에도 토박이다운 상당한 멋쟁이셨고, 복장에도 여러 취미가 있어 외출을 할 때는 굉장히 말쑥하게 차려입으시곤 했다. "옷을 새로 맞췄는데 한번 봐 주게."라고 말씀하신 적도 있다. 나는 복장에 관해서는 선생님으로부터 낙제점을 받고 있었다. 플란넬 속옷이 소맷부리에서 두 치나 튀어나와 있는 모습은 언제나 선생님께서 웃음을 터뜨리시는 원인이었다. 그리고 내가 천성적으로 성격이 제멋대로라, 이를테면 이사하실 때에 전혀 거들지 않아서 이 점에서도 완전히 벌점을 받고 있었다. 그리고 T는 고향에서 선물로 겨우 가다랑어포 하나밖에 안 들고 왔다며 웃으신 적도 있다. 그래도 아이와 같은 마음으로 문하에 모인 젊은이들에게는 그들의 온갖 약점과 죄과조차도 늘 자부와 같은 관용으로 대하셨다. 그러나 사교적 기교의 밑바닥에 감춰진 적의나 타산에는 상당히 민감하셨음은 선생님의 작품만 봐도 알 수 있다.

『우미인초』를 쓰고 계실 즈음에, 내가 연구하는 실험실을 보여 달라고 하시기에, 날을 잡아 학교를 안내하고 지하실의 실험 장치를 보여 드리며 자세한 설명을 드렸다. 그때는 마침 비행하는 탄환의 앞뒤로 발생하는 기파를 슐리렌 사진[137]으로 찍는 일을 하고 있었다. "이걸 소설 속에 써도 되겠나."라고 말씀하시기에 "그건 조금 어렵습니다."라고 말씀드리니, 그러면 뭔가 다른 실험 이야기를 해 보라고 하셨다. 그래서 우연히 그때 읽고 있던 니콜[138]이라는 학자의 '광압의 측정'에 관한 실험 이야기를 했다. 그것을 겨우 한 번 들은 것만으로 요령을 전부 이해하고 쓰신 것이 『산시로』 속 '노노미야'의 실험실 광경이다. 듣기만 했지 본 적이 없는 실험을 상당히 사실적으로 묘사하셨다. 이것도 일본 문학자로는 드문 능력일 터다.

여기에 그치지 않고 과학 일반에 깊은 흥미가 있으셨고,

---

137 발사된 총알이 날아가면서 생성된 공기 중의 파장과 함께 총구에서 뿜어져 나오는 열에 의해 변화된 공기의 모습을 찍은 사진.

138 어니스트 폭스 니콜(Ernest Fox Nichols, 1869~1924): 미국의 물리학자.

특히 과학의 방법론 쪽 이야기를 좋아하셨다. 문학의 과학적 연구법과 같은 커다란 주제가 선생님의 머릿속에 끊임없이 움직이고 있었음은 선생님의 논문이나 필기를 보면 알 수 있을 것이다. 그러나 만년에는 창작에 바쁘셔서 그런 연구를 할 겨를이 없으셨던 것으로 보인다.

니시카타마치[139]에 얼마간 계셨고, 와세다 미나미초[140]로 옮기신 뒤에도 나는 변함없이 자주 선생님을 찾아뵈었다. 목요일을 면회일로 정해 놓고도, 뭔가 구실을 붙이고는 다른 요일에도 들이닥치며 귀찮게 했다.

나의 해외 유학 중에 선생님은 슈젠지에서 대환[141]을 얻으시고 생사를 방황하셨는데, 그때 고미야 군이 보낸 선생님 거처의 그림엽서를 괴팅겐의 하숙집에서 받았다. 귀국한 뒤에 오래간만에 만난 선생님은 왠지 예전의 선생님과는 조금 다른 데가 있는 것처럼 느껴졌다. 그러니까 왠지 나이를 드시기라도 한 것만 같았다. 개구리 소리를 흉내 내는 그런 선생님은 이제 계시지 않았다. 예전에 그리던 수채화의 연장으로 여겨지는 일류 남화와 같은 것을 그리며 즐거워하셨다. 기탄없는 비평을 시도하면 입을 네모로 벌리며 아주 언짢은 표정을 지으셨는데, 그래도 그 비평을 받아들이고 손을 보시는 일도 있었다. 선생님은 한편으로 고집이 굉장히 세시기도 했지만, 또 한편으로는 순수하게 남의 말을 받아들이는 호호야[142] 같은

---

139 도쿄 분쿄 구의 한 지역.

140 도쿄 신주쿠 구의 한 지역.

141 나쓰메 소세키가 위궤양을 요양하러 시즈오카 현 이즈 시의 슈젠지에 머물던 중에 위장에 걸려 크게 각혈한 일을 말한다.

142 호호야(好好爺), 인품이 아주 훌륭한 노인.

면도 있었다. 그걸 믿고 주제넘게 실례되는 비평 따위를 한 게 죄송스럽게 느껴진다. 언젠가는 여럿이서 선생님을 잡아끌며 아사쿠사에 가서 루나파크의 회전목마를 태워 드린 적도 있다. 다소 폐를 끼치는 것 같았지만 선생님은 젊은이들의 말대로 목마에 올라타 빙글빙글 도셨다. 그 당시에 자주 아카기시타의 골동품 가게를 드나드시며, '3엔짜리 류리쿄(柳里恭)'[143] 등을 물색하셨다. 둘러보고 오셔서는 나를 불러 한 번 더 보러 가시기도 했다. 교바시 근처의 요미우리 신문사에서 '1회 퓨제인회 전람회'가 열렸을 때 매우 마음에 들었던 그림이 하나 있었는데, "마음먹고 살까요."라고 이야기를 드렸더니 "좋아. 내가 봐 주지."라며 동행하셔서 "역시나, 이건 괜찮으니 사게나." 하고 말씀하신 적도 있다.

만년에는 서도에도 열심이셨다. 다키타 조인[144] 군이 목요 면회일 아침부터 찾아와서 끈질기게 재촉하며 몇 장이나 쓰게 하는데도 지치지 않고 얼마든지 쓰셨다고 한다. 나한테도 언제든 쓰신 것을 주실 듯싶었는데, 어쩌다 보니 글씨와 그림을 하나도 받지 못하고 있었다. 그러자 언젠가 선생님께서 편지와 함께 깁바탕에 한시를 쓰신 것을 선물해 주셨다. 센다기 시절의 그림엽서 말고는 그것이 유일한 유품이었는데 선생님 사후에 유족 분으로부터 그림 액자 한 폭을 받았다.

호쇼신[145] 씨에게 요쿄쿠(謠曲)[146]를 배우시기도 했다. 언

---

143 에도 시대의 문인화를 가리킴. 류리쿄는 에도 시대 중기의 무사, 문인화의 선구자.

144 다키타 조인(滝田樗陰, 1882~1925): 일본의 잡지 편집자. 《주오코론》의 편집장을 역임했다.

145 호쇼신(宝生新, 1870~1944): 일본의 전통 노가쿠 연기자.

146 노가쿠의 사장에 가락을 붙여서 부름, 또는 그 사장. 우타이(謠).

젠가 노래를 들려주셨을 적에, 선생님의 우타이는 혀끝을 마는 듯 발음이 힘차시다고 하니, 고얀 소리를 하는 놈이라고 하시며 언제까지고 그 일을 기억하고 계셨다.

언젠가 와세다의 응접실에서 선생님과 이야기를 하고 있었는데 복도 쪽에서 초라한 복장을 한 수상한 사내가 취한 듯 비틀거리며 들어왔다. 그러고는 선생님 앞에 눌러앉아 왜 그러는지 갑자기 크고 무례한 어조로 악다구니를 쓰기 시작했다. 나중에 들으니 그는 M군이 데려온 과거에 유명했던 문인 ○○라는 것이었다. M군은 그 생각지도 못한 광경에 크게 당황하여 갈팡질팡했는데, 그때 선생님께서 보이신 그 취객에 대한 응답의 태도가 재미있었다. 혀가 꼬인 상대방이 하는 말마다 뒤지지 않고 똑같은 태도와 어조로 후련하게 말을 주고받았다. 지기 싫어하는 순수한 마음을 지닌 에도 토박이로서의 선생님을 그때 처음 눈앞에서 볼 수 있었던 것 같다.

선생님의 마지막 대환 때에는 나도 마침 같은 병에 걸려 쇠약해져 있었다. 에도가와 부근의 꽃집에서 베고니아 화분을 사 들고 문병을 갔을 때에는 이미 면회가 허용되지 않았다. 사모님께서 그 꽃을 가지고 병실에 갔더니 "예쁘구나." 하고 말씀하셨다고 한다. 부엌 쪽의 화로 곁에서 M의사와 이야기하고 있었는데 갑자기 병실 쪽에서 괴로운 신음이 들려왔고 그때 또 다량의 출혈이 있었던 모양이었다.

임종을 지키지는 못하고, 일부러 멀리서 와 준 K군의 마지막 알림에 휘청휘청 인력거를 타고 와세다까지 갔다. 그때 인력거 앞면 덮개에 박힌 셀룰로이드 창 너머로 보이는 거리의 불빛이 기묘하게 부연 별 모양으로 보이며, 그것이 신기하게도 미친 듯이 뒤틀리는 것처럼 느껴졌다.

선생님에게서 많은 가르침을 받았다. 하이쿠의 기교를 배웠을 뿐 아니라, 자연의 아름다움을 자신의 눈으로 발견하는 방법을 배웠다. 또한 사람 마음속의 진실한 것과 거짓된 것을 구분하고, 진실한 것을 사랑하고 거짓된 것을 미워해야 함을 배웠다.

그러나 내 속에 있는 극단적인 에고이스트를 대변하자면, 선생님께서 하이쿠를 잘 지으시건 못 지으시건, 영문학에 통달하시건 그렇지 않으시건, 그런 것은 어찌되어도 좋았다. 말하자면 선생님께서 대문호가 되건 안 되건, 그런 것은 결코 문제가 되지 않았다. 오히려 선생님이 언제까지고 이름 없는 일개 학교의 교사로 있어 주셨다면 좋지 않았을까 싶은 생각이 들 정도다. 선생님께서 대가가 되지 않으셨더라면 적어도 좀 더 오래 사셨으리라는 기분이 들기 때문이다.

여러 불행으로 마음이 무거워졌을 때에 선생님을 뵙고 이야기를 나누다 보면 어느새 마음의 짐이 가벼워졌다. 불평이나 번민으로 마음이 어두워졌을 때에 선생님과 마주하고 있으면 그러한 마음의 먹구름이 말끔히 날아가 버리며, 새로운 기분으로 내 일에 전력을 쏟을 수 있었다. 선생님의 존재 그 자체가 마음의 양식이 되고 약이 되었다. 그러한 신기한 영향이 선생님 안의 어느 부분에서 흘러나왔는지 분석할 수 있을 만큼 선생님을 객관시하기는 어려우며, 그리하려고도 생각지 않는다.

꽃 아래로 샛골목을 지나 선생님의 문하에 모이던 많은 젊은이들의 마음은 아마 모두 나와 같았으리라 생각한다. 그래서 내가 여기에 쓴 두서없는 추억이 독자에게 자못 나만이 선생님을 독점하려는 것처럼 보인다면, 그것은 아마 다른 많은 문하생 각자의 거짓되지 않은 마음을 대표하는 것으로서 양해를 구하고 용서받아야 할 듯싶다. 선생님께서 돌아가신 지금, 같은 문하의 사람들과 간혹 어떠한 기회로 얼굴을 마주칠 때마다 느끼는 형언하기 어려운 깊은 그리움에는 센다기와 와세다의 선생님 댁에서의, 예전의 유쾌한 모임의 기억이 배경으로 숨겨져 있을 것이다.

기억력이 나쁜 나의 이 추억의 기록에는, 아마 시대의 착오나 사실의 착각이 여럿 있을 것이다. 다만 내 주관의 세계에 있는 선생님의 모습을 나로서는 되도록 충실하게 써 보았다고 생각한다. 그래도 학자로서, 작가로서 그리고 선생님의 인간적인 모습을 소개하는 것으로서는 너무도 영세한, 지엽적인 단편에 지나지 않는다. 이에 관해서는 그저 독자와 같은 문하의 여러 현인들의 관용을 비는 바다.

다마루 선생님을 추억하다

　돌아가신 지 얼마 되지 않은 사람의 추억을 쓰는 것은 여러 의미에서 곤혹스럽다. 우선은 시간의 관점이 문제인데, 가까운 사건의 인상이 먼 과거의 인상을 덮어 버리는 경향이 있기 때문이다. 둘째로 가까운 일을 쓰려 하면 자연히 현재의 환경 내에서 다양한 지장이 생기기 쉽다. 셋째는 애당초 그런 글을 쓰려는 마음을 품기조차 어렵다는 것이다. 참으로 사리 분별이 없는 짓이라는 기분이 든다. 그래서 이번 다마루 선생님의 경우도 마찬가지다. 선생님께서 돌아가신 지 얼마 지나지 않은 지금, 이러한 글을 쓸 마음 형편은 아니지만 이학부회 편집 위원의 무리한 권유로 내 고등학교 시절의 추억을 위주로 조금이나마 써 보기로 했다.

　메이지 29년 가을에 내가 구마모토 고등학교에 입학하고 바로 배운 삼각법의 담당 교사가 바로 당시의 젊은 다마루 선생님이었다. 토드헌터[147]의 책을 교과서로 사용했다. 맨 처음

---

147 아이작 토드헌터(Isaac Todhunter, 1820~1884): 영국의 수학자.

시험을 쳤을 때의 문제는 그리 어렵지 않았을 것이다. 하지만 중학교의 삼각법 문제처럼 공식에 대입하면 바로 끝나는 문제가 아니라 '음미'를 해야 하는 다소 까다로운 문제였다. 그래서인지 모두가 다 물을 먹고 완전히 틀려 버려서 거의 아무도 만족스럽게 답을 쓴 사람이 없었다. 그다음 시간에 선생님께서 교단에 나오셔서 그 슬픈 소식을 전달하셨는데, 그때 선생님께서는 정말로 실망을 하신 듯, 굉장히 기가 막힌 듯한 비통한 표정을 지으셨다. 그런 쉬운 문제를 풀지 못했다는 게 아주 신기하다는 것이었다. 학생 일동도 모두 풀이 죽은 채 죄송스러운 마음이었는데, 좌우간 한 번 더 시험을 치게 되었다. 그때는 흔한 중학교 수준의 문제였기 때문에 모두가 어떻게든 급제점을 맞고, 그것으로 사건은 일단락되었다.

아마 2학년 때였을 텐데, 한번은 운동회 다음 날이라는 까닭으로 선생님들과 협의하여 쉬는 시간을 가지려고 했다. 다른 선생님은 대체로 쉬기로 하셨지만 물리 담당인 다마루 선생님께서는 좀처럼 쉽게 승낙해 주시지 않으셨다. 그러자 학생들은 자기들 마음대로 쉬는 것으로 의견을 모았고 결국 다같이 무례를 저지르고 말았다. 선생님께서 교실에 들어오시고 보니 거기에는 딱 한 명, 성실하고 공부에 열심인 것으로 유명한 학생 말고는 아무도 없었다. 다음 날에 일동은 물리 강의실로 호출되어 응당한 견책을 받아야만 했다. 그때 선생님의 비통하고도 진지한 얼굴을 지금도 생생히 떠올릴 수 있을 것만 같다. 학생들에게 화를 내며 호통치는 것이 아니라, 도대체 왜 학생들이 그러한 말도 안 되는 일을 저지르는지에 관한 반성과 자책을 기조로 한 합리적인 훈계였다. 그래서 처음부터 나쁜 생각으로 그 일을 저지른 학생들은 바늘에 찔린 풍선처럼 작아져 버렸다. 옆에 계시던 화학 담당 K선생님께서 중재를 맡아 주셔서, 학생 일동이 사죄와 근신의 뜻을 표하고 용서를 받는 것으로 정리되었다.

우리 재학 중에 다마루 선생님께서는 거의 한 번도 결근하지 않으셨을 것이다. 당시에 선생님과는 정반대로 일요일의 다음 날, 즉 월요일이면 세 번에 한 번은 꼭 결근하는 선생님도 계셨기 때문에, 다마루 선생님의 정근은 상당히 유명했다.

언젠가는 구마모토 동네를 산책하시는 선생님의 모습을 우연히 본 기억이 있다. 짧은 소매의 면 옷에 무명 하카마를 입고, 후박나무 굽으로 된 게다에 굵직한 지팡이를 든 차림으로, 말하자면 메이지 초년의 이른바 '서생'과 같은 모습이셨다. 그리고 두건 같은 특이한 모자를 쓰고 계셨던 듯싶다. 좌우간 다른 선생님에 비해 매우 서생 느낌이 짙은 검소하고 거친 모습이셨던 것은 분명하다.

성실하시고, 정직하시고, 친절하시고 게다가 머리가 매우 좋으셔서 강의가 명쾌하므로 평판이 나쁠 리 없었다. 그러나 장난기 왕성하고, 어려운 과학이라면 뭐든 싫다고 하는 악동들에게는 선생님의 근면함과 정확함보다 선생님께서 가르치는 어려운 학문이 적잖이 거북스러웠던 모양이다. 당시 미국 민요의 곡을 딴 「펄럭이는 연대 깃발」이라는 창가가 있었는데, 그것을 또 비꼬는 식으로 패러디한 우스꽝스러운 노래가 유행했다. 그 가사 속에서는 선생님의 이름도 다른 많은 선생님들과 함께 야유의 대상이 되었다. 그리고 '자, 날뛰고 나알 뛰고'라는 것이 이 유쾌한 노래의 후렴이었다.

그 시절에는 거의 관례처럼 되어 있었는데, 2학년 시험이 끝난 뒤에 시험을 잘 치지 못한 동향의 동창을 위해 선생님들의 사택에 우르르 몰려가 '점수를 받기 위한 운동 위원'을 뽑았다. 그때 나도 그 일원이 되고 말았다. 그 때문에 또 다른 한 위원과 함께 처음으로 다마루 선생님의 하숙집을 찾아갔다. 당시 선생님의 댁은 니시코가이바시라는 다리와 가까웠고, 앞서 말한 화학의 K선생님과 같이 지내고 계셨다. 엄격하신 선생님을 두고 그러한 괘씸하기 짝이 없는 요구를 들고 가는 것이라 불안했다. 야단맞을 각오를 다지고 용기를 내서 갔는데, 선생님은 뜻밖에도 그러한 우리들의 방자한 주장을 들어주셨다. 물론 그런 것을 문제로 삼으실 리는 없었다. 본론이 끝나고 여러 잡담을 하다가 어떤 계기였는지 선생님께서 곁방에서 바이올린을 들고 나오셨다. 우선 그 물리적 기구에 관해 설명하신 후에 실증을 위해 「기미가요」를 한 차례 연주해 주셨다. 시골뜨기인 나는 그때 태어나 처음으로 바이올린이라는 악기를 실제로 보고, 또 처음으로 그 특이한 음색을 들었던 것이다. 그것은 물리 교실에 소장된 교수용 표본 악기였다. 나는 어린아이처럼 갑자기 그 신기한 장난감 같은 악기가 갖고 싶어졌다. 훗날 매달 고향에서 11엔씩 받아 온 학비 일부로 지독하게 돈을 모아 정가 9엔의 바이올린을 사는 지경에 이르렀는데, 이는 선생님과 관계없는 여담이므로 여기서는 생략한다. 아무튼 내가 그 악기에 손을 댄 최초의 동기는 다마루 선생님에게 '점수를 받으러' 간 날에 발생했다. 나중에 선생님께서 유학에서 돌아오시고 도쿄에 거주하실 때부터, 한때는 매우 자주 선생님 댁으로 몰려가 선생님의 피아노 반주에 자기만의 연주, 더욱이 퍼스트 포지션뿐인 명곡의 탄주를 시도했는데, 여기에는 위와 같은 오랜 인연이 있었던 것이다.

고등학교에서의 다마루 선생님의 물리는 정말로 이상적

인 명강의였다고 생각한다. 나중에 이과 대학 물리학과의 과목으로 배운 것이 '물리학'이라고 한다면 그 기초인 '물리 그 자체'와도 같은 것을, 고등학교 재학 중에 다마루 선생님에게 착실히 배운 것 같다. 그때 배운 것이 오늘에 이르기까지 머리에 깊숙이 배어들어 매우 큰 도움이 되었을 뿐 아니라 늘 내 안에서 살아 움직이고 있음을 느낀다. 고등학교 물리는 굉장히 중요하다고 생각한다.

그 시절의 선생님께서는 가끔 물리 숙제를 내시고 학생 모두로부터 답안을 걷고, 그것을 면밀히 검토한 뒤에 모두를 모아 놓고 그 답안에 대한 친절한 강평을 하셨다. 그 숙제를 푸는 것이 나는 매우 즐거웠다. 언젠가 '왜 월식 때에는 지구의 반음영(penumbra)이 보이지 않는가.'라는 문제가 나왔을 때, 여러모로 생각해 봤지만 잘 모르겠어서 결국 아주 무리한 억지 답을 써냈다. 그런데 그 강평 날에 선생님께서 다른 문제를 차례로 설명하신 뒤에 그 반음영 문제로 넘어왔다. "제군 중에 이렇게 답을 쓴 사람이 있다."라고 말씀하시며, 내가 제출한 답안이 설하는 바를 말씀하시고 "이건 꽤나 괜찮은 설명이라 생각한다만," 하시며 얼핏 내 쪽을 보고 싱긋 웃으시더니 "그런데 아쉽게도……."라고 말씀하셨다. 그러시면서 그 사이비 설명의 커다란 속임수와 결점을 지적하시고 친절히 몸소 모범적인 설명을 전개하시는 것이었다. 나는 얼굴이 빨개져서 몸 둘 바를 몰랐다. 삼십여 년 후인 지금도 분명히 그때의 일을 기억할 정도로 부끄러웠다. 선생님도 참으로 짓궂은 데가 있다 싶었다. 다만 상대는 겨우 스무 살의 어린애였기 때문에 한 번은 놀려 먹을 마음도 드셨을 것이다.

선생님에게 삼각법을 배우고 역학을 배워서 비로소 수학

이라는 것의 흥미로움을 조금은 알게 되었다. 중학교에서 배운 수학은 삼각이건 대수건 도대체 어디가 흥미로운지 전혀 몰랐지만, 다마루 선생님께 배우니 중학교에서 익힌 것과는 완전히 다르게 느껴졌다. 선생님 말씀으로는 수학만큼 간단하고 명료한 것은 없으며, 누구든 정직하고 정당하게 임하면 반드시 풀 수 있도록 되어 있다는 것이다. 교과서의 문제가 풀리는지 여부를 제비뽑기하듯이 운에 달린 것으로 생각한 나 같은 학생들에게 선생님의 그 말씀은 실로 깜짝 놀랄 만한 천계며 복음이었다. 정말로 적어도 책에 있을 정도의 문제라면 그 책에서 배운 대로 정직하게 하면 반드시 풀 수 있는 것이었다. 그러한 사실을 발견하고 놀랐던 것이다.

나는 중학교 5학년 시절에는 장래에 물리를 하겠다며 혼자 마음에 담고 있었다. 중학교 선생님 가운데는 꼭 심리학을 하라고 권하는 선생님도 계셨다. 그러나 아버지께서 여러 이유로 공과(工科)를 주장하셔서 그즈음에 전도유망하다고 이야기되던 조선학을 하기로 하고, 나도 그럴 요량으로 고등학교에 들어갔다. 《네이블 에뉴얼(The Naval Annual)》[148] 등을 들여와서 다양한 군함의 모양을 외우거나 어뢰정이나 어형 수뢰의 구조를 연구하기도 했다. 그러나 한편으로는 도저히 제도에 흥미가 붙지 않았다. 또 한편으로는 다마루 선생님의 물리 강의를 듣고 실험을 해 보자 조선은 아무래도 성격에 맞지 않고 물리 이외에 내가 할 학문은 없겠다는 기분이 들었다. 그래서 결국 다마루 선생님께 사정을 이야기하였는데, 선생님께서도 그렇다면 물리를 하는 게 좋겠다며 찬성의 뜻을 표

---

148 해군과 관련한 많은 정보를 다룬 영국의 잡지. 1886년 창간.

해 주셨다. 그때 선생님의 이야기를 찬성으로 받아들였기 때문에 우세한 원병을 얻은 것처럼 불끈 용기를 내었다. 그리고 여름 방학에 귀성하여 아버지를 설득하고 3학년이 되자마자 이과로 옮긴 것이다. 이 일로 훗날 기선을 만들지 못해 창피를 당하는 액운을 면한 대신에, 서툰 실력으로 물리를 다루다 비웃음의 씨앗을 뿌릴 운명을 확정해 버린 셈이다. 그러나 선생님께 그 책임을 떠넘길 생각은 추호도 없다. 그뿐만 아니라 조선을 하지 않고 물리를 선택한 일을 후회한 적은 서른 해 남짓한 동안에 단 한 번도 없다.

내가 고등학교를 졸업한 뒤 머지않아 선생님은 교토 대학, 뒤이어 도쿄 대학으로 옮기시더니 그 이후로 유학길에 오르셨다. 귀국 후에 드디어 도쿄에 자리를 잡으신 무렵에는 니시카타마치에 잠시 계시다가 아케보노초에 평생의 보금자리를 정하셨다. 나는 그즈음에 고이시카와하라마치에 있었고 아케보노초와는 가까웠기 때문에, 가끔 바이올린을 들고 가서는 선생님의 피아노 연주 상대를 해 드렸다. 그 시절의 바이올린은 예전의 9엔짜리가 아니었다. 선생님은 자주 슈베르트의 가곡을 불러 주셨는데, 숙련된 레퍼토리는 「세레나데(Ständchen)」, 「바닷가에서(Am Meer)」, 「마을에서(Im Dorfe)」, 「또 다른 나(Doppelgänger)」, 「마왕(Erlkönig)」, 「거리의 악사(Leiermann)」, 「보리수(Lindenbaum)」 등이었다. 그리고 라이시거(Reissiger)[149]의 「두 보병(Zwei Grenadier)」이나 「시계(Die Uhr)」 등도 자주 부르시곤 했다. 언젠가 '뉴턴제'에서도 그 「마왕」을 부르신 적이 있는 듯한데, 그때도 선생님은 "결국

---

149 카를 라이시거(Carl Reissiger, 1798~1859): 독일의 작곡가.

한다는 것이 주요한 문제(Hauptsache)이기 때문에……." 하고
말씀하시며 교졸한 솜씨 따위는 결코 문제 삼지 않으셨다.

술도 담배도 단 것도, 일체의 관능적 향락을 뒤돌아보지
않으셨던 선생님은 요쿄쿠도 서양 음악도 결코 그저 향락을
위해서가 아니라, 하는 것이 선이기 때문에 하시는 듯 보였다.
휴일에 근교로 산책하러 나가시는 것도 역시 마찬가지의 견
지에서 그러셨으리라 생각된다.

서툴게 쓴 논문을 봐 주실 때에는 면밀하게 살피시며 영
어를 정정함은 물론, 지엽적인 내용에 이르기까지 철저하게
수정해 주셨다. 한차례 연필로 고친 것을 나중에 잉크로 꼼꼼
히 써 넣고 마지막에 지우개로 연필 자국을 지워 내고 지우
개 찌꺼기를 치우는 일까지 선생님께서 스스로 하셨기에 학
생으로서는 그야말로 송구스러워지고 만다. "제가 하겠습니
다."라고 말해도 태연히 구석구석 손을 대시며 마지막까지 자
기 손으로 깔끔하게 해야만 성이 차는 식이었다. 그럴 때면 늘
"하여간, 제대로 해 둬야지."라는 선생님의 말씀을 수시로 들
었던 터라 그 말이 귀의 깊숙한 데에 스며들어 잊을 수 없다.
그 어떠한 일이라도 '제대로 해' 두지 않으면 결코 끝내지 않
으셨다. 빈틈없이 박은 못 한 개의 미세한 느슨함이라도 결코
간과하거나 버리지 않으셨다.

선생님의 노트나 원고를 보면 깔끔한 작은 글자로 지면이
가득 차 있으며 '여백'이라는 것이 거의 없었다.

하지만 선생님은 '쓸데없는 것', '여백투성이'인 칠칠찮은
제자들을 참된 자부와도 같은 관용으로 대하셨고, 어디까지
건 푸근하게 돌보아 주시는 데에 몸을 아끼지 않으셨다. 자기
는 칠칠찮으면서 남에게만 정확함을 요구하는 보통 사람과는

완전히 반대였던 것이다.

선생님께서 조금 더 칠칠찮은 범인(凡人)이셨다면 아마 조금 더 오래 사셔서, 조금 더 오래 후진의 뒤를 보살펴 주시고 선생님으로서도 조금 더 느긋한 삶을 보내실 수 있지 않았겠나 싶기도 하다. 그러나 그런 말은 결국 칠칠찮은 사람이 하는 것이며, 선생님은 선생님으로서 가장 뜻있고 충실한 삶을 완성하셨을 터다.

이렇게 글을 쓰고 보니 선생님과의 추억이 끝도 없이 나온다. 하지만 이번 기회에는 역시 이 정도로 하고 붓을 내려놓는 편이 적절할 듯싶다.

기억을 착각하여 사실과 다른 점도 여럿 있을지 모른다. 이에 관해서는 독자의 관용을 바란다.

선생님께서 만일 되살아나셔서 이 추억을 읽으신다면, 하고 상상해 본다. 선생님께서는 역시 싱긋 웃으시며 한마디 예리한 논평을 하시고 그걸 끝으로 넘어가 주실 것만 같은 기분이 든다.

긴자 알프스

어두운 유년의 기억 속에 군데군데 희미한 빛이 비치는, 이를테면 영상의 한 단편과 같이 그 중심은 확실히 보이지만 앞뒤는 완전히 사라져 버린, 그런 기억이 몇 개 남아 있다. 이 환영과 같은 영상 속에 나타난 내 유년 시절의 모습을 현실의 나와 직접 연결 짓기는 의외로 어렵다. 그것은 나이면서 내가 아니기도 하다. 나와 밀접한 관계가 있음은 확실하지만 현재 나와의 연결 고리는 죄다 어둠 속에 잠겨 있다. 그 끊어졌는지 이어졌는지 알 수 없는 고리를 어둠 속에서 찾아내려 할 때, 우리는 평소에 기대던 자기 이성이 그리 미덥지 못함을 느낀다. 그리고 인간의 의식적 생활이라는 것이 실로 꿈이나 환상처럼 여겨진다. 과연 그러한 기억의 단편이 진짜 있던 일인지, 아니면 훨씬 나중에 꾼 하룻밤 꿈을 과거에 투영한 것인지, 기억의 현실성이 극히 미덥지 않다.

내 유년 시절의 꿈 같은 기억의 단편 속, 메이지 18년경 도쿄 긴자에서 있던 어느 겨울밤의 한 장면이 비친다.

그 기억에 따르면 당시 여덟 살의 나는 부모님과 함께 신토미자(新富座)로 연극을 보러 갔다. 그 이전에 시골에서도 어머니와 함께 수차례 연극을 본 적이 있는 듯한데, 도쿄에서 연극을 본 것은 아마 그때가 처음이었을 것이다. 어떤 연극이었는지는 거의 기억나지 않지만 「후나벤케이(船弁慶)」[150]에서 도모모리의 유령이 등장해, 번쩍이는 언월도를 들고 빙빙 돌면서 나아가고 물러서고 하던 그 처참함이 담긴 아름다운 모습만이 명료하게 인상에 남아 있다. 그것은 아마 선대 사단지[151]였을 것이고 상대역인 벤케이는 아마 단주로[152]가 아닐까 생각되는데, 신기하게도 벤케이의 인상은 기억에서 말끔히 사라졌다. 어린 마음에 극 중 패배자인 도모모리의 유령에게 동정인지 뭔지 모를 감정을 품은 듯하다. 그 마음이 지금도 온전히 남아 있다.

극장에 딸린 찻집의 풍경에 관한 기억도 희미하게 남아 있다. 그 기억을 떠올리면 도쿠가와 시대의 한 장면을 엿보는 듯한 환각이 일어난다.

공연이 끝나면 일행은 긴자까지 어슬렁어슬렁 걸었던 것 같다. 그리고 당시 다마야 가게에 들어가 아버지가 시계인가 뭔가의 값을 물어본 기억이 난다. 그때 다마야 가게의 광경만은 매우 확실한 영상으로 언제든 눈앞에 불러낼 수 있다.

밤이 깊어지고 발길이 뜸해진 큰길에는 찬바람이 불었다. 검게 윤이 나는 가게 앞 마룻귀틀에 앉은 쉰 살의 아버지는, 해달 모피로 된 옷깃이 달린 망토를 입고 있었을 것이다. 머리

150 『헤이케 모노가타리(平家物語)』, 『아즈마카가미(吾妻鏡)』에서 제재를 취한 노가쿠 작품.

151 초대 이치카와 사단지(市川左團次, 1842~1904): 일본의 가부키 배우.

152 9대 이치카와 단주로(市川團十郎, 1838~1903): 일본의 가부키 배우.

위로는 지느러미 모양의 어렴풋한 불꽃이 심호흡을 했다. 붙임성 좋은 중노인 점원이 연로한 고객의 귀동자 도련님인 나를 보더니, 당시로서는 찾기 어려운 진귀한 외제 장난감을 여럿 보여 줬다. 그중 하나는 회색 벨벳으로 만든 대여섯 치밖에 되지 않는 봉제 코끼리 인형이었는데, 옆구리 부분의 나사를 돌리자 째깍째깍 톱니 맞물리는 소리를 내면서 달렸다. 긴 코를 능란히 쥐락펴락 올리고 내리면서 기세 좋게 내달렸다. 또 하나는 뒷발을 앞에 내놓고 앉은 털북숭이 곰 인형이었다. 머리와 앞발을 움직이며 웃긴 자세로 춤을 추자 배 속에서 사랑스러운 오르골 음악이 들려왔다.

아버지께서 그중 하나는 혹시 사 주지 않을까 기대했다. 사 달라고 조르기에는 너무 멋지고 귀족적인 장난감이라 망설였는데, 결국은 사 주시지 않았다. 이후 우리는 덜컹거리는 인력거를 타고 밤늦게 히비야 문을 나갔고, 어둡고 쓸쓸하고 추운 연병장 옆의 도랑을 지나 나카로쿠반초[153]의 집으로 돌아왔다. 그 어두운 마루노우치의 어둠 속 곳곳에 높이 솟은 아크등이 찬란한 자색을 비추며 깜빡였던 것 같다. 그즈음에 이미 그런 등이 있었는지는 모르겠지만, 내 기억의 영상에는 그렇게 남아 있다.

이 긴자의 겨울밤 기억이 어찌된 영문인지 심히 감상적인 색채를 띠며 내 삶에 들러붙었다. 아마 어떠한 깊은 이유가 있을 듯한데 내 의식 세계에서는 그 실마리를 도저히 찾아낼 수 없었다. 그날의 일을 특히 강한 인상으로 뇌리에 새긴 '광선'이 있었을 터다. 하지만 그 광선은 이미 오래전에 사라졌고 한

153 도쿄의 옛 고지마치 구, 현재의 지요다 구의 한 지역.

장의 사진만 영원히 남았다. 살인을 한 순간 우연히 책상 위에 놓여 있던 종이에 적힌 문자가 살인자의 뇌에 강한 인상으로 각인된다는 이야기가 있는데, 이와 비슷한 현상은 뜻밖에도 몹시 흔한 일일지도 모른다. 어린 시절의 단편적 기억에는 대체로 그러한 '광선'이 있으며, 당시에는 그것이 '의식'되지 않았기 때문에 기억에서 사라지지 않았을까 생각된다.

만년에 어머니께 여러 번 들은 이야기로는 당시의 나는 철도마차에 타는 것을 몹시 좋아했는데, 가끔 서생이나 집에 드나드는 사람들을 따라 일부러 타러 가곤 했다고 한다. 비 오는 날에 두 철로 사이로 흐르는 빗물을 질척이며 차고 다니는 모습과 페인트칠한 수레를 끄는 두 마리의 뼈적 곯은 말의 가여운 모습, 그 말이 폭발적으로 변을 누는 장면이 떠오른다. 철로가 좋지 않은지 차틀의 안정성이 좋지 않은지, 수레는 앞뒤로 인사를 하듯 흔들리며 나아갔다. 차장이 두부 장수처럼 뿔피리를 불었던 것 같은데 이는 달구지를 본 기억과 헷갈리는 것인지도 모른다. 실제로는 벨이었을 것이다. 그런데도 뿔피리였다는 기분이 드는 까닭은 마차의 기억에 얽혀서 떨어지지 않는 기묘한 연상이 있기 때문이다. 그즈음에 어디서 받은 고가의 외제 비스킷 상자가 있었는데 자물쇠가 딸린 튼튼한 양철제였다. 그 윗면과 옆면에 모두 아름다운 유화가 그려져 있었다. 그 그림 중 하나는 영국의 시골 풍경으로, 승객을 가득 태운 한 대의 우편 마차(mail coach)가 나아가고 있었다. 지난 세기 중반의 서양이라 하면 상상되는 특별한 세계가 그 네다섯 치 공간에서, 그 아름다운 색채의 그림 속에서 약동했다. 그 자그마한 과자 상자의 뚜껑을 통해 엿본 진귀한 세계가 얼마나 아름답고 그립던지, 먼 훗날 실제로 서양에 가서 확인

해도 그러한 '꿈같은 서양'은 어디에도 없었다. 그림 속의 런던, 레딩 간 우편 마차의 마부는 실크해트를 썼고, 역시 뿔피리를 불었다. 내 '기억'의 꿈속에서는 그러한 우편 마차와 긴자의 철도마차가 완전히 하나로 녹아들어, 끊으려 해도 끊을 수 없는 연상의 고리로 서로 맺어져 있었다.

메이지 19년에는 도쿄를 떠나 머나먼 난카이[154] 시골로 이사했다. 그리고 십 년 후인 메이지 28년 여름에 다시 단신으로 상경해 긴자 오와리초 지쿠요[155] 옆의 I씨 집 2층에서 한 달간 신세를 졌다. 당시 아버지는 청일 전쟁 때문에 예비역으로 소집돼 K유수 사단에 봉직하며 고지마치 구 히라카와초의 M여관에 머물고 계셨다.

I씨 집 2층과 층계 아래의 변소 창문에는 석 자 되는 골목길을 사이에 둔 지쿠요의 주방에서 장어를 굽는 연기가 보였고, 소리가 들렸으며 냄새도 났다. 비사문천왕의 잿날에는 I상점의 격자문 앞에 야간 노점이 늘어섰다. 계산대에서 주인장과 점원 그리고 아들 S군이 모여 여러 놀이를 하거나 이야기를 나눴다. 당시 어린 점원들 사이에서는 문학열이 끓어, 그때는 거의 유일하다시피 한 청년 문학잡지《분코(文庫)》에 실린 작품을 비평하기도 했다. 개중에 가장 나이가 든 도시 토박이 하인 Y는 간혹 노골적으로 성적인 화제를 꺼내어 젊은 문학 소년들로부터 뭇매를 맞았다. 새벽 3시쯤까지도 큰길의 인파는 끊이지 않았고, 칸델라[156]의 그을음이 소용돌이쳤다. 동

---

154 고치 현이 속한 시코쿠 지방과 기이(紀伊) 반도 및 주변 도서 지역을 가리키던 말. 난카이도(南海道).

155 막부 말의 에도에서 개점해 지금까지 이어져 내려오는 장어 요리점.

156 칸델라(Kandelaar). 네덜란드어로 휴대용 석유등을 말한다.

틀 녘이 되어도 가끔 우편국 마차가 소란스럽게 방울 소리를 내며 미하라바시 부근을 지났다. 안방 주인 부부의 세계는 도쿠가와 시대와 그다지 달라 보이지 않았다. 부인은 에도에서 태어나 도쿄를 거의 몰랐고 단지 오토와[157]에 사는 친척과 일 년에 한 번 절에 가는 정도였다. 거의 자기 자식인 양 나를 아껴 주셨지만 하시는 말씀을 알아듣지 못해 어리둥절했다. 자신의 세계를 상대가 전부 안다는 가정 아래 한 이야기라서 그랬을 터다.

주인댁의 아들 S군과는 교바시 근처 동쪽 골목의 만담 극장에 갔다. 더울 무렵의 낮 공연은 청중이 고작 네다섯 명뿐이기도 했다. 까까머리의 모모카와 조엔이 쥘부채로 우두머리 무사 겐키와 덴쇼의 늠름한 모습을 내리치는 사이, 수건 유카타에 세 척[158]짜리 띠를 맨 난봉꾼이 팔베개를 하고 엎드려 누워 작은 통에서 스시를 집었다. 서쪽 골목 부근의 다른 만담 극장에도 갔다. 이토 지유로 기억되는, 젊은데도 칠흑의 구레나룻을 기른 새로운 야담가가 유신 시대의 실제 경험담을 들려주는 동안, 우연히 나와 성이 같은 인물의 이야기가 나왔다. S가 웃음을 터뜨리자 야담가도 눈치를 챘는지 내 얼굴만 보며 히죽히죽 이야기를 계속했다.

긴자 서쪽 골목에 있는, 지금의 독일 베이커리 맞은편 인근의 대중탕에 갔다. 지금도 여전할지 모르겠다. 게이샤가 자주 드나들었다. 목은 새하얗게 칠하고 얼굴은 황색이나 분홍색으로 칠한 화장에 머리를 틀어 올린 모습이 시골 소년의 눈

---

157 도쿄 분쿄 구의 한 지역.
158 약 115센티미터.

에는 신기하게 보였다. 또 고초메 동쪽 부근의 과일 가게에서 사 먹은 아이스크림도 당시에는 굉장히 신기했고 맛있었다. 바닐라 향미가 뭔지도 모른 채 먹은 아이스크림이 듣도 보도 못한 세계의 끝인 이국에 대한 동경을 자아냈다. 리큐어 잔 정도의 작은 유리그릇에 둥근 덩어리를 수북이 올린 아이스크림은 당시 중학생에게는 꽤 고가여서 함부로 사 먹을 수는 없었다. 그리고 또 지금 후타바야 근처에 '하쓰네'라는 작은 팥죽 가게가 있는데, 나는 거기의 팥죽이 '주니카게쓰' 팥죽보다 맛있다고 생각했다. 그때는 먹는 일이 지식을 습득하는 일과 더불어 가장 중요한 것으로 여겨졌다.

아버지를 따라 처음 서양 요리를 먹은 곳이 지금의 '덴킨' 건너편의 양식점이었다. 이상한 맛이 나는 기묘한 고기 조각을 먹은 뒤, 방금 것은 소의 혀라는 말을 듣고 적잖이 속이 울렁였다. 그때 맛있었던 것은 마지막에 먹은 과자와 커피뿐이었다. 아버지를 따라 '마쓰다'에서 점심을 먹은 것도 그 무렵일 것이다. 계란 두부를 담은 주홍색 공기의 뚜껑 아래 간 생강이 한 자밤 묻어 있던 것을 어찌된 영문인지 기억하고 있다. 아버지께서 그에 관해 시골과 도쿄의 요리를 비교하시며 진지한 말씀을 들려주셨던 것 같다.

덴구 담배[159]가 잘 팔리던 시절에, 이와야 마쓰헤[160] 씨가 붉은 옷차림으로 마차를 모는 모습을 본 기억이 있다. 벵갈라색[161] 가게 벽에서 보던 덴구의 포악한 딸기코가 길바닥에 들

---

159 일본의 담배 전매법 이전에 있던 메이지 시대의 민간 담배.

160 이와야 마쓰헤(岩谷松平, 1850~1920): 일본의 사업가, 정치인. '이와야 덴구'라는 별명으로 불렸다.

161 원산지가 벵갈인 도료의 색. 누런빛을 띤 붉은 도료다. 철단색이라고도 한다.

러붙은 꼴은 확실히 마음 약한 문학 소년을 압박할 만했다. 마쓰헤 씨는 자본가이자 착취자였지만 그의 투지와 공산주의 취미는 지금의 프롤레타리아 운동에 종사하는 사람들과 공통된 데가 있었다. 또 양담배인 핀헤드와 선라이즈를 내쫓고 국산을 내세운 점에서는 일종의 파시스트의 기질을 내비쳤다. 그도 분명 시대의 새 인물이기는 했다.

구시대의 하이칼라 기시다 긴코[162]의 양품점에 S군이 코끼리표 칫솔을 사러 갔는데, 사환 아이가 어떻게 잘못 들은 것인지 희한한 고무로 된 주머니를 히죽거리며 들고 나왔다면서, 배꼽 빠지게 웃으며 이야기한 일이 생각난다. S에겐 말을 할 때 머뭇거리고 창피해하는 버릇이 있었다. 어쩌면 그 무렵에 어린 기시다 류세이[163] 씨가 가게 앞을 졸래졸래 걷고 있었을지도 모르겠다.

신바시에 자리한 권공장이 그즈음에도 있었던 것 같다. 권공장은 말하자면 세포 조직 같은 백화점이며 후에 나타날 백화점의 예상(anticipation)이자 배아(embryo)와 같은 것이다. 이것은 따지고 보면 결국 소매점이 모인 벌집 혹은 산호초 같은 형태였기 때문에, 지금처럼 소매상과 관련한 문제는 일어나지 않았다. 아무튼 권공장은 시골 사람이 고향에 가져갈 선물을 물색하는 데 가장 편리한 시설이었다. 그런 면에서 보면 도쿄 시민 전부가 '시골 사람'으로 채워진 오늘날, 백화점의 번성은 당연지사이리라. 소수의 에도 토박이 패배자만이 일부러 지쿠센 염색물이나 이세요시 신발을 사며 자부심을

---

162 기시다 긴코(岸田吟香, 1833~1905): 일본의 신문 기자, 사업가, 교육가.

163 기시다 류세이(岸田劉生, 1891~1929): 일본의 서양화가. 기시다 긴코의 아들.

느낄 뿐이다. 그런데 백화점의 상품 중에 '감칠맛'이 나는 물건이 드문 것도 사실이긴 하다.

메이지 32년 여름, 고등학교를 졸업하고 대학에 들어갔으니 딱 사 년째에 재차 상경한 것이었다. 야나카의 모 사원에 하숙을 정하기까지 며칠 동안 예전의 오와리초 I씨 집에서 신세를 졌다. 야나카로 이사하고서도 토요일이면 거의 예외 없이 긴자의 그 집에 묵으러 갔다. 당시에는 이미 옛 철도마차가 전차로 바뀐 듯싶었는데, '벽돌'을 올린 지역의 분위기는 사 년전과 그다지 다르지 않았다. 다만 중학생이던 내가 대학모를 쓰고, 소년이던 S군이 청년이 되어 어느새 술도 마실 줄 알게 되었다는 정도였다. 구마모토에서 소세키 선생님의 지도를 받은 이래 하이쿠에 골몰하다가 상경 후에는 가끔 네기시의 시키안에 들르던 무렵이었으니, 자연히 I상점 계산대에 하이쿠 창작열의 새바람을 고취시켰을지도 모르겠다. 당시 가장 젊었던 K가 훗날에 어엿한 하이진이 됐고, 지금은 긴자 우라가시에 이색적인 하이카이(俳諧) 어묵집을 열었다고 한다.

이미 그때부터 나베초 후게쓰 2층엔 차 마시는 공간이 있었고, 구석에 고색창연한 낡은 피아노가 한 대 있었다. '우유가 들어간 찐빵'을 실컷 먹을 수 있다며 S군이 나를 데려간 곳이 그 찻집이었다. 찐빵은 사실 슈크림빵이었다. '슈'는 프랑스어로 양배추라는 뜻이라고, S군이 당시 프랑스어를 독학하던 내게 설명해 주었다.

운명의 신은 그해로부터 삼십여 년 후인 지금까지 계속 나를 도쿄에 머물도록 못 박았다. 메이지 42년부터 44년에 걸쳐 서양에 가 있던 동안은 예외지만, 마음속에서 메이지 32년 이후부터 지금까지의 기간이 한 덩어리로밖에 생각되지 않는다.

따라서 도쿄와 긴자에 관한 내 기억은, '- - ──' 이렇게 세 부분으로 이뤄져 있다. 마지막 선은 어디까지 이어질지 알 수 없다. 첫 번째 단선과 두 번째 단선 사이가 약 십 년이며, 이 둘은 분명히 나뉘어 있다. 두 번째 단선과 세 번째 장선 사이는 사 년밖에 되지 않기 때문에 세 번째 선의 처음 부분이 두 번째 선 속에 잘못 섞여 혼동될 우려가 있다. 세 번째 선의 길이는 약 삼십 년이지만, 기억에 따라서는 삼십 년 전이 바로 얼마 전에 있던 일처럼 여겨지며 작년의 일이 십 년 전처럼도 생각되기도 한다. 한 덩어리로 된 뱀 모양의 기억 연못(serpentine) 속에서 '기억의 대류(convection)'가 이뤄지는 듯하다.

세 번째 선에는 상당한 길이와 굵기가 있다. 내가 세상에 발을 들인 뒤의 전 생애가 이 선 안에 포함되어 있기 때문이다. 그리고 이 선을 조직하는 극히 미세한 기억의 섬유 속에 나의 '긴자 선'이라는 것이 있으며, 이것은 옛날의 '- -' 속의 긴자의 꿈과 이어져 있다. 이 '- -' 속에는 긴자라는 것이 인상적일 뿐 아니라 상당히 중요한 부분을 차지하고 있다. 그 영향이 훗날의 '──' 속의 내 긴자관에 특별한 여파를 미치고 있음은 확실하다.

지진 이후 긴자에선 예전과 같은 '벽돌'의 모습이 대부분 사라지고 말았다. 제2의 고향 가운데 하나였던 I씨의 집은 벌써 오래전에 일가가 뿔뿔이 흩어졌다. 그래도 집은 지진 전까지 대체로 옛 모습을 간직한 채 남아 있었다. 그런데 지금은 그 집조차 사라져 버렸으며 옛 계산대 격자 너머로 보이던 건너편 게다 장수는 어떻게 됐는지 모르겠다. 지금 미쓰코시[164]

---

164 1930년, 도쿄 긴자에 개점한 백화점.

바로 옆에 있는 가게가 그의 것인지 아닌지 나는 모르겠다. 주니카게쓰 팥죽 가게도 뒷골목으로 들어간 것 같은데 그 뒤의 소식은 모르겠다. 발밑의 땅마저 포장 인조석과 아스팔트에 묻히고 말았으니, 무엇을 그리워한다고 말할 것도 없이 오와리초 주위를 서성이며 옛꿈이 있던 곳을 찾으려 하는 마음을 품곤 했다.

　야나카의 사원 하숙은 더없이 어둡고 음침한 생활이었다. 토요일에 오와리초로 묵으러 가면 밝고 따뜻하고 활기가 넘쳐 신경이 피로해졌지만, 야나카로 돌아오면 다시 어둡고 추워졌다. 춥고 비 내리는 밤에 밀감 상자 따위에 아기 시신을 넣은 고적한 상여가 사원에 들어오기도 했다. 그러한 무덤 구멍 같은 세계에서 고행의 엿새를 지낸 뒤에 나와서 보는 오와리초의 밤 등불은 매우 아름답게 보일 수밖에 없었을 것이다. 지금 긴자를 어슬렁거리는 사람들의 마음은 각기 다르겠지만, 많은 이의 마음이 삼십 년 전 나의 마음과 크게 다르지 않을지도 모른다. 다들 마음속으로는 무언가 형언할 수 없는 공허를 느끼고 있다. 긴자의 포장도로를 거닐면 그 공허가 채워질 듯싶어 나선다. 장을 조금 보기도 하고, 뜨거운 커피라도 한 잔 마시면 잠시나마 그것이 채워진 것 같은 기분이 든다. 하지만 그런 것으로 순순히 채워질 공허가 아니기에 집에 돌아오자마자 곧바로 찬란한 번화가가 그리워진다. 마음이 울적하고 어두운 사람은 대체로 타인을 두려워하면서도 그리워한다. 그들은 빛을 두려워하면서도 사모하는 곤충과 비슷하다. 내가 아는 한 다른 사람에게서 선인 소리를 듣는 학자 중에 정처 없는 긴자 만보를 즐기는 사람이 적잖은 듯하다. 생각해 보면 그러는 것이 당연한 듯싶다. 인간사 교류에 지칠 대로 지친 사람은 여유가 있으면 한시라도 인간 세상을 떠나 알프스 봉우리 따위를 종주하든지, 아니면 산중 온천에 들어가 잠깐의 한적함이라도 맛보고 싶어지는 것이 자연스러우리라. 마음이 활기로 가득 차 충실한 사람에게는 비좁고 너저분한, 사람 냄새 가득한 긴자를 거니는 것만큼 어리석고 불쾌한 일은 없을 터다. 광대한 산천 풍경을 앞에 두고 한껏 심호흡하며 자유로이 손발을 뻗고 싶어지는 것이 당연하다. F찻집의 문학 청년 급사 M군은, 곧잘 긴자 같은 데를 걷는 사람들의 마음을 모르겠다고 했는데, 생각해 보면 실로 지당한 말이다.

알프스라 하면 긴자에도 알프스라고 이를 만한 데가 생겼다. 백화점 알프스다. 이곳의 계단을 꼭대기까지 오르는 일은 꽤나 힘든 노동이다. 그리고 더운 여름날 그 옥상에 오르면 지상에서 백 척 위니 온도가 1∼2도는 내려간다. 위로는 푸른 하늘과 흰 구름, 때로는 비행기가 지난다. 스루가의 후지 산과 보소[165]의 산도 보이는 날이 있을 터다. 내친김에 옥상에 삼사백 척의 철탑을 세워 꼭대기에 전망대를 만들면 좋을 듯싶다. 그 측면을 광고탑으로 삼으면 기구 광고보다 효과가 좋을 테고, 머지않아 그 요금으로 건설비를 충당할 수 있을 것이다. 높은 곳에 오르고 싶은 마음은 인간의 본능적 욕망이다. 이 욕망은 아기 때부터 나타난다. 내가 네 살이었을 때, 나고야에 있던 무렵의 희미한 기억 속에는 어디 부엌문 같은 데 있던 높은 판자 툇마루에 기어이 오르고야 말겠다며 땀을 뻘뻘 흘리던 일이 중대한 사건으로 새겨져 있다. 많은 사람에게 이와 비슷한 기억이 있을 것이다. 이 본능을 끝까지 지키면 등산가가

---

165 도쿄에서 지바 현 방면을 가리킨다.

될 수 있다. 에베레스트 산 정상에 오르다 귀중한 생명을 잃어도 후회하지 않게 된다. 그렇기 때문에 경우에 따라서는 백화점 철탑의 의미가 반드시 편리함 하나에만 있는 게 아닐지도 모른다. 따라서 소매상이 작전 계획을 고려할 때에는 필히 이 점을 포함해야만 한다.

백화점 알프스는 계단을 오를 때마다 아름다운 물건과 사람의 '꽃밭'이 나온다. 마음대로 꺾어 올 수는 없지만 보는 것만으로도 눈요기는 된다. 1000엔짜리 나들이옷을 흘깃 보며 20전짜리 공그르기용 실을 사면, 그것으로 고가의 오비[帶]를 산 듯한 신기한 환각이 들 수도 있다. 진열된 상품 전부가 내 것인데 집에 다 둘 수가 없으니 여기에 공짜로 맡겨 놓았다고 생각하면, 부자 행세를 하기도 손쉽다. 필요할 때에는 언제든지 '보관증'과 교환하여 들고 올 수 있다. 다만 문제는 꼭 필요할 때에 그 '보관증'이 없다는 것이다.

알프스에도 산불이 있듯이 백화점에도 화재가 있다. 산불은 골짜기에서 봉우리로 타올라 가고, 위에서 아래로도 타들어 간다. 그러나 백화점의 화재는 아래로는 가지 않고 위로만 불이 붙기 때문에 비상구만 열려 있다면 아래로 도망치면 된다. 아래로 도망가지 못했다면 불붙을 풀이 없는 꼭대기의 바위산으로 가면 안전하다. 시로키야 화재 당시, 옥상이 타 무너질 수 있다며 겁을 준 미련한 사람도 있었다고 하는데, 철근 콘크리트의 바위산은 결코 불에 타거나 무너지지 않는다. 게다가 열전도가 매우 나쁘기 때문에 아래서 반나절 동안 불이 계속돼도 신발을 신은 이상 옥상에서는 발바닥을 델 걱정도 없다. 창문에서 연기가 마구 올라오면 바닥에 얼굴을 붙이면 된다. 그러나 그것도 수천 명이 한꺼번에 들이닥치면 어려움이 있을 터다. 가령 사람 가득한 백화점에 갑작스럽게 불이 나면 계단 전체가 사람으로 꽉 들어차 폐색될 우려가 있다. 영화관 화재에서 그러한 실례가 수차례 있었다. 그럴 때 가장 중요한 것은 재난 훈련이지만, 가장 어려운 것 또한 그 훈련이다.

화재는 물질이 연소하는 현상이기에, 역시 일종의 물리 화학적 현상이다. 일본에 특히 많다. 그런데도 일본의 과학자로서 화재를 연구하는 사람이 적다는 사실은 신기하다. 서양의 대학 어디에도 아직 화재학이라는 이름의 강의를 하는 곳이 없기 때문인지도 모른다. 그것은 차치하고, 크게 조심하지 않으면 백화점이라는 곳은 몹시도 교묘한 대량 살인 기계가 될 공산이 크다. 연료를 가득 싣고 있는 데다, 발화와 동시에 출구가 사람으로 막히고, 그 살아 있는 마개가 타는 구조로 되어 있기 때문이다. 산불의 경우에는 손해가 막대하지만 거주 인구가 적은 만큼 돈만으로도 해결되곤 한다.

백화점 알프스 정상에서 내려다본 긴자 일대의 광경은, 비행기에서 본 뉴욕, 맨해튼처럼 격심한 요철이 있다. 다만 다른 점은 긴자에서 가장 높은 건물의 높이가 뉴욕 맨해튼의 가장 낮은 건물의 높이에 상당한다는 것이다. 이 뒤죽박죽 섞인 요철에는 '근대적 감각'이 있으며 파리의 대로와 같은 단조로운 지루함이 없다. 자칫하면 눈이 찔릴 듯하다. 또한 잡초가 빽빽한 황폐한 정원을 연상시킨다. 개미와 같은 인간, 곤충과 같은 자동차가 생명을 영위함에 정신이 없는 듯싶다.

높은 빌딩이 들어서는 것은 그야말로 순식간이다. 요술 방망이 혹은 알라딘 램프가 지닌 마법의 힘으로 생각지도 못한 곳에서 껑충껑충 커다란 빌딩이 불쑥 나타난다. 건물은 사실 장기간에 걸쳐 극히 완서하게 지어지는 것이지만 그 누추하고 초라한 눈가림 같은 원칙이 어느 날 돌연 없어졌기 때문이다. 오랫동안 다른 사람의 눈에 띄지 않는 곳에서 꾸준히 공부하며 힘을 기르던 사람이 어느 운명의 새벽에 갑자기 세상으로 얼굴을 내비치는 것과 같다.

네온사인도 여기저기서 마구 늘어나는데 이는 건축과는 다르게 하룻밤 사이에 적은 비용으로 달 수 있다. 그 대신에 몇 분간의 맹렬한 우박이 내리면 아마 절반 정도는 보기 좋게 부서질 것이다. 생각해 보면 네온등이 유행하기 시작한 이래 아직 한 번도 뚜렷한 우박이 내렸던 적은 없었던 듯하다. 그러나 조만간 4~5월경에 뇌우성 불연속선이 형성된다. 이에 따라 비둘기 알만 한 크기의 우박이 한바탕 덮쳐 오면, 긴자 부근은 거의 한순간에 어두워질 것이다. 지금 그 시점을 적확히 예보할 수 있다면 어디서 네온 가스 사재기가 일어날지도 모른다. 그러나 우박이 아니더라도 광풍에 휩쓸린 거리의 잡동사니가 날아와 부딪힌다면 결과는 똑같다. 그때를 위해 지금부터 조심할 생각이 있는 사람은 네온사인을 간단히 철망으로 싸 놓기만 하면 되겠으나, 아무래도 내일을 조심한다는 행위는 그다지 근대적이지 않은 듯하다.

폭풍이 휩쓸고 간 긴자도 지저분하지만 정월 설날의 긴자도 실로 놀랄 만큼 지저분하다. 쇼와 6년 설날의 점심 무렵에 아자부의 친척 집에서 아사쿠사의 친척 집으로 가는 길목에서 긴자를 지나며 본 적이 있다. 황량한, 음산한, 디즈멀 (dismal), 트로스틀로스(trostlos)…… 그야말로 온갖 형용사를 동원해도 표현되지 않을 광경이었다. 평소에는 예쁘게 꾸며진 소매점 앞에는 실로 초라한 메이지 시대의 빈지문이 닫혀 있다. 큰 상점의 쇼윈도에는 칠이 벗겨지고 녹슨 셔터나 더럽혀진 블라인드가 내려져 있다. 섣달그믐에 섰던 노점이 철수한 흔적이 남은 거리에는 휴지 조각이나 짚 부스러기 같은 온갖 쓰레기가 마구 흩어져 있고, 때마침 부는 건조한 찬바람에 먼지 섞인 소용돌이가 일어나며, 도처의 바람이 닿지 않는 그늘엔 먼지 덩어리가 붙어 부들부들 떨며 몸서리쳤다. 말하자면 분이 벗겨지고 틀어 올린 머리가 떨어진, 몹시도 추한 늙은이의 몰골을 대낮에 활짝 내보이는 격이다.

이와 반대되는 매우 아름다운 전망은, 눈 내리는 밤 긴자의 거리 등불에서 드러난다. 온갖 종류의 전기 조명은 눈발이 흩날려 쌓이는 거리에서 최대의 능률을 발휘한다. 네온사인이 가장 아름답게 보이는 때도 눈 내리는 밤이다. 눈 내리는 밤의 긴자는 먼지로 뒤덮인 현실에서 벗어나 평소의 사람 냄새 나는, 왠지 모르게 옛날이야기를 연상시키는 환상적 분위기에 휩싸인다. 번화가의 잡음마저도 평소와는 전혀 다른 음색을 띤다. 쇼윈도 속의 물건들이 믿기지 않는 색채로 빛나는 듯 보인다. 이럴 때 정갈하고 환한 찻집의 따뜻한 스토브 곁 대리석 테이블에 앉아 뜨거운 커피를 홀짝이면 그러한 몽환적 공상을 무르익게 하는 데에 제격이다.

중학교에서 배운 내셔널 리더[166] 시리즈의 『성냥팔이 소녀』의 환각처럼, 커다란 크리스마스트리가 신비하게 빛나는 안개 속에 높이 떠오른다. 온갖 과거의 동경과 미래에 대한 희망을 그 전나무 가지 군데군데에 매달린 형형색색의 장식물 속에서 엿보는 것이다. 사원의 종이 울려 퍼지면 폭죽이 터지

---

166 야마다 출판사에서 펴낸 영어로 된 독본을 가리킨다.

고 '프로짓, 프로짓 노이어.(Prosit Neujahr.)'[167] 하는 소리가 하늘에서도 땅에서도 끓어오른다. 눈썰매 타는 이들에게서 방울 소리가 들려오며, 마을 악대가 연주하는 소야곡에 사람들이 2층 창문으로 얼굴을 내민다. 실없는 환영을 좇는 눈이 유리 선반의 초콜릿으로 옮겨 가자, 거기에 옛꿈의 비스킷 상자 속 우편 마차가 출현했다. 오십 년 전 부모님의 모습이 아른거렸으며, 도모모리로 분한 사단지가 머리를 흩뜨리며 무대에서 춤을 췄다. 커피 맛이 가장 좋을 때가 바로 그때다.

눈이 오거나 으슬으슬한 비가 내리는 날에 왜 커피 맛이 좋은지는 기상학자나 생리학자도 모를 것이다. 습한 공기 때문에 순수한 '갈증'을 느끼지 않아 여유가 생긴 혀의 감각이 특히 섬세해지기 때문인지도 모른다.

긴자에 커피를 파는 곳은 무수히 많지만, 가게마다 전부 맛이 다르고 정말 맛있다 싶은 커피는 매우 적다. 일본 도쿄의 긴자도 의외로 불편한 곳이라는 생각이 들기도 했다. 일본에서 마신 가장 맛있는 커피는 예전에 F화백이 너저분한 화실 구석의 개수대에서 직접 물을 끓여서 내온 것이었다.

커피만이 아니라 백화점의 상품에서도 그렇게 많은 물건들 가운데 내 취향에 맞는 것이 적다는 데 질리는 일이 종종 있다. 커피 잔이나 재떨이가 깨져 새로 사러 가도 손에 잡히는 물건은 대개 보잘것없고 꺼림칙하며, 무익한 장식이 새겨져 있어 살 기분이 조금도 나지 않았다. 넥타이가 너무 낡아서 마음먹고 물색해 봐도, 많은 상품 가운데 손이 가는 물건은 드물다. 이는 나의 취미 기호가 시대에 뒤떨어졌다는 사실을 증명

---

167 '새해를 축하합니다.'라는 뜻의 독일어.

하는 것 이외에는 아무런 의미도 없는 사소한 일이지만, 이 하나의 사소함은 내게 고민을 안겨 준다. 이럴 때, 만일 내가 가장 싫어하는 최신 경향의 물건을 구입해 참고 사용한다면 뜻밖에도 그것이 좋아질지도 모른다. 살풍경하다고 생각한 콘크리트 창고도 눈에 익으면 초라한 오두막과는 또 다른 시정과 골계의 멋을 찾을 수 있다. 전통 무늬의 커피 잔도 익숙해지면 흥미로워질 수도 있다. 그새를 참지 못하고 불평이 나오는 것은 여생이 짧아졌다는 증거인지도 모르겠다. 만일 백 세까지 살 각오가 있다면, 나는 큰맘 먹고 싫은 물건에 익숙해지려고 노력할 것이다. 시대의 알프스를 오르는 데는 역시 수고가 든다. 나도 오래 살 각오로 힘껏 노력해, 젊은이에게 지지않도록 긴자 알프스의 계곡을 오르는 게 좋을지도 모르겠다. 그리고 혹시 일흔이 되면 알프스 안쪽에 자리한 무릉도원의무슨 회관이나 살롱과 같은 쾌활한 선경에서 도원의 봄을 찾으며 불로의 영천을 긷기로 하자.

여덟 살 때에 시작된 내 '긴자의 환영'이라는 필름이 과연언제까지 이어질지, 이는 아무도 모른다. 사람은 늙지만 자연은 되살아난다. 한 번 모습을 감췄던 긴자의 버들이 작년 여름 즈음부터 다시 거리에 우아한 녹음의 실을 드리웠고, 올해엔 옛꿈의 철도마차 대신에 지하 철도가 개통하였으니, 긴자는 점점 입체적으로 생장할 것이다. 백 살까지 살진 못하더라도 긴자 알프스의 꼭대기에 비행기 정거장이 생기는 것은 그리 먼 얘기가 아닐지 모른다. 그러나 만일 자연의 역사가 반복된다면 20세기 말이나 21세기 초까지 분명 간토 대지진 같은 지진이 한 번 더 올 것이다. 그때 긴자의 운명은 어떻게 될까? 그때를 위한 대비는 지금부터 해야만 한다. 그러나 아쉽게도 그 무렵의 도쿄 시민은 대지진 따위는 말끔히 잊었을 것이다. 그 대신에 지진 발생 시에 재해를 조장할 온갖 위험한 시설만 쌓아 두었을 터다. 그것을 감독해 비상시를 대비하는 것이 지진국 일본의 위정자의 중대한 임무여야만 한다. 그런데도 오늘날 정치에 임하는 사람 가운데 지진을 국가의 안위와 연관 지어 문제시하는 사람은 없는 것 같다. 그러니 시민 스스로라도 지금부터 충분한 각오를 다지지 않는다면, 어렵게 축조한 긴자 알프스도 언젠가는 다시 초토와 철근의 해골 사막이 될지 모른다. 그것을 예방할 산 제물 대신에 지금 당장 교바시와 신바시 다리의 중심부에 비석을 하나씩 세워, 그 동판 표면에 '잠깐, 대지진 준비는 됐나?'라는 의미의 경구를 새겨 넣으면 좋을 듯싶다. 그러나 그 앞을 지나는 사람이 모두 택시에 타고 있다면 이 역시 아무런 도움이 되지 않을 것이다. 오히려 그러한 비명을 긴자 알프스의 이어진 봉우리 정상마다 가장 눈에 띄기 쉬운 형태로 두는 편이 효과적일지도 모른다. 인간과 동물의 차이는 내일을 생각하느냐 하지 않느냐에 달려 있다. 이렇게 세심히 마음을 쏟는 것도 다이쇼 12년의 지진 화재를 체험해 온 현재의 시민이 가질 의무가 아닐까 싶다.

뜰의 추억

고향 집을 빌린 T씨로부터 엽서가 왔다. 평소 그다지 편지를 주고받지 않던 이에게서 온 드문 서신이라 무슨 용무인가 싶어 얼른 읽어 보았다. 고향의 '화가 후지타'라는 사람이 필자의 옛집, 그러니까 지금 T씨가 사는 집의 뜰에 있는 단풍을 사생한 유화가 다른 한 점과 함께 현재 우에노에서 개최 중인 국전(国展)[168]에 출품되어 있을 테니, 시간이 나면 한번 보러 가 보는 게 어떻겠느냐는 친절한 알림이었다. 재빨리 길을 나서서 가 보니, 오래 찾을 것도 없이 바로 2실에서 그 그림을 맞닥뜨렸다. 그것인 줄 깨달았을 때에는 조금 신기한 기분이 들었다. 말하자면 몇십 년이나 만나지 않은 소년 시절의 친구와 대면한 듯한 느낌이었다.

「가을 뜰」이라는 제목의 상당히 큰 족자다. 화폭에 온통 붉고 노란 색채가 넘쳐흘러 보는 것조차 눈부실 정도였다. 그래서 얼핏 본 것만으로는 그것이 내가 옛날에 보았던 뜰인지

---

168 1918년에 결성된 국화창작협회(国画創作協会)의 전람회.

납득되지 않았다. 그런데 잠깐 보는 사이에 가장 먼저 눈에 띈 것은 화면의 가운데 아래에 있는 장방형 징검돌이었다.

그 돌은 원래 어느 돌다리에 쓰이던 것을 아버지께서 파내 오셔서는 그 위치에 박은 것이다. 내가 철이 들고 나서의 일이었다. 그 돌의 가운데쯤에 조금 팬 데가 있는데, 거기에 자주 빗물이나 뿌린 물이 고여 하늘빛을 반사했던 기억이 난다. 어쩌면 그건 그 돌 옆에 있던 편마암 징검돌이었을 수도 있다. 벌써 이만큼 내 기억이 희미해진 것이 서글펐다.

그 그림에서도 장방형 징검돌 위에 분재와 수반을 나란히 둔 것이 꼭 예전 그대로인 것 같았지만, 그 분재와 수반도 예전의 것이 그대로 남아 있을 리는 없다. 그런데도 신기한 착각이 들며 그것이 이십 년 전과 조금도 다르지 않은 것만 같은 기분이 들었다.

원래는 그 징검돌 바로 옆에 호리한 녹나무가 한 그루 있었다. 얼룩 조릿대였나 자금우였나, 어느 산에서 캐 온 식물에 달라붙어 옮아온 작은 씨앗이 자연스럽게 큰 것이었다. 처음에는 겨우 한두 치이던 것이 한두 자가 되고, 네다섯 자가 되더니 이윽고 집의 차양보다 커져 버렸다. 뜰의 평탄한 부분 한가운데에 그것이 깃대처럼 선 모습이 아무래도 조금 거슬려 보였지만, 식물을 마치 동물과 똑같이 생각하고 애호하던 아버지께서는 그것을 베기는커녕 옮겨 심으려고도 하지 않으셨다. 그러나 아버지께서 돌아가신 뒤에 가족 전부가 도쿄로 이사하고, 옛집을 다른 사람에게 빌려주고 하면서 어느샌가 그 녹나무도 베어지고 말았다. 그 때문에 「가을 뜰」의 화면에 그것이 보이지 않는 것은 당연하다. 그런데 그 탓에 묘하게 뭔가 부족하고 허전하게 느껴졌다.

그다음에 눈에 띈 것은 화면의 오른쪽 모서리에 있는 석등이다. 여름의 해 질 녘에는 항상 뿌리다 남은 물을 그 석등의 머리에 내리부었다. 돌에 예스러움과 고아한 정취를 더하기 위해서라는 것이었다. 그리고 또 저기압이 와서 바람이 거세질 듯하면 아버지는 밤중에라도 상관없이 우비를 입고 나가 남자 하인과 둘이서 그 석등롱 옆에 있던 몇 그루의 큰 오동나무를 삼노끈으로 모아 묶었다. 나무가 흔들려 석등을 넘어뜨리는 것을 우려했기 때문이다. 그 오동은 화면의 바깥에 있는걸까, 어쩌면 벌써 오래전에 없어졌을지도 모르겠다.

화면의 왼쪽 위에는 구불구불한 가지의 활엽수가 있었다. 그 가지의 모양새를 보자 오래된 기억이 번쩍 되살아나, 그것이 떡갈나무임을 깨달았다. 딱 이맘때 단오떡을 만드는데, 그 잎을 따 와 깨끗이 씻어 낸 것을 소쿠리에 한가득 담는다. 그리고 그것을 하나씩 들어 떡을 감싸던 일을 꽤 실감나게 떠올릴 수 있었다. 고물을 넣은 떡 말고도 다양한 모양의 질그릇 틀에 떡갈나무 잎을 깔고 쌀가루 반죽을 올려 쪄낸 시루떡에 치자를 이긴 노랑 물감을 부어 물들이곤 했다.

옛집 바로 앞의 석가산 꼭대기에는 내가 어렸을 적만 해도 큰 밤나무가 있었는데, 그 나무는 내가 성장에 감에 따라 점차 노쇠하며 고사해 갔다. 그림에서 보니 석가산에 심긴 것으로는 철쭉만 옛날 그대로 남은 듯하다. 한편 그림의 주제인 단풍이 내게는 매우 진귀하게 여겨졌다.

아마 나의 중학교 시절 후반부 즈음이었을 터다. 아버지께서 도쿄의 친구에게 부탁해 '대배'라는 종류의 단풍 묘목을 여러 개 가져오게 하여 저택 곳곳에 심으셨다. 내가 고등학교에 입학하면서 고향을 떠난 뒤, 여름 방학에 귀성해서 볼 때마다 눈에 띄게 자라 있었다. 그런데 중요한 단풍철에는 항상 고향에 없었기 때문에 단 한 번도 그 서리를 인 절정의 빛깔을 볼 기회가 없었다. 대학 2학년에서 3학년이 되는 여름 방학에는 귀성 중에 병이 들어 일 년간 휴학을 했는데, 그 기간에도 쭉 스사키[須崎] 해변으로 거처를 옮겨 머물렀기 때문에 역시 단풍의 절정을 보지 못했다. 우연히 초겨울에 잠시 집으로 돌아왔을 때, 단풍은 이미 거의 져 버리고 검붉은 빛으로 바싹 오그라든 단풍이 조금 남아 있었다. 그것이 뜰의 나무들 사이로 드문드문 보이는 모양에, 져 버렸어도 역시 단풍은 아름답다고 생각한 적이 있다. 그것을 마지막으로 내 뜰에서 단풍이라는 것을 본 적이 없다. 어느덧 삼십 년이 지난 오늘, 내 뜰의 단풍을 도쿄에서, 그것도 생각지도 못한 우에노의 미술관에 걸린 족자 속에서 찾아낸 것이다.

태어나기 전에 헤어진 아들과 삼십 년 후에 처음으로 우연히 만난 사람이 있다면 어떤 마음이 들까. 상상할 수는 없지만 이와 다소 비슷하지 않을까 싶은 신기한 마음을 품으며 그 그림 앞에 내내 서 있었다.

차남이 태어난 지 사십 일째에 서양으로 유학을 나갔다가 이 년 반 뒤에 귀성했을 때의 일이다. 배가 선창에 당도하자 가족과 친척 여러 명이 마중을 나와 있었다. 누님이 낯선 아이를 업고 있기에 이게 누구냐고 물으니 모두가 웃음을 터트렸다. 그게 틀림없는 내 자식이었던 것이다. 그것이 그렇게 되었다고 듣기가 무섭게 삼 년 전 아기의 얼굴과 도쿄 하라마치의 생활이 번갯불처럼 뇌리에 번쩍였다.

그림에 대한 지금의 내 마음 역시 이와 조금 비슷하다. 처음 본 순간에는 알아볼 수 없었던 옛날 우리 집의 뜰이, 틀어져 있던 렌즈의 초점이 맞춰지듯 점차 또렷이 눈앞에 나타났다.

단 한 장의 징검돌 겉면만 해도, 다 헤아릴 수 없는 희로애락과 여러 추억의 장소를 비춰 낼 수 있다. 여름 방학에 고향에 있는 동안에는 매일 밤 다다미방의 툇마루에 앉아 무더운 밤의 수풀에서 덮쳐 오는 모기를 부채로 쫓으면서, 부모님과 많은 이야기를 나눴다. 그때 언제나 눈앞에 땅거미가 깔린 뜰의 한가운데서 희읍스름하게 보이던 것이 그 장방형의 화강암 징검돌이었다.

특히 생생히 떠오르는 것은 같은 툇마루에 가만히 앉아 있던 유카타 차림의, 이제는 가 버린 지도 먼 옛날이 된 애젊은 모습을 한 아내의 기억이다.

징검돌 옆에 우뚝 솟은 녹나무 가지에 우기를 띤 큰 별 하나가 늘 언제나 걸려 있었던 듯한데, 그것도 이젠 정말로 꿈과 같은 기억이다. 그 시절의 기억과 떼려야 뗄 수 없이 맺어진 우리 아버지도, 어머니도, 아내도, 하인들도 이제 모두 이 세상에 남아 있지 않다.

국전의 회장을 대강 둘러보고 집에 오는 길에 한 번 더 그 「가을 뜰」 그림 앞에 서서 '젊은 날의 추억'에 작별을 고했다. 회장을 나오자 상쾌한 초여름 바람이 우에노 숲의 어린잎을 건너와, 살아 있다는 기쁨을 새삼 사무치도록 내 가슴에 불어넣는 듯했다. 지난해의 어린잎이 올해의 어린잎으로 되살아나듯, 한 사람의 과거는 그 사람의 추억 속에 언제까지나 예전 그대로 되살아난다. 하지만 내가 죽으면 내 과거도 죽어, 온 세상의 어린잎과 단풍은 더는 내게 돌아오지 않는다. 그래도 아직 당분간은 살아남은 가족들의 추억 속에 희미한 잔상처럼 깜빡일지도 모른다. 죽은 나를 남의 마음속에 되살리고 싶은 욕망이 없어진다면 온 세상 예술의 절반 이상이 없어질지도 모른다. 나만 해도 이런 창피한 수필 따위는 쓰지 않았을지 모른다.

　　이런 쓸데없는 생각을 하면서, 어슬렁어슬렁 야마시타[169] 쪽으로 내려갔다.

169　도쿄 주오 구 긴자 쪽 방향.

첫 여행

어린 시절에 부모님의 손에 이끌려 떠난 길고 짧은 많은
여행은 제쳐 두고 혼자서, 즉 진정한 의미의 첫 여행을 한 때
는 중학교 시절 후반이었다. 청일 전쟁 전이었을 테니 아마 메
이지 26년 겨울 방학, 그것도 한 해가 끝나 가는 세밑이었을
것이다. 나보다 한 살 위인 조카 R[170]과 둘이 고치에서 무로토
곶까지 왕복 사오일의 나들이를 떠났다. 그 시절에는 당연히
자동차는커녕 승합 마차조차 없었고 연안을 오가는 기선도
없었다. 여행의 목적은 만일 운이 좋다면 고래잡이 광경을 볼
수 있다는 것과 우리 조상님 가운데 무로토 곶 히가시데라〔東
寺〕의 주지였던 사람의 묘가 거기에 있으니 성묘를 하고 오라
는 아버지의 명을 받았기 때문이었다.

중학교에는 아직 양복으로 된 제복이 없던 시절이었다.
'中'이라는 글자를 별 모양 휘장에 단 제모를 쓰고, 감색 면
포의 하카마를 입고 각반에 짚신을 신고, 거기다 구루메가스

---

170 고마의 맏아들 벳차쿠 레이후〔別役励夫〕.

리[171] 무명으로 만든 하오리 차림이었을 것이다. 그리고 털실로 짠 심히 기다란 하오리 끈을 달았으리라 상상된다. 그것이 그 시절의 시골 중학생에겐 하이칼라였고, 시크하고 모던한 복장이었기 때문이다.

첫째 날은 모노베가와를 건너 노이치 시의 사촌 누님 집에서 묵고, 다음 날 밤은 가료고에서 묵었다. 그리고 셋째 날 밤에야 겨우 무로쓰의 마을에 다다른 것 같다. 이튿날에는 히가시데라에서 조상님인 잇카이 화상의 묘를 찾고, 무로토 곶의 황량하고 웅대한 풍경을 바라보았다. 옛날에 이 항구의 제물로써 할복한 의인의 비석을 읽기도 했다. 그런데 아쉽게도 머무르는 동안에 고래는 끝내 한 마리도 보지 못했다. 다만 다섯 가지 색으로 칠해진 진귀한 형태의 포경선을 수첩에 스케치했을 뿐이었다. 아버지께서는 유신 전에, 이른바 오쿠지라카타(御鯨方)[172]의 통제 아래서 이뤄진 포경의 장관과 대어 후의 흥청거리는 향연을 여러 번 목격하고 체험하셨기 때문에 출발 전에 그 이야기를 질릴 만큼 들려주셨다. 그래서 굉장한 기대와 동경을 가지고 길을 나섰는데, 운이 나쁘게 고기잡이가 없어서 해변은 썰렁할 정도로 조용했다. 하지만 지금에 와서 생각해 보니, 그랬던 덕분에 내 머릿속에 아버지의 언어로 그려진 봉건 시대 포경의 장관이 매우 선명하게 남아 사십 년이 지난 지금도 보존되어 있는 것이다.

무로쓰의 여인숙 주인은 나이깨나 든 할머니였는데 두 중학생의 첫 여행을 대견하게 여겨 크게 환대해 주셨다. 그리고

---

171 규슈 구루메 지방에서 나는 튼튼한 무명. 감색 바탕에 흰 점무늬가 있다.
172 포경을 관리하던 에도 시대의 관청.

"진귀한 것을 보여 주지."라고 말씀하시며 한 권의 그림 두루마리를 가져오셨다. 몹시 귀중한 듯 보였는데 남몰래 보여 준다는 조건이 붙었던 것 같다. 아쉽게도 자세한 기억은 나지 않는데, 상괭이[173] 종류의 정교한 사생도가 나열되어 있어서 눈이 휘둥그레졌던 것 같다. 할머니의 허락을 받았는지 어쨌는지는 기억나지 않지만, 그것을 보기만 하지 않고 둘 다 사생첩속에 그 주된 부분을 베꼈다. 그 고래 그림의 두루마리를 베낀 것과 예로부터 벼루로 유명한 교토 곳의 스케치 그리고 우리 조상님이 그린 잇카이 화상의 묘 그림이 고향 집에 보존되어 있을 텐데, 벌써 없어져 버린 건지 아니면 지금도 곳간 어딘가에 숨겨져 있는 건지 확실치 않다.

그 고래 그림 두루마리는 아마 옛날의 오쿠지라카타에 전해지던 귀중한 전서 같은 것이 아니었을까 싶다. 그 두루마리가 그로부터 사십 년의 세월 사이에 어떤 운명을 거쳤을까. 혹시 이 글의 독자 가운데 그 지역에 연고가 있는 분이 계셔서 그 귀중한 문헌의 소재를 밝혀낼 수 있다면 좋겠다. 그리고 만약 지금도 없어지지 않았다면 그것을 영구히 안전한 장소에 두어, 뜻있는 자는 언제든 볼 수 있도록 신경을 써 주신다면 매우 행복하겠다.

실례되는 이야기이지만 무로토 여인숙의 숙박료가 11전이었던 것이 기억난다. 큰 대접을 받았고, 곁상이 따라 나온 풍족한 저녁 식사까지 내주셔서 주머니 사정을 염려하지 않았나 싶다. 그래서 그것을 분명히 기억하는지도 모른다. 도중의 점심은 한 사람당 5~6전이었던 것 같다. 어디서 점심을

173 쇠돌고래과의 국제 멸종 위기종 고래.

먹으며 조카가 나보다 밥을 한두 그릇 많이 먹어서 나보다 1전을 더 많이 냈다. 아버지의 명령으로 값은 내가 치르기로 되어 있었는데, 조카가 몹시 풀이 죽어 난처해하던 기억이 떠오른다. 부끄러운 비밀 이야기다.

무로토 곶이 일본을 대표하는 절경 중 하나가 된 뒤로 관광객이 갑자기 많아졌다고 한다. 여전히 기차는 개통되지 않았지만, 자동차나 기선으로 편하게 당일치기를 할 수 있다고도 한다. 그 대신에 이제 11전은 숙박료로 충분하지 않을 것이다. 고래잡이도 벌써 오래전에 노르웨이식으로 변해 버렸을 터라, 내가 아버지께 들은 아름답고 용맹한 꿈 이야기는 그야말로 영원한 꿈 이야기가 되어 버렸을 것이다.

조카 R이 죽은 지 벌써 이십 년 남짓이기에 당시의 추억 이야기를 나눌 상대도 없다. 그래서 이 추억에는 많은 착각이 있으리라 생각한다.

흡연 사십 년

처음으로 담배를 핀 것은 열대여섯 살 즈음인 중학교 시절이었다. 나보다 한 살 연상인 조카 R이 담배를 피며 양쪽 콧구멍으로 하얀 연기를 위세 좋게 뿜는 것이 신기해 부러웠던 모양이다. 그 시절에 중학생이 흡연하는 것은 전혀 드물지 않았고, 아버지께서 굉장한 애연가였기 때문에 부모님의 허락을 얻는 데도 아무런 어려움이 없었다. 가죽으로 된 지갑 같은 모양의 담뱃갑에 놋쇠로 된 작두콩 깍지 모양의 담뱃대를 사주셔서 어깨가 으쓱했다. 또 '도란〔胴乱〕'이라고 해서 오동을 벗겨 인갑처럼 만든 담뱃갑을 대나무 담뱃대 통에 달고 허리에 차는 것이 당시 학생들 사이에 유행했다. 혈기 왕성한 남쪽 바다의 건아 가운데는 그것을 무기의 일종으로 생각한 사람도 있었던 것 같다. 여하튼 그 도란을 받고 기뻐했던 것이다.

처음에는 연기를 목으로 삼키면 숨이 콱콱 막혔고, 목과 콧속이 모두 아파 애를 먹었다. 나를 두 손 들게 한 것은 뱃멀미를 하는 듯 속이 안 좋아져 토할 것만 같은 느낌이었다. 변소에 들어가 웅크리고 있으면 낫는다기에 그렇게 실행한 것은 확실한데, 그것이 얼마나 효과가 있었는지는 기억나지 않는다. 그리고 식사를 하면 쌀밥이 희한하게 쓴 것이 담뱃진을 핥는 듯했다. 정말이지 무엇 하나 좋은 게 없었는데 왜 그것을 참으며 온갖 어려움을 극복했는지 모르겠다. 좌우간 그것을 이겨 내고 아무렇지 않게 콧구멍으로 연기를 뿜지 못하면 어른 대접을 받지 못할 것만 같은 기분이 들었음은 분명하다.

담배는 '고쿠조고쿠부〔極上国分〕'라는 붉은 글자를 조잡한 목판으로 찍은 종이봉투에 든 살담배[174]였는데, 물론 고쿠부[175]에서 썬 것이 아니라 근처의 담배 가게에서 썬 것이다. 천장에 장대로 연결된 작두 같은 것으로 쓱쓱 담배를 써는 모습이 거리에서 보였다. 생각해 보면 실로 원시적인데 아마 담배가 전래된 이래로 그대로 써 온 기구였을 것이다.

농부 가운데는 아직도 부싯돌 꾸러미로 불을 붙이는 사람이 있었다. 그게 부러워서 따라 해 본 적이 있는데, 좀체 호흡을 맞추기가 어려웠다. 결국은 양손의 손가락을 다치기만 하고 만족스럽게 목적을 달성할 수가 없었다. 신을 모셔 둔 감실의 등명을 켜기 위해 쓰는 부싯돌의 손잡이에는 커다란 나무 널조각이 달린 부시가 있었고, 부싯깃도 다량으로 있어서 불 붙이기가 쉬웠다. 하지만 흡연용은 작은 부시의 대가리를 손끝으로 집어 부싯돌에 내리쳐서 불을 만들고, 돌에 붙은 얼마 없는 부싯깃으로 그 불꽃을 키워야 하니 어려운 것이다.

불이 남은 담뱃재를 손바닥에 올리고 굴리면서, 그것으로

---

174 칼 따위로 썬 담배.
175 현재의 가고시마 현 기리시마 시의 옛 이름으로, 옛날에 담배 제조 등 1차 산업의 중심지였다.

다음 한 대에 불을 붙이는 신기(神技)도 따라 했다. 그리 어렵지는 않았지만 가끔 매우 뜨거웠던 게 생각난다. 역시 그것을 못 하면 어른 대접을 받지 못할 것 같은 기분이 들었던 모양이다. 바보 같은 이야기지만, 그 바보 같은 마음이 사라지지 않은 덕분에 이 나이까지 어려운 학문의 수업을 계속해 왔는지도 모른다.

담배설대 한가운데에 손가락 세 개를 수직으로 대고 담뱃대를 수직축 주위로 회전시키는 신기도 하지 못하면 체면이 서지 않았다. 이것도 참 바보 같은 짓이었는데, 훗날 기계를 만지기 위한 손가락 훈련에 조금 도움이 되었는지도 모르겠다. 대통에 검지를 넣고 공중에서 원을 그려 담뱃대를 프로펠러처럼 회전시키는 곡예 덕에, 물리에서 원심력을 배우기도 전에 이미 실험만은 졸업해 두었다.

늘 같은 설대 장수가 순회해 왔다. 담배는 전매가 아니었고 다른 장사와 경쟁 관계가 없던 시대였다. 그 설대 장수는 어딘가 특이한 사내였다. 몸집이 작긴 했지만 참하고 고상한 얼굴이었으며 말씨도 천박하지 않았다. 그리고 상당히 수준 있는 거리의 철학자로 여러 흥미로운 논평을 던지는 사내였다. 밴드가 풀린 지저분한 쥐색 펠트 모자를 늘 눈까지 깊숙이 눌러 썼다. 그래서 그의 정수리에 머리가 있는지 없는지를 확실히 아는 사람은 아무도 없다는 이야기마저 있었다. 그 시절의 설대 장수는 지금처럼 '삐삐' 하고 기적을 울리며 수레를 끌고 오지 않고 멜대에 장사 도구를 매달아 메고 왔는데, 어떤 도구가 있었는지는 확실히 기억나지 않는다. 다만 그의 도구는 죄다 조상 대대로 백 년 넘게 써 온 것이었다. 오래 길이 들고 손에 닳은 도구에는 인간의 혼이 들어가 있는 것 같다. 그

설대 장수의 도구 하나하나에도 '개성'이 있었다. 붉게 녹슨 쇠 화로에 숯불을 넣어 놓고, 담뱃대의 댓진을 청소하는 철사를 달구거나 새로운 대나무 설대를 끼워 넣기 전에 그 끝부분을 화로의 뜨거운 재 속에 잠시 묻어 무르게 했던 것 같다. 물러진 대나무 끝을 둥근 구멍을 뚫은 떡갈나무 판자에 쑤셔 넣고 비비 뒤튼 뒤에 차례로 점점 작은 구멍에 밀어 넣으며 길들이면 대나무 끝이 조금 잘록해지며 가늘어진다. 그것을 담배통 구멍에 겨눠 두고 다른 끝을 딱따기 조각 같은 봉으로 두드려 끼운다. 그리고는 같은 방식으로 물부리 쪽을 두드려 끼우는데, 큰북의 채처럼 봉을 휘두르는 그 손놀림이 매우 신명 나는 구경거리였다. 또 그 탁탁 두드리는 소리가 강 저편의 울타리에 부딪쳐 메아리치는 것 같은 기분이 들 만큼 선명한 인상으로 남아 있다. 이 추억은 강가에 우거진 멀구슬나무 꽃이 나풀나풀 떨어지는 여름 한낮의 장면으로 남았다.

아버지께서는 골동품 수집이 취미셨던 만큼 담배 도구도 꽤 희귀한 물건을 가지고 계셨다. 그중에 쇠 담뱃대의 물부리에 순금 꼭지쇠가 달린 것이 있었는데 금 부분만 따로 나사로 떼어 낼 수 있도록 되어 있었다. 설대 장수에게 도둑맞을 우려가 있어서 떼어 내고 넘기는 습관이 있으셨던 것 같다. 어린 마음에 그것이 조금 어색하게 느껴졌다. 그 때문은 아니지만, 나는 여태껏 담뱃대만이 아니라 시계나 단추도 금이나 백금으로 된 물건을 가질 마음이 들지 않는다.

궐련을 피우기 시작한 것도 역시 중학교 시절 한창때 즈음이었던 같다. 우리 집에는 도쿄 히라카와초의 쓰치다라는 집에서 제작한 지궐련을 항상 산더미처럼 쟁여 두었다. 히라카와초는 내가 태어난 동네라서 기억에 남아 있다. 핀헤드나

선라이즈, 그 뒤로는 또 선라이트라는 향료를 넣은 양절 담배 [176]가 유행하기 시작해서 지금의 골든뱃과 체리의 선구자가 되었다. 그중에 어느 것이었는지, 도쿄의 명기(名妓) 사진이 담뱃갑에 한 장씩 들어 있었는데 '폰타'[177]나 '오쓰마'[178]라는 이름이 시골 중학생 사이에도 널리 선전되었다. 담배의 맛도 역시 다디달고 끈적한, 저가 향수 같은 맛이 났던 것 같다.

지금의 아사히, 시키시마 담배의 조상으로 여겨지는 덴구 담배가 청일 전쟁 이후에 번성한 건 아니었던 듯싶다. 빨간 덴 구, 파란 덴구, 은 덴구, 금 덴구라는 순서로 담배의 품질이 높 아졌는데 그 포장지의 의장도 이름에 걸맞게 저속했다. 원 안 에 열십자가 들어간 문양과 함께 덴구가 그려져 있었던 것 같 다. 그러한 속된 취미는 자칫 베르테리즘[179]이라는 아편에 취 할 위험을 지니고 있던 그 시절 청년의 눈을 속세로 향하게 했 는지도 모르겠다. 열여덟 살의 여름 방학에 도쿄로 놀러 와 오 와리초 1가에 신세를 지고 있던 시절, 긴자 거리를 마차로 지 나는 붉은 옷의 이와야 덴구 마쓰헤 씨를 본 기억이 있다. 긴 자 니초메 주변의 동쪽에 가게가 있는데, 붉은 바름벽의 처마 위에 커다란 덴구의 얼굴이 그 방약무인한 코를 거리 위로 내 밀고 있었던 것으로 기억한다. 마쓰헤 씨는 둘째 부인 밑으로

---

176 필터가 달리지 않은 궐련으로 양쪽이 잘려 있는 것이 특징이다.

177 가시마 에쓰(鹿嶋ゑつ, 1880~1925): '폰타(ぽん太)'라는 이름으로 메이지 시대 에 인기를 누린 신바시 게이샤다.

178 오쓰마(お妻, 1872~1915): 1891년에 아사쿠사에서 열린 미스 콘테스트를 통해 이름을 알렸다. '검은 머리를 풀어 헤친 오쓰마(洗い髪のお妻)'라는 별칭으로도 불렸다.

179 병적일 정도로 감상적인 상태. 극히 감상적인 연애 중심주의.

몇십 명의 부인을 거느린 일본에서 제일가는 대가족의 가장이라는 가십도 들었는데 사실은 알지 못한다.[180] 좌우간 요즘으로 보자면 소위 투지 왕성한 용사였다. 지금이라면 일부 인사의 존경의 대상이 되었을 텐데 아쉽게도 조금 시대를 앞섰기에 젊은 베르테르와 루딘들에게는 심히 멸시를 당했던 것 같다.

얼마 전에 열린 '담배 전람회'에서 이 덴구 담배의 표본을 재회하고 정말로 눈물이 날 정도로 반가웠는데, 아마 나만 그렇지는 않았을 것이다. 덴구가 반가운 것이 아니라 옛 시절의 나를 둘러싼 환경을 다시 만난 일이 반가웠던 것이다.

관제담배가 생긴 무렵의 기억은 완전히 공백이다. 그러나 서양에서 이 년 반을 지내고 돌아오는 길에 시애틀에서 닛폰 유센[181]의 단바마루를 타고 오랜만에 피운 시키시마에서 지독하게 종이 맛이 났다. 도무지 그게 담배라고는 생각되지 않을 정도였다. 그때의 희한한 기분은 잊을 수가 없다. 그런데 그것도 하루가 지나자 바로 익숙해졌고 일본인이 피는 시키시마의 맛을 완전히 되찾을 수 있었다.

독일 체류 중에는 양철갑에 든 '마노리'라는 것을 늘 피웠다. 한번은 하숙집의 노처녀들과 이야기하고 있었는데, 누가 재밌는 이야기를 하며 "에스 이스트 야 마노리." 하는 말을 하기에 그게 무슨 뜻이냐 물으니 '우스운 일이야.'라는 의미의 유행어라고 한다. 어떻게 '마노리'가 '우스운 일'이 되느냐고 물어보았지만 요령부득이었다. 이후로 그 의문을 멀리 일본

---

180 실제로 본처와 애인들 사이에서 태어난 자식이 쉰세 명에 이른다고 한다.

181 일본의 3대 해운 회사의 하나.

까지 가져와 깊이 간직하다 잊어버리고 말았다. 전매국 사람에게 물어보면 알 수도 있겠지만, 어쩌면 내가 속아 넘어간 것인지도 모르겠다.

독일은 엽궐련이 값싸서 애연가에게 낙원이었다. 이삼십 페니히[182]로 꽤 많이 사서 피울 수 있었다. 마차부나 노동자가 피는 좀 더 싼 엽궐련 중엔 무는 쪽으로 짚이 튀어나온 것도 있었는데 그것은 피워 본 적이 없다.

베를린의 미술관 입구 근처의 벽면엔 조그맣게 각진 금속판이 촛대처럼 튀어나와 있었다. 이게 뭔가 했는데 입장객이 피다 만 시가를 놔두는 선반이었다. 불이 붙은 것을 거기에 올려 두면 조금 있다 자연히 꺼진다. 그 상태로 주인이 관람을 마치고 다시 나오기를 기다리는 시가의 휴게소다. 일본의 미술관이라면 어떨까. 들어갈 때 둔 담배가 나올 때 주인의 손으로 돌아올 확률은 적어도 1910년 즈음의 베를린보다는 적을 것이다. 세계대전 이후로 베를린의 그 시가 휴게소가 어떤 운명을 맞았는지에 대해선 아직까지 들을 기회가 없었다.

베를린에서도 전차 안은 금연이었지만 차장실은 흡연자를 위해 개방되어 있었다. 중산모자를 살짝 뒤로 젖혀 쓴 뚱뚱한 중년 남자가 커다란 엽궐련을 물고 차장실에 기댄 모습은, 그 무렵 베를린 풍속화에 나올 법한 흔한 풍경이었다. 어딘가 여유로운 데가 있는 풍경이지만 일본의 전차에서는 허락되지 않는다. 언젠가 스다초에서 환승할 때에 담배 생각이 나 엽궐련을 사서 불을 붙였는데 그 때문에 전차표를 뺏기고 니혼바시까지 걸어가고 말았다. 나쓰메 선생님께 이 이야기를 하니

182 당시 독일의 화폐 단위. 100분의 1마르크에 해당.

곧바로 당시 쓰시던 소설의 소재로 활용하셨다. 이것은 '스나가〔須永〕'[183]라는 그다지 훌륭하지 않은 작중 인물의 소행으로 후세에 전해지고 말았다. 이 때문은 아니지만 거리에서 엽궐련을 피우는 일은 끊어 버렸다.

독일에서 파리로 갔는데 포도주가 싼 대신에 담배가 비싸 깜짝 놀랐다. 듣자 하니 정부 전매라서 그렇다는 것이었다. 게다가 파리에서 런던으로 건너간 뒤에 일본에서 오는 돈을 받을 계획이었던 터라, 파리에 체류하는 동안에는 주머니 사정이 극도로 좋지 않았다. 그것도 그렇지만 결국 담배 전매 때문에 그곳에 호감을 갖지 못했던 것 같다. 성냥도 비쌌던 것 같은데, 그보다 성냥을 프랑스어로 배워 오는 것을 깜빡한 탓에 파리에 도착하자마자 당혹스러움을 느꼈다. 독일에서 가르침을 준 프랑스어 선생이 담배를 피우지 않았던 것이 문제였다. 하여간 돈도 없는데 비싼 담배를 피우고 비싼 마롱 글라세[184]까지 먹은 것 때문에 지금도 가끔 서양에서 돈을 다 써 갈팡질팡하는 꿈을 꾼다. 대개는 위 상태가 좋지 않을 때였던 것 같은데 그런 꿈속에서는 꼭 굉장히 유창하게 독일어가 되는 것이 신기하다. 파리에서 돈이 적었던 것과 말이 자유롭지 않았던 것, 두 쪽으로 쓸데없이 신경을 써서 그런지 뇌수 한 구석에 희미한 자국처럼 남은 모양이다. 심리 분석 연구가의 연구 소재로 이 꿈을 제공한다.

서양에 있는 동안엔 파이프에 손대지 않았다. 당시 독일이나 프랑스에서는 그다지 유행하지 않았던 것 같다. 런던의

---

183 나쓰메 소세키의 소설 『피안 지날 때까지〔彼岸過迄〕』에 등장하는 인물.
184 단밤을 설탕 시럽에 조린 프랑스 과자.

숙소에 같이 묵은 한 노옹이 저녁 식사 뒤에 스토브 앞에서 맛좋은 듯이 파이프를 피우며 우리 일행인 다도코로 씨를 붙들고 "미스터 타케도로"라고 부르고는 자꾸만 아일랜드 문제를 논했다. 그 '타케도로'에 일본인들은 모두 웃음을 터뜨렸는데 노옹은 뭐가 웃긴 것인지 짐작도 못 했을 터다.

아인슈타인이 도쿄에 왔을 즈음부터 우리 동료들 사이에서 파이프가 유행하기 시작한 것 같다. 그러나 파이프 도락은 나 같은 게으름뱅이에게는 맞지 않다. 결국 관리가 필요 없는 '아사히'가 최고였다.

가장 맛있는 담배는 역시 정신없이 열심히 일하고 녹초가 된 뒤에 피우는 담배일 것이다. 일하는 틈에 몰래 피우는 담배도 마찬가지다. 학창 시절의 일이다. 깊은 밤에 천문 관측을 하게 되면 역표에서 적당한 별을 골라 망원경의 눈금을 맞춰 두고, 째깍거리는 크로노미터 소리를 헤아리면서 목표인 별이 시야에 들어오기를 기다린다. 그 아슬아슬한 일이 분 사이에 몰래 담배에 불을 붙였다. 살이 에일 듯한, 추운 서리 내리는 밤이 깊어지고 슬슬 배가 고파질 무렵에 피우는 담배는 신기한 위안을 주는 영약이었다. 이윽고 별이 보이기 시작해도 입에 문 담배를 버리지 않고 망원경을 들여다본다. 그러다 연기가 올라와 눈을 자극하는 바람에 중요한 순간에 별의 통과를 읽지 못하기도 했다. 나중에는 이것에 진저리가 나서 바로 이때다 싶은 순간 직전에 눈은 망원경에 붙인 그대로 담배를 껐다. 한 손은 연필, 한 손은 관측 장부를 쥐고 있어 여유가 없으니 입으로 담배를 뱉고 더듬거리며 발로 밟아 끈다. 이런 아슬아슬한 곡예를 연출하면서도 불을 내지 않은 것이 신기할 정도다.

유화에 빠져 있던 즈음에도 얼추 화면을 모두 칠하고 마지막으로 전체의 효과를 자세히 관찰한 뒤 슬슬 완성에 들어갈 때 담배를 피웠다. 이 담배에도 역시 다소 설명하기 힘든 영묘한 맛이 있다. 결국 담배는 진지하게 일한 뒤에 피는 것이 가장 맛있는 듯하다. 한가하고 무료할 때 피우는 담배에서는 공허한 맛이 난다.

담배의 '맛'이라는 것, 이것은 분명 순수한 미각이 아니며 그렇다고 보통의 후각도 아니다. 혀와 구개, 비강의 점막보다도 더 깊숙한 데 있는 인후의 감각이다. 말하자면 연각(煙覺)이라고 해야 할 성싶다. 이렇게 되면 그것을 이른바 육감으로 세어야 할지도 모른다. 그러면 담배를 피우지 않는 사람은 피우는 사람에 비해 하나의 감각을 모르고 있는 셈이며 눈은 뜨고 있지만 눈가림을 당하고 있는 셈인지도 모른다.

좌우간에 비흡연자는 흡연자에게 동정이 없다는 것만은 분명하다. 도서실 등에서 흡연을 금하는 것은 흡연가로서는 독서를 금지당하는 것과 동등한 효과를 낸다.

예전에 위장병을 앓던 때에 의사로부터 담배를 끊는 게 좋겠다는 말을 들었다. "담배를 안 피우면 사는 재미가 없으니 끊지 않겠소."라고 말하니 그 의사는 "큰일 날 소릴 하시는구먼." 하며 웃었다. 만약 그때 담배를 끊었다면 위는 분명 나아졌을지 모르겠지만, 그 대신 훨씬 전에 세상을 버렸을지도 모르겠다는 기분이 든다. 왜 그런지 이유는 알 수 없지만 그런 기분이 든다.

담배는 고달픔을 잊게 해 주고 화병을 죽이는 효능도 있는데 그것에는 궐련보다는 담뱃대가 낫다. 옛날에 나와 친한 한 노인은 기분이 나쁘면 뭐라 표현할 수 없는 이상한 헛기침을 하고는 담뱃대 대통으로 꽁초통을 냅다 때렸다. 그래서 통의 끝부분이 불규칙한 일본 알프스의 모양처럼 울퉁불퉁했다. 그뿐만이 아니라 담뱃대의 빠는 부분을 꽉꽉 깨물어서 은으로 된 부분이 평평하게 찌부러져 있었다. 아무리 이가 튼튼하다 해도 그렇게 깨물어서 평평해지려면 붙은 은이 꽤나 얇아야만 할 터다. 하여간 그 노인은 담뱃대와 꽁초통 덕분에 지금껏 식구를 때린 적도 없고, 다른 기물을 때려 부순 적도 없이 온후독실하고 유덕한 신사로서 삶을 끝마쳤다. 그런데 지금의 궐련으로는 재떨이를 두드려도 손에 오는 느낌이 약하고, 종이로 된 주둥이를 깨물어 봐도 씹히는 것 같지가 않다. 다만 영화에서 보면 요즘 사람들은 그러한 경우에 담배가 송곳인 양 재떨이 한가운데를 꾹꾹 눌러 비비거나 꽁초를 냅다 바닥에 내동댕이치기도 한다. 그래도 아무것도 하지 않는 것보다는 낫겠다.

최근에 나는 담배로 울화를 삭힐 필요를 느끼는 경우가 드물다. 그러나 요즘 담배의 고마움을 새삼 절실히 느끼는 것은 내게 그다지 흥미가 없는 무슨무슨 회의와 같은 엄숙한 자리에서 우울해져 버렸을 때다. 남들이 천하에 둘도 없는 국가의 대사처럼 논의하고 있는 문제가 내게는 전혀 중요하게 느껴지지 않고 어찌되든 좋을 자질구레한 일처럼 생각될 때만큼 나를 불행하게 하는 것도 없다. 남들에겐 가장 중요한 회의가 당찮은 오다와라 회의[185]처럼 생각된다는 것은 그리 생각

---

185 전국 시대. 오다 노부나가 사후에 정권을 장악한 호조 집안이 도요토미 히데요시의 침공을 받으면서도 오다와라 성에서 성과 없는 회의만 하다가 멸문당한 고사에서 온 말이다. 질질 끌기만 하고 결론을 짓지 못하는 의논을 일컫는다.

하는 내가 잘못된 것이 분명하기 때문이다.

그러한 우울함에 휩싸인 때에는 담배를 막 피우며 그것을 몰아내려 노력한다. 그럴 때는 입에서 뗀 아사히 주둥이를 녹색의 나사 식탁보에 가까이 두고 입으로 내뿜은 새하얀 연기를 잠시 드리운 채 기다린다. 그러면 연기가 둥글게 퍼지기는 하지만 나사에 달라붙은 것처럼 되어서 흩어지지는 않는다. 그 '연기 비스킷'이 살아 있는 것처럼 완만하게 나부끼는가 하면, 가운데 부분이 소귀나물의 싹 같은 모양으로 솟아올라 이윽고 빙글빙글 회오리처럼 감겨 올라간다. 이 현상이 주는 재미는 여러 번 반복해도 질리지가 않는다.

물리학 실험에 담배 연기를 사용한 일도 종종 있었다. 특히 공기를 국부적으로 가열했을 때에 일어나는 대류 소용돌이 실험에는 언제나 담배 연기를 사용했는데, 나중에는 선향의 연기나 염산과 암모니아의 증기를 화합시켜 만든 염화암모니아의 연기를 사용했다. 최근에는 염화티탄의 증기에 수증기를 작용시켜 만들어 낸 수산화티탄의 연기를 사용하고 있다. 말하자면 무연백분[186]을 연기로 만든 것이다. 이러한 연기에 관해 연구할 만한 과학적 문제는 매우 많다. 교질 화학 쪽에서 갖는 이론적 흥미 외에도, 실용 쪽의 연구도 상당히 여러 분야에 걸쳐 진행되고는 있지만 아직 모르는 것투성이다. 국가 비상시에 대한 것만 보더라도 연막의 사용, 공중 사진, 적외선 통신 등은 모두 연기의 근본적 연구에 기대야만 한다. 도시의 매연 문제, 광산의 연기 피해 문제도 그러하다. 꽁초통에서 나는 뱀 같은 연기는 아무런 문제도 아니지만 매연이나

186 납을 함유하지 않은 분.

광산의 연기는 나와 봤자 별로 이익이 되지 않는다. 그러나 광산의 굴뚝에서 채집할 수 있는 구리나 비스무트, 황금은 이익이 된다.

흡연가가 만드는 담배 연기는 공중에 흩어질 뿐이며 대개는 그다지 도움이 되지 않는데, 어쩌면 공중으로 높이 올라가 빗방울의 응결핵은 될지도 모르겠다. 오전에 혼고에서 핀 담배 연기에 든 수억만의 입자 가운데 하나 정도는 오후에 히비야에서 맞은 소나기 빗방울 하나에는 들어가 있지 않을지, 그것은 알 수 없으리라.

흡연가는 생각하기에 따라서는 연기 만드는 기계와 같다. 하루에 지궐련 스무 개비씩 사십 년을 피웠다고 치면 합계가 29만 2000개비, 대략 30만 개비다. 한 개비의 길이를 8.5센티미터로 치고, 그 양의 아사히를 세로로 이으면 2만 4820미터, 대략 6리를 조금 넘는 정도다. 연기의 용적으로 따지면 어느 정도일까. 가령 궐련 1센티미터로 1리터의 짙은 연기를 만든다고 하자. 그리고 한 개비당 3센티미터만큼의 연기를 만들어 낸다고 하면, 30만 개니까 90만 리터, 대략 한 변이 10미터인 육면체 부피만큼의 양이다. 연기 만드는 기계로서 인간의 능력은 그다지 자랑할 만한 게 아닌 듯하다.

그러나 인간은 담배 말고도 많은 연기를 만드는 동물인데 이는 다른 모든 동물과 인간을 구별하는 기준이 된다. 그리고 인간은 생활 수준이 높으면 높을수록 쓸데없이 연기를 만들어 낸다. 미개한 땅에서는 인가의 연기가 희박하며 취락 위로 연기가 난다는 것은 백성의 부뚜막이 흥청거린다는 표징이다. 현대 도시의 번영은 공기의 오염 정도로 측정된다. 나라의 병력이 얼마나 강한지도 어떤 의미에서는 얼마나 많은 화약과

가솔린, 석탄과 중유로 연기를 만들어 낼 수 있느냐는 점과 연관되는 것 같다. 대포의 연기는 연기 중에서도 상당히 고가일 텐데 국방을 위해서라면 어쩔 수 없는 사치일 것이다. 단지 평시의 부주의나 허술한 뒤처리 때문에 막대한 돈을 연기로 만들고 많은 희생자를 내는 그러한 일만은 없었으면 좋겠다.

이는 여담인데 한두 해 전의 어느 날 오후의 일이었다. 담배를 피며 긴자를 걷는데 모자를 쓰지 않은 약소한 차림이지만 인품이 천하지는 않은 듯한 쉰 살 정도로 보이는 남자가 맞은편에서 다가왔다. 그리고 싱글벙글하면서 뭐라 말을 거는데, 자세히 들어 보니 담배 한 개비만 줄 수 있겠느냐는 것이었다. 마침 가지고 있던 MCC였나 뭔가를 주고 성냥을 빌려주었더니 "이야, 이거 고맙소. 고맙소."라고 몇 번이고 뒤돌아 인사를 하고 갔다. 행인들이 재미있다는 듯 싱글벙글 웃으며 보고 있었다. 굉장히 평범한 일 같기도 한데 나는 그 일의 의미를 지금도 잘 모르겠다. 별일이 아니면서도 실로 신기한 경험이라 잊을 수가 없다. 만약 독자 가운데 이 수수께끼의 뜻을 내가 납득할 수 있도록 확실히 해설해 주실 분이 계시다면 감사하겠다.

메이지 32년 무렵

메이지 32년, 도쿄에 올라왔을 때 나쓰메 선생님의 소개로 처음 마사오카 시키의 집에 놀러 갔다. 그와 동시에 《호토토기스》라는 잡지의 정기 구독자가 되었다. 그 시절의 《호토토기스》는 나에게 더할 나위 없이 재미있는 잡지였다. 우선 표지의 도안이 예쁘고 신선했으며 하이카이의 풍취가 있으면서도 케케묵지 않았다. 후세쓰, 모쿠고,[187] 도노모 등 여러 화백의 삽화나 뒤표지의 그림 또한 저마다 현저한 개성과 신선한 활기를 지니고 있었다. 현재와 같은 저널리즘 전성시대에는 아마 대다수 화가들이 일상적 직업의식 아래서 삽화나 뒷면 그림을 제작할 텐데, 그 시절의 《호토토기스》의 화가들은 스스로 즐거움을 느끼면서 그렸으리라는 생각이 든다. 어째서 그런 생각이 드는지는 알 수 없다. 아마 그들 화가가 시키와 특별한 친교가 있어서 아픈 벗을 위로해 주고 싶은 우정이

187 아사이 주(浅井忠, 1856~1907): 일본의 서양화가. 모쿠고는 호다. 나쓰메 소세키의 소설 「산시로」에 등장하는 후카미 화백의 모델로 알려져 있다.

깃들어 있기에 그럴 것이다. 거기에 당시로는 유례가 없던 독자적이고 신선한 잡지 체제를 만드는 데에 대한 순수한 예술적 흥미까지 더해져 자연스럽게 신선한 활기로 넘쳤던 것이 아닐까 싶기도 하다. 이러한 활기는 모든 것의 발흥기에만 보이며 융성기를 넘기면 사라져 버린다. 이는 어찌할 도리가 없는 것이다.

아마 아사이, 와다 두 화백의 합작이었던 것 같은데 프랑스의 시골 마을인 그레이로 그림을 그리러 가서 쓴 일기와 같은 것도 청신하고 격조 높은 읽을거리였다. 그 내용은 모두 잊어버렸지만 그것을 읽을 때 몸에 스며든 평화롭고 아름다운 프랑스 시골의 분위기만은 지금도 마음에 그대로 남아 있는 듯하다.

'야미지루카이'나 '유미소카이'의 기발한 글도 매우 재미있었다. 구체적인 내용은 기억나지 않지만, 그 글에서 엿보인 당시 네기시 시키안의 분위기 같은 것만은 확실히 떠올릴 수가 있다.

그즈음 《호토토기스》는 이미 독자로부터 일기나 단문을 모집하고 있었다. 나도 가끔 응모했었는데 내가 쓴 글이 활자가 된 것은 아마 그게 처음이었던 것 같다. 이과 대학 2학년에 니시카타마치에 집을 갖고 있던 그 시절 일기의 한 구절을 '牛頓日記(우돈일기)'라고 제목을 붙여 낸 적이 있다. 牛頓은 '뉴턴'을 중국식으로 음차한 것인데 실로 묘한 이름을 붙였다는 생각이 든다. 하기야 2학년 때 '뉴턴제(牛頓祭)'라는 이과 대학 학생 연중행사의 간사를 맡고 있었으니 거기서 착안한 제목일지도 모르겠다. 단문 공모는, 예컨대 '붉음〔赤〕'이나 '여행〔旅〕'이라는 주제를 내고 그와 관련된 10행이나 20행가량의 글을 쓰게 하는 것이었다. 무슨 주제인지는 잊었는데 내가 아홉 살 즈음에 도카이도를 인력거로 서하(西下)할 때의 일을 썼다. 내가 타고 있던 인력거의 차부가 노송나무 삿갓을 쓰고 있었는데, 그 그림자가 표고버섯 같다고 느꼈는지 그 차부를 표고버섯이라 이름 붙였다는 이야기였다. 시키가 그 뒤로 가끔 나에게 "그 표고버섯 같은 글은 더 없나."라는 말을 한 기억이 난다. 그 시절의 단문도 나중에 《호토토기스》의 전매가 된 '사생문'의 싹으로 볼 수도 있지 않을까 싶다. 내 경우만 보아도 훗날 《호토토기스》에 쓴 소품문은 그 시절의 일기나 단문을 연장한 것에 지나지 않는다고 생각한다.

뒤표지 그림과 도안도 모집을 해서 몇 차례 응모했다. 처음에는 은하수를 배경으로 처마 끝에 달린 회전등롱과 벽오동을 그린 그림을 냈더니 운 좋게도 당선되었다. 그다음으로 다나바타다나(七夕棚)[188] 같은 것을 냈는데 그때는 보기 좋게 낙선했다. 그 뒤로 시키와 만났을 때 "그건 별로일세. 앞의 것과 다른 사람 같았다고 후세쓰가 말했다네."라는 말을 들었다. 그 후에 겨울 고목이 거꾸로 비친 수면의 그림을 냈더니 그것은 입선을 했는데 "그건 너무 경직되었다고 헤키고도[189]가 말했다네."라고 주의를 받았다.

역시 그 무렵이었던 것 같은데 시키가 그린 홍시 그림을 교시가 보고 "말의 항문인 줄 알았네."라고 말했다. 이 말을 시키가 굉장히 재미있어 하며 "그런데 정말로 그렇게 생각한 것이니."라는 말을 몇 번이고 변명처럼 되풀이했다.

---

188 일본의 연중행사인 다나바타 기간에만 내놓는 신을 모신 감실.

189 가와히가시 헤키고도(河東碧梧桐, 1873~1937): 일본의 하이진. 수필가.

모집한 그림을 천천히 하나하나 살피면서 후세쓰와 교시, 헤키고도를 상대로 여러 가지 비평을 하거나 그려 놓은 그림을 보여 주거나 하며 한담에 탐닉하는 것이 그 시절 시키의 낙중에 하나였을 것이라 생각한다.

좌우지간 그 시절의 《호토토기스》에는 왠지 모르게 살아 있는 창성(創成)의 기쁨과 같은 것이 차고 넘쳤던 듯하다. 그렇게 느낀 것은 독자인 내가 아직 어렸기 때문인지도 모른다. 그러나 이뿐만이 아닐지 모른다. 《호토토기스》를 음식에 비유하자면 열량은 적어도 풍부한 비타민을 함유하고 있는 것이라 할 수 있다. 그리고 이를 대신할 진수성찬은 거의 없었다. 다이쇼, 쇼와 시대에 걸쳐 하이쿠 융성기가 지나는 동안에 영양이 풍부한 음식도 늘고 요리법도 진보했음은 분명하지만, 비타민 함량이 줄고 통조림 요리 같은 색다른 취미도 발달한 결과 패혈증의 유행을 초래한 경향이 없다고는 못 할 것이다.

하이쿠가 그러한 윤회(cycle)의 도정에서 한 발 더 나아가 추락과 폐퇴의 극에 달해 다시 '장인'과 '이발사'의 전유물이 되었을 때, 그제야 비로소 다음 윤회의 첫걸음을 시작할 수 있지 않을까 싶은 기분도 든다. 그 전에는 어떻게 해서든 한번 갈 데까지 갈 필요가 있겠다.

경우에 따라서는 메이지 유신 이후 하이쿠의 진정한 황금 시대는 오히려 메이지 30년대에 있지 않았나 싶기도 하다. 물론 이는 우리 같은 연배의 사람이 마음대로 내놓은 견해지만 이러한 견해도 어쩌면 현대의 하이진에게 참고가 되리라고 생각한다. 그래서 추억 이야기를 하는 김에 보잘것없는 넋두리를 늘어놓아 보았다.

추억의 의사들

어렸을 적에 신세를 진 의사 선생님이 몇 분 계신다. 이제는 모두 오래전에 고인이 되어 버리셔서 기념해야 할 분들의 모습이 어슴푸레한 기억의 안개 속으로 사라지려 한다.

소학교 시절의 단골 가정의는 오카무라 선생님이라는 상당히 나이 드신 분이었다. 머리 모양은 옛날 도쿠가와 시대의 의사나 그림 속의 유이 쇼세쓰[190]처럼 예스러운 쇼가미[191]였고, 언제나 검은 무늬가 들어간 고급 하카마, 그것도 걸으면 착착 소리가 나는 센다이히라[192] 하카마 차림이었다. 이분은 남의 집 현관에서도 안내를 청하지 않고 불쑥 말도 없이 성큼성큼 들어오는 조금 특이한 습관의 소유자였다.

언젠가 열이 나 아무도 없는 방에 혼자 자고 있었을 때, 어떤 혼잣말을 중얼거리고 있었다. 불현듯 정신을 차리고 보니

---

190 유이 쇼세쓰(由井正雪, 1605~1651): 에도 시대의 군학자.
191 머리털을 모두 빗어 넘겨 뒤통수에서 묶은 남자의 머리 모양.
192 하카마 감으로 쓰는 센다이 지방 특산의 견직물 또는 그것으로 만든 하카마.

언제 들어오셨는지 이 오카무라 선생님이 베갯머리에 단정히 앉아 계셔서 깜짝 놀라 버렸다. 그리고 방금 한 혼잣말이 들리지는 않았을까 싶어 몹시 창피한 마음이 들었다. 무슨 말을 했는지는 전혀 기억나지 않는다. 다만 창피했던 일만이 분명히 떠오른다. 물론 말의 내용이 창피했던 것이 아니라 혼잣말을 하고 있었다는 것이 창피했던 것이다.

대여섯 살 즈음에 좋아하는 팥 찰밥을 과식해서 배탈이 났는데 '뇌막흔충'이라는 병으로 발전해 위독해졌다가 오카무라 선생님 덕분에 나았다고 한다. 아마 요즘 말하는 이질이었을 것이다. 모두 내가 죽든지 불구가 될 거라고 여겼다는데 다행히 죽지는 않았고 몸이 조금 불편해졌다. 그렇기 때문에 능력에 맞지 않는 물리학 따위를 지망하여 평생 창피를 당하게 되었는지도 모른다. 좌우간 목숨을 건진 것은 이 오카무라 선생님 덕분이다.

오카무라 선생님께서 돌아가신 뒤에는 고마쓰라는 의사의 신세를 졌다. 노선생과 젊은 선생 둘이서 환자를 맡았는데, 노선생은 뚱뚱하고 고상한 백발에 다도를 즐기는 사람으로 아버지가 다니던 다회의 벗이었다. 아마 요쿄쿠와 시마이[193]도 능숙했던 것 같다. 젊은 선생도 전형적인 온아한 신사로 언제나 멋진 검은 예복 차림으로 자가용 인력거를 타고 다녔다. 항상 옆으로 칼을 차고 있어, 우리 집 하녀 등의 존경을 받던 인물이었던 듯싶다. 그 젊은 선생이 이따금 제멋대로인 내 청에 응해 '화학적 마술'에 쓰는 약품을 조합해 주기도 했다. 무색 액체를 이중 혼합하자 순식간에 빨강이나 노랑으로 변했

193 노가쿠에서 반주와 의상 없이 노래만으로 추는 약식의 춤.

다. 그다음으로 제3의 용액을 더하면 다시 무색이 되는 식의 약품이었다. 이런 것을 몇 개 준비해 주셔서 근처의 친구들을 모아 놓고는 득의양양하게 화학 시연을 보여 주었다. 언젠가 이 젊은 선생의 집에서 현미경을 통해 여러 프레파라트를 들여다보았는데 그때 신기하고도 중대한 묵시(apocalypse)를 보았다. 나중에 생각해 보니 그것은 인간 정자(spermatozoon)의 한 집단이었던 것 같다. 젊은 의사 선생은 규조류의 프레파라트를 보여 주며 그것 시상의 선명도에 따라 현미경의 품질을 알 수 있다고 가르쳐 주셨다. 이십 년이 지나 독일 예나의 차이스 공장[194]을 견학했을 때 자외선 현미경으로 그와 똑같은 규조류의 멋진 상을 형광판 위에서 보았다. 그러자 어린 시절의 기억이 문득 되살아났다.

열두세 살 즈음에는 몸이 몹시 약해서 부모님께 걱정을 끼쳤다. 그 때문에 그 시절 고향에 딱 한 명 있던 도쿄 제국 대학 출신의 의학사 구스노키 선생님의 신세를 지게 되었다. 이 선생님은 대체로 약간 갈색기가 도는 서양 정장을 입고 금테 안경을 꼈다. 그리고 아직 젊은데도 모리 아리노리[195]나 링컨 같은 수염을 길렀던 것 같다. 좌우간 그때까지 뵌 다른 의사 선생님과는 꽤 다른 근대적인 서양풍의 느낌이 나는 명의였다.

아버지께서 이야기 나누기를 좋아하셔서 의사가 방문하면 대개 느긋이 앉아 장시간 담소를 나누곤 했다. 이 구스노키 선생님도 손님 대접에 자주 내오는 포도주 잔을 입에 대

---

194 독일의 광학 기술자 차이스(Carl Zeiss, 1816~1888)가 설립한 렌즈 제조 회사.

195 모리 아리노리(森有禮, 1848~1889): 일본의 무사. 정치인. 구레나룻와 코, 턱에 텁수룩한 수염을 길렀다.

며, 처음 듣는 의학 분야의 새 학설 등을 들려주신 기억이 있다. 그의 여러 이야기 중에서 지금도 기억나는 것은 외과 수술에 겁이 많은 사람과 강담한 사람이 각각 어떻게 반응했는지에 대한 실화다. 전자는 조금 큰 종기를 절개한 것만으로 뇌빈혈을 일으켜 졸도한 뒤 반나절이나 깨어나지 못한 몸집 크고 뚱뚱한 호걸이 대표자며 이와 반대로 기가 센 예는 예순 남짓한 노파였다. 설암으로 혀의 오른쪽인가 왼쪽의 절반을 절단해야 해서 마취를 하려고 하는데 그런 것은 필요 없다고 하며 기어코 말을 듣지 않았다고 한다. 하는 수 없이 마취 없이 출혈이 엄청난 수술을 집도했는데 끝날 때까지 한사코 태연하게 고통스러운 낯빛을 보이지 않았다는 것이다. 수개월이 지난 뒤에 다시 남은 반쪽의 혀가 못쓰게 되어 수술을 하게 되었다. 이번에는 마취를 하겠느냐 물어보니 역시 승낙하지 않아서 또 맨 정신으로 수술을 받고는 결국 완전히 혀를 잃은 할머니가 되었다고 한다. 그 뒤로 어떻게 되었는지는 듣지 못한 것 같다.

우리 집에서는 자주 뵙지 못했는데 그즈음 친척집에서 늘 도움을 받던 요코야마 선생이라는 재미있는 의사가 있었다. 괴짜라는 별명이 있었지만 그래도 골치 아픈 병을 진단하는 데는 탁월하다는 평판이었다. 한번은 깊고 깊은 산골짜기에서 찾아온 환자가 있었는데 어떤 의사에게도 진단이 잡히지 않는 희한한 난병에 든 사람이었다. 요코야마 선생님에게 데려가자 선생님은 한 번 본 것만으로도 이건 머지않아 나으니 매일 상등 백미로 몇 홉씩 밥을 지어서 먹이라고 했다. 그 처방대로 하며 며칠을 보내자 그 성가시고 희한한 병이 씻은 듯이 완쾌했다는 것이었다. 그 환자는 태어나 그날까지 한 번도 쌀밥이라는 것을 먹은 적이 없는 사람이었다고 했다.

젊은 고마쓰 선생님도 구스노키 선생님도 만일 아무 일 없었다면 아직 살아 계셔도 좋을 연배인데, 두 분 모두 장년에 돌아가셨다. 그리고 어른이 되기까지 살 수나 있을까 걱정을 사던 내가 그 선생님들 덕분에 어떻게 살아남아서 그분들보다 더 오래 살고 있다.

수필의 어려움

수필은 생각한 것을 쓰기만 하면 되기 때문에 그 생각이 아무리 보잘것없더라도 혹은 틀린 것일지라도 진정으로 그렇게 생각하는 것을 충실하게 써 놓기만 하면 그 수필은 수필로서의 진실성에는 결함이 없을 터다. 따라서 잘못된 내용이 쓰여 있으면 독자는 그것을 보고 필자가 그러한 잘못된 생각을 하고 있다는, 시시한 사실이기는 하지만 아무튼 하나의 사실을 인식하기만 하면 그걸로 끝이다. 국정 교과서의 내용에 잘못이 있는 경우와는 꽤 사정이 다르지 않을까 싶다. 다만 수필에도 여러 종류가 있는데 그중에는 교단에서 내려다보며 독자를 교훈하는 식의 태도로 쓴 것도 있고, 차를 마시면서 친구들에게 이야기하는 식의 태도로 쓴 것도 있으며 혼잣말 내지 잠꼬대와 같은 것도 있다. 하지만 수필이 어떤 형식을 취하건 독자는 스스로 의사가 되어 환자를 진찰하는 기분으로 읽는 것이 가장 잘못됨이 없지 않을까 생각한다. 수필 따위를 쓰고 남에게 보여 준다는 것은 결국 어떠한 '호소하고 싶은' 것이 있는 경우가 많으리라.

내 경우에는 늘 그때의 생각을 그대로 써 나갈 뿐이기 때문에 여러 잘못된 글을 쓰거나 이전에 쓴 글과 모순되는 글을 태연히 쓰는 경우도 상당히 많으리라 생각된다. 독자 가운데는 그것을 눈치챈 사람이 많을 듯하지만 일부러 저자에게 편지를 보내거나 혹은 직접 주의의 말을 건네는 사람은 뜻밖에도 극히 드물다.

바로 얼마 전에 '치아'에 관해 쓴 글 중에 '경구개'를 착각하여 '연구개'로 해 놓은 데가 있었는데, 이때 편지로 주의를 준 사람이 있었다. 이는 가장 고마운 독자다.

아주 오래전의 이야기인데 『야부코지슈(藪柑子集)』[196]의 「폭풍」이라는 소품에, 항구에 정박해 있는 배의 돛대에 푸른 불이 들어와 있었다는 내용을 썼다. 그런데 글을 읽고 선박의 등화에 관한 단속 규칙을 상세히 조사한 결과 본문과 같은 경우는 있을 수 없다는 결론에 도달했으니 수정했으면 좋겠다고 알린 사람이 있었다. 그러나 그것은 수정하지 않고 그대로 두었다. 그 소품은 분위기가 중요한 몽환적인 글이고 반드시 현행 법령에 준거해야만 하는 종류의 글도 아니며 적어도 내 사생 수첩에는 분명히 푸른 등화가 장두에 걸렸던 것처럼 그려져 있어서 어쩔 수 없다 싶었기 때문이다.

작년 말에는 도쿄의 모 병원의 의원이라고 하는 독자로부터 다음과 같은 항의가 왔다.

"(전략) 그러한바 『속후유히코슈(續冬彦集)』[197] 68쪽 두 번째

---

196 1923년 2월, 이와나미쇼텐에서 출간한 수필집. 야부코지는 '자금우'라는 식물을 뜻하며, 데라다의 필명이기도 하다.
197 1932년 6월, 이와나미쇼텐에서 출판된 수필집. 후유히코는 데라다의 필명이다.

행에 (속도가 큰 게 아니라) '속도가 빠른 운운'이라고 나와 있는데 이는 비전문가라면 모르겠으나 물리학자로서 해서는 안 될 과오라 생각하여, 다음 판에서는 반드시 수정해 주십사 실례를 무릅쓰고 말씀드리는 바입니다. 경구(敬具)."

그 말대로 물리학에서는 속도의 대소(大小)라고 하는 것이 정당하며, 지속(遲速)을 말하는 것이라면 운동의 지속이라고 해야 온당할 것이다. 만일 그것이 물리학의 교과서나 학술 논문 속의 문구라면 당연히 고쳐야겠지만 수필 속의 용어라면 반드시 잘못이라고 할 수 없을지도 모른다. 염색집의 흰 하카마, 의사의 불섭생이라는 말도 있지만 물리학도가 평소에 서로 자유롭게 이야기를 나눌 때 쓰는 말에는 의외로 합리적이지 않은 것이 많다. 문제가 되는 '속도가 빠르다.'와 같은 것도 그 예다. 이때의 '속도'는 일상어의 '빠르기'와 동의어이며 학술어의 벨로시티(velocity)[198]와는 같지 않다. 이를테면 '느린 주기'와 같은 말도 아무렇지 않게 쓰지만 '긴 주기'라고 바르게 쓰는 것보다 전자가 더 실감이 나므로 일상 회화에서는 자연히 그런 용례가 생기는 것이라 생각된다. '느린 진동의 긴 주기'를 줄여서 '제전(帝展)',[199] '진연(震研)'[200]과 같은 식으로 말했다고 보면 신기할 것은 없다. 따라서 '속도가 빠른'도 실감을 강조하기 위한 일상어로서 '속도가 큰, 즉 운동이 빠른'의 줄임말로 통용을 허락해도 그것 때문에 물리학에 피

198 주로 무생물(빛, 소리, 탄환 등)에 대한 속도를 일컫는 용어.
199 '제국 미술원 전람회'의 준말.
200 '도쿄 제국 대학 지진 연구소'의 준말.

해가 갈까 봐 염려할 필요는 없다. 아쉬운 소리를 하는 것 같기도 한데, 물리학을 전공하는 사람이라도 좌담이나 수필 속에서는 얼마든지 자유로운 용어를 선택할 수 있음을 관용해 주었으면 좋겠다.

이 항의 엽서를 보낸 사람은 모 병원 외과 의원 하나와 모리〔花輪盛〕라고 되어 있었다. 이 성명은 임시로 만든 것으로 보인다.

이번 3월에는 또 다음과 같은 엽서가 왔다.

"귀하의 수필 『가키노타네(柿の種)』[201]를 처음 보았는데 지금 32쪽의 새와 물고기의 눈 부분까지 왔습니다. 별것은 아닙니다. 한번 자기 두 눈 사이로 신문지를 펼치고 고개를 쑥 내민 채 좌우의 눈으로 외계를 보면 의문이 해결됩니다. 한번 해 보십시오. (하략)"

물고기나 새처럼 사람의 두 눈의 시계가 각각 몸의 오른쪽 왼쪽에서 앞뒤로 퍼져 있다면, 우리의 공간관이 어떻게 될지 다소 상상하기가 어렵다는 뜻으로 쓴 글에 대해 그러한 실험을 해 볼 것을 권유한 것이다. 그러나 사람의 두 눈이 귀 근처에 붙어 있지 않은 한, 아무리 그러한 실험을 해 본들 나의 의문은 풀릴 성싶지 않다.

그 엽서를 보내 온 사람도 의사라고 한다. 이외에도 지금까지 내가 쓴 글에 관해 여러 재미난 것을 알려 준 사람들 중엔 의사가 가장 많다. 역시 직무 성격상 수필을 읽는데도 진찰을 하는 기분이 드는 탓일까. 좌우간 그러한 독자는 나 같은

201 데라다가 《시부가키》에 쓴 단문을 엮은 단행본. 1933년 6월 출판.

사람이 쓰는 수필의 가장 이상적인 독자일 것이다. 그래서 나도 환자가 된 기분으로 조금 떼를 써 보았을 따름이다.

위와 같은 자유로운 기분으로 읽어 주시는 독자와 달리 나를 매우 황송하게 하는 것은 소학교와 중학교의 교사로, 교과서에 채록된 졸문에 관해 상세한 설명을 부탁하시는 분들이다.

「상산나무 꽃」이라는 제목의 소품 속에 나오는 '씨름꾼풀〔相撲取草〕'이라는 것이 우리말 학명으로 무엇에 해당하는가 하는 질문을 받았다. 답이 나오지 않아 동향인 마키노 도미타로[202] 박사에게 가르침을 청하고서야 비로소 그것이 '바랭이'임을 알았다. 이후에 들어온 같은 질문에는 자못 예전부터 알았던 체하며 답변할 수가 있었다. 그런데 어떤 지방의 소학교 교사는 그 '씨름꾼풀'이 무엇이냐는 것을 본문의 내용으로부터 분석적으로 귀납, 연역하여 그것이 반드시 '바랭이'일 수밖에 없다는 결론에 도달했다. 그 추리 경로를 한 권의 논문으로 엮고, 그 식물의 석엽까지 첨부해 보내 주신 분이 계셨는데 그야말로 황송해지고 말았다. 이런 정도인지라 아무런 생각 없이 소품문이나 수필을 쓰는 것은 삼가야겠다는 기분이 들었던 것이다.

한번은 또 역시 「꽃 이야기」의 한 구절에 나오는 어린아이를 보고 그것이 저자의 몇째 자식을 가리키는 것이냐는 질문을 보내온 교사가 있었다. 그때는 너무 사사로운 질문인 것 같아 그만 실례되는 답변을 보내고 말았다. '이과라면 문학작품을 읽을 기회도 많지 않을 텐데, 그리 분석적으로 번잡하

---

202 마키노 도미타로(牧野富太郎, 1862~1957): 일본의 식물학자. 고치 현 출신.

게 주해를 더하면은 오히려 학생들에게 불이익이 되지 않겠는가.'라는 내용을 써서 보낸 것 같다. 이러고 나서 세월이 흐른 뒤 미안한 마음이 들었다.

위에서 든 여러 예는 모두 저자로서는 고맙고, 친절한 독자에게서 온 반향이지만 드물게는 고맙지 않은 편지를 보내는 사람도 있다. 예를 들면 작년이었던가, 어떤 알 수 없는 이로부터 온 편지를 읽었다. 그는 우선 서두에 자신의 경력을 기술하고 오랫동안 신문사의 탐방 담당으로 근무했다는 말을 써 놓았다. 그리고 소설가나 희곡 작가는 모두 어디에서 소재를 훔쳐 와서 그것을 기초로 자기 원고를 작성하는데 자신은 유명 문인 누가 어디에서 소재를 가져왔는지 잘 알고 있다는 내용을 늘어놓고, 귀하의 수필도 분명 어딘가에 출처가 있을 것이라며 에둘러 비판했다. 그러더니 갑자기 방향을 확 바꿔선 지금 자신의 궁핍한 생활을 묘사하다가 급기야 약간의 조력을 받고 싶다는 결론에 도달하였다. 필적도 상당히 훌륭했고 글도 뛰어났다. 이런 편지보다 여러 해에 걸친 자신의 탐방 생활을 써낸다면 분명 흥미로울 듯싶었다. 어쨌건 그 사람이 말한 대로 나도 오십 년 동안 책이나 사람으로부터, 자연으로부터 야금야금 훔쳐 모은 소재에 약간의 군더더기를 붙여 글을 썼는데 어머니 배 속에서부터 가지고 태어난 체하며 쓰고 있다는 것은 분명한 사실이다.

남한테 욕을 먹지 않아도 나 혼자 켕기는 기분이 드는 것은 어디서 한 번 쓴 것 같은 글을 한 번 더 다른 수필에 쓰지 않으면 모양새가 좋지 않은 상황이 되었을 때다. 그 자체로는 같은 내용이라도 앞뒤 관계가 다르게 느껴지면 그 내용도 다른 의의를 가질 수는 있겠으나, 그래도 독자가 보면 분명히

'또냐.'라는 생각이 들 터다.

실제로 나도 남이 쓴 글을 읽고 그러한 경우에 당면하면 역시 조금 그런 기분이 들기도 한다. 그러나 생각해 보면 어린 시절에 똑같은 옛날이야기를 몇 번이나 들은 덕분에 나이 든 뒤에도 기억하고 있을 수가 있는 것이다. 예컨대 모모타로[桃太郎][203]나 사루카니갓센[猿蟹合戦][204]도 겨우 한 번 듣고 재밌다 생각하고 만다면 아마 오래전에 깨끗이 잊어버렸을 것이 틀림없다. 그렇다면 정말 읽어 주었으면 싶은 것은 역시 몇 번이고 똑같이 반복하여 여러 군데에 적절하게 짜 넣는 것이 저자의 입장에서는 오히려 당연할지도 모른다. 이전에 읽은 적이 있는 독자는 '또냐.'라는 생각이 들더라도, 한 번 읽은 것만으로는 아마 잊어버렸을 내용이 '또냐.'라는 책망과 함께 비로소 마음에 담길지도 모른다. 그뿐만 아니라 저자가 몇 번을 쓴 똑같은 글을 처음으로 읽는 사람도 있을 것이다. 이렇게 생각하니 나는 거리에 노점을 펼치고 물건을 사 갈 사람만 지나가길 기다리는 노점상과 어딘지 매우 닮은 데가 있는 것 같다.

같은 이야기를 되풀이할 때 어중간한 되풀이는 넌더리가 나지만 그 수준을 넘어 철저하게 되풀이를 하면 또 일종의 색다른 재미가 나오는 것 같다. 직스와 매기[205] 같은 만화가 그러하며, 옛날이야기와 주신구라[忠臣蔵],[206] 미토고몬[水戸黄

---

203 복숭아에서 태어난 남자아이가 요괴가 사는 섬을 정벌하고 돌아온다는 이야기.

204 영악한 원숭이가 게를 농락해 이익을 취하고는 나중에 자식 게의 복수로 죽음에 이른다는 이야기.

205 조지 맥매너스(George McManus, 1884~1954)의 만화 『Bringing Up Father』(1913)의 주인공들.

206 인형 조루리 및 가부키 상연 목록의 하나. 1704년 에도 성내에서 무사 기라 고

門)²⁰⁷ 이야기 같은 것도 그런 종류다. 이를테면 쌀밥이나 담배 같은 것일지도 모르겠다. 그러면 저널리즘적 비평의 권외로 빠져나가 자리를 잡은 격이니, 지금의 언론계에서는 그건 좀 곤란할 듯하다.

이상은 내가 오늘날까지 느낀 수필의 어려움을 있는 그대로 기록한 것이며, 말하자면 심히 보잘것없는 '필화 사건'의 보고와 푸념을 희롱 삼아 쓴 것에 지나지 않지만 이런 글까지 쓰게 된 것도 역시 수필의 어려움 중 하나일지 모르겠다.

즈케노스케〔吉良上野介〕에게 칼로 상처를 입혔다는 이유로 할복에 처해진 하리마아코 번의 번주 아사노 다쿠미노카미〔浅野内匠頭〕를 대신해 그의 가신 마흔일곱 명이 기라를 참한 뒤에 막부의 명령을 받고 전원 할복자살한 사건에서 유래한다.

207 에도 시대 미토 번의 번주였던 도쿠가와 미쓰쿠니〔徳川光圀〕가 세상을 바로잡기 위해 일본 전국을 만유했다고 하는 창작 이야기의 제목.

물레

할머니께서는 분카〔文化〕 12년 출생으로 메이지 22년, 내 나이 열두 살의 연말에 병으로 돌아가셨다. 할머니와 함께한 '추억의 장면' 여럿 가운데 내가 가장 친근함과 그리움을 느끼는 것은 할머니께서 옛날 우리 집의 세월 묻은 거실에서 민소매 하오리를 입고 물레를 돌리던 모습이다. 가문이 들어간 옷을 입고 찍은 사진과 그것을 모델로 하여 그린 유화 등을 봐도 어쩐지 실제의 할머니 같지 않지만 기억 속 인상만으로 남아 있는 '물레 돌리는 할머니의 모습'은 돌아가신 지 사십육 년이 된 오늘날에도 실로 놀라운 선명함을 간직한 채 수시로 떠오른다.

이 물레라는 것이 지금은 완전히 역사적인 물건이 되고 말았다. 우리 아이들도 모두 실물을 본 적이 없는 것 같다. 누가 산업 박물관 이야기라도 꺼낸다면 그런 곳에 진열되어야 할 물건일지도 모른다.

할머니께서 쓰시던 물레는 그 당시에도 전체가 누르께한 검정으로 깊숙이 물든 굉장히 고풍스러운 물건이었다. 아마 할머니께서 시집올 때 가지고 온 물건의 하나였을지도 모르겠다. 어쩌면 증조할머니께서 익히 쓰시던 것을 소중히 물려받으셨는지도 모른다. 좌우간 할머니는 우리 집에 시집오시고 나서 몇십 년 동안 그 물레의 손잡이를 아마 몇천만 번, 혹은 몇억 번은 돌리셨을 터다.

나도 어린아이 고유의 호기심으로 몇 번 할머니께 배우고 그 물레로 실을 잣는 시늉을 해 본 기억이 있다. 솜을 '탄' 것을 직경 약 1센티미터, 길이 약 20센티미터의 원통형으로 뭉친 것을 왼손 손가락 끝으로 집어 든다. 그 솜의 섬유를 조금 끄집어내 그것을 물렛가락의 침 끝에 감아 놓고, 오른손으로 물레의 손잡이를 적당한 속도로 돌린다. 그러면 가락이 급속도로 회전하며 솜의 섬유 다발을 빌빌 꼰다. 이때 왼쪽 손을 슬슬 놓으면 눈앞의 손가락 끝으로 집은 솜 봉 끝에서 가는 실이 생겨나 늘어난다. 왼손을 뻗을 수 있을 만큼 뻗은 데서 그 손을 들어 방금 막 완성된 실을 가락에 끼워 둔 대나무 관에 감아서 뺀다. 그렇게 해 두고 다시 왼손을 내려 실을 가락의 침 끝에 휘감고 꼬아 가면서 새 실을 빼내는 것이다. 대개 물레 손잡이를 세 번 돌리는 동안에 왼손을 쭉 뻗으면 수십 센티미터의 실이 자아지는데, 그것을 감아서 뺀 뒤에 다시 같은 일을 반복한다. 그러한 조작 때문에 물레 소리엔 특유의 리듬이 생긴다. 그것을 옛날 사람들은 '빙, 빙, 빙, 야.'라는 말로 형용했다. 손잡이의 첫 회전이 '빙'이고, 그것이 세 번 반복된 뒤 '야' 부분에서 실이 감겨 빠진다. '빙' 부분에서 철침과 거기에 이어진 실이 급속히 진동하기 때문에 일종의 음악이 발생하는데 감아서 뺄 때는 그러한 진동이 멈추므로 소리의 휴지가 온다. 결국 이 네 박자라고 대략 생각할 수 있는 가장 간단한 멜로디가 물레라는 '악기'로 연주된다. 그 멜로디는 옛 일본 부인의 이상으로 여겨진 한없는 인종의 덕을 찬미하는 노래로서 불린 것인지도 모른다.

오른손과 왼손의 운동을 절묘하게 대응시키고 조직화하는 호흡이 꽤나 어렵다. 그러나 그게 되지 않으면 자아진 실은 굵기가 고르지 않고 불규칙하게 울퉁불퉁하며 기묘하고 우스꽝스러운 형태가 되고 만다. 나도 한두 번 시도해 보고 안 되겠다 싶어 그걸로 단념하였다.

한 해인가 두 해 정도 뒷밭에서 목화를 키운 적이 있다. 어린 내 눈에 비친 목화꽃은 실로 아름다웠다. 꽃부리의 아름다움뿐만 아니라 꽃받침과 잎에서 줄기까지 이루 말할 수 없는 아름다운 색채의 조화를 보았던 것 같다. 관상식물로서 현대 도시인에게도 애완되어도 좋을 듯싶었는데 어릴 때 우리 집 밭에서 본 것을 끝으로 훗날 어디서도 그 꽃을 본 기억이 없다. 생각해 보면 요즘에야 목화를 심어 본들 도저히 팔리지 않고 아무런 보탬이 되지 않는 탓인지도 모른다. 다만 통계를 보니 국내산 목화씨가 천 톤이 조금 안 되기 때문에 아직 어디선가 재배하는 것 같긴 하다. 그러나 수십만 톤을 수입하는 데 비하면 아예 없는 것과 마찬가지일 것이다.

꽃철이 끝나 '목화씨'가 맺히고, 이윽고 그 꼬투리가 터져 새하얀 솜덩이를 토한다. 으스스한 가을 황혼에 할머니, 어머니와 함께 된장 거르는 채를 들고 목화밭에 가서 수확의 기쁨을 즐겼다. 조금 더 어둠이 내려앉은 저녁에도 그 새하얀 솜덩이만은 뚜렷이 밭 위로 떠오른 듯 보였다. 그럴 때면 고향에서 '아오키타'[208]라 부르는 가을바람이 바로 옆의 대숲을 전율시키며 목화밭으로 내리 불었던 것 같다.

채집한 솜 안에 싸인 씨앗을 빼낼 때 '씨아'라는 기계에 넣는다. 말하자면 그것은 간단한 롤러인데, 반대로 도는 두 개의 떡갈나무 원기둥 사이에 목화씨를 집어넣으면 솜의 섬유 부분이 말려들며 분리되어 반대쪽으로 떨어지고, 딱딱해서 롤러 사이를 통과하지 못한 씨앗은 벗겨져서 앞쪽에 떨어진다. 이 롤러는 전부 나무로 되어 있고 그 중요한 부분인 두 원통이 직경 1.5센티미터 정도였던 것 같은데, 그것이 한쪽 끝에서 서로 맞물려 반대로 돌도록 나선 홈이 깊게 파여 있는 것이 재미있었다. 옛날 목공이 용하게도 그러한 나선을 깎아 냈구나 싶은 생각에 조금 신기하게 여겨지기도 한다. 다만 맞물릴 때 상당히 삐걱거리기 때문에 감마유로 쓸 만한 사방등의 기름을 솜 조각에 적셔 가끔 중요 부분에 발랐다. 그리고 손잡이를 돌리면 똑같은 리듬으로 '끼릭, 끼릭, 끼릭' 하며 삐걱대는 소리를 냈다. '씨아'를 통과하고 납작하게 펴진 솜의 단편에는 씨앗 껍질의 색소가 연보랏빛의 줄무늬로 희미하게 스며 있었던 것 같다.

이렇게 씨앗을 제거한 솜을 모아 솜 타는 집에 맡기고 거기서 물레에 돌릴 수 있도록 손질된 것을 받는다. 그 타면 작업은 한 번도 본 적이 없지만 들은 이야기로는 고래의 힘줄을 쫙 편 활시위로 작은 솜덩이를 끈질기게 잘 두드려 풀고는 그 섬유를 한 번 공중에 비산시키고, 다시 그것을 침적시켜 박막처럼 만든 걸 두루마리를 말듯이 말아서 원통 모양으로 만든다고 한다. 그렇게 만들어진 원통 모양의 솜뭉치를 물레에 얹혀 실을 잣는 것이다.

---

208 서일본에서 8월부터 9월 무렵까지, 맑은 날 밤이면 돌연 차갑게 불어오는 북풍.

시골길을 다니면 길섶의 농삿집 헛간 2층 같은 데서 그 솜 타는 활시위 소리가 들려오기도 한다. 그것 역시 네 박자의 리 듬으로 '팡, 팡, 팡, 야' 같은 식으로 울렸다. 아마 이제는 어디 에 가도 좀체 들을 수 없는 전원 음악의 하나이리라 생각한다.

메이지 27년의 청일 전쟁의 최성기에 예비역으로 소집되 어 나고야의 유수 사단에 근무하시던 아버지를 찾아 놀러 갔 을 때, 처음 방적 회사의 공장을 견학하고 정말로 깜짝 놀랐 다. 할머니께서 물레로 한평생이 걸려야 자아낼 수 있을 듯 보 이는 양의 실이 무수한 기계 가락에서 한 번에 흘러나오고 있 었다. 거기에선 나지막한 높낮이가 있는 네 박자의 '자장가' 대신에 기계적으로 조율된 잡음과 윙윙거리는 소리로 이뤄진 교향악이 계속 연주되었다.

할머니께서 자아낸 실을 대나무 가락에서 한 번 더 사각 얼레에 감아 빼며 '실패'로 만들고, 그것을 염색집에 맡겨 물 들인 것을 베틀로 옮겨 천을 짰다. 뒤쪽에 솥을 둔 봉당 한구 석에 마련된 마루방에 베틀이 한 대 놓여 있었다. 어머니께서 거기에 앉아 '찬, 찬, 찬, 찬' 하고 마찬가지로 네 박자의 소리 를 내며 천을 짜는 모습이 희미한 꿈과 같은 기억으로 남아 있 기는 하지만, 내가 조금 크고 나서는 그 베틀은 별로 쓰지 않 은 것 같다. 하지만 우리 누님의 집에서는 노모께서 오랫동안, 내가 중학교를 다니던 즈음까지도 베틀 짜기를 유일한 낙으 로 삼으며 계속하셨다. 나무껍질을 삶고 테실을 물들이는 일 까지 스스로 하기를 도락으로 삼으셨던 것이다. 순수 재래식 염색법이었는데, 그 노인에게 화학 염료는 꿈에도 모를 존재 였다. 그 노인이 짠 이불감이 지금도 누님 집에 남아 있는데 색이 전혀 바래지 않았다며 조카 Z가 감탄하며 말했다.

언제였던가, 긴자 시세이도[209] 누상에서 처음으로 야마자키 아키라[210]의 구사키조메 직물을 봤을 때 왠지 눈물이 날 정도로 반가운 마음이 일었다. 그 반가움 속에는 아마 내 어린 시절의 추억이 무의식적으로 반영되었던 것 같다. 또한 올해 초여름에는 마쓰자카야[211] 전람회에서 옛 손베틀로 짠 줄무늬 무명 컬렉션을 보고 똑같은 반가움을 느꼈다. 만일 할 수 있다면 다음에 출판될 수필집의 표지에 그 무명을 사용하고 싶어서 점원과 상담해 보았다. 그런데 오래된 것을 있는 대로 여러 곳에서 모은 것이라 같은 물건을 몇 번이고 갖춰 놓기가 도저히 불가능하다고 해서 유감스럽지만 단념했다. 새로 짜는 것은 꽤 비싸다고 한다. 그토록 아름답게 보이는 것이 현대인의 눈에는 아름답게 여겨지지 않게 되었다는 사실이 새삼 신기하게 느껴졌다. 이야기가 좀 옆길로 새지만 최근에 본, 새로 발명된 방법으로 제작되었다고 하는 유색 발성 영화 「쿠카라차」의 그 '외치는 듯한 색채'와 비교해 보면, 옛날에 손베틀로 짠 줄무늬 무명의 색채는 그야말로 '노래하는 색채'이며 '사고하는 색채'라고 생각된다.

화학 약품 말고는 약이 없는 듯 여겨지던 시대 다음으로, 옛날의 초근목피가 다시 새로운 과학적 의의와 가치를 인정받는 시대가 돌아올 것 같다. 그 시대가 올 무렵에 손으로 짠 구사키조메 무명이 가장 말쑥한 도회인의 새로운 유행과 취미의 대상이 되는 기현상이 일어나지 않으리라고 누가 장담

209 1928년, 도쿄 긴자에 준공된 시세이도 화장품부 건물.
210 야마자키 아키라(山崎斌, 1892~1972): 일본의 염직 전문가. 초목의 색소를 이용한 재래식 염색을 '구사키조메(草木染め)'라는 말로 처음 칭했다고 알려져 있다.
211 1924년 도쿄 긴자에 개업한 백화점.

할 수 있겠는가. 긴자에 구사키조메가 전시되고 백화점에 줄 무늬 무명이 진열되는 현상이 그 전조일지도 모른다. 그리고 강철제 혹은 두랄루민제 물레나 손베틀이 가정의 소일거리로 자리 잡는 일이 장래에 결코 있을 수 없으리라고 증명하기도 어려울 듯싶다. 실제로 많은 고관이나 부호가 일요일에 일부러 시골로 농부 체험을 하러 가는 것이 유행하기 시작한 요즘에는 더욱 그러한 공상을 하기 좋다.

옛날의 하급 사족의 가정부인은 물레를 돌리고 손베틀을 짜는 일을 조금도 부끄러워하거나 천업이라 여기지 않고 조신한 긍지로 삼거나 혹은 최고의 즐거움으로 누렸던 듯하다. 나들이나 댄스보다, 무슨 모임에 나다니는 일보다 그게 훨씬 손에 붙어 진정으로 재미있다는 것을, 즉 '물건을 만들어 내는 기쁨'을 아는 사람이라면 현대에도 얼마든지 손베틀이 주는 기쁨을 상상할 수 있을 듯싶다.

한편 서양의 물레는 오페라 「방황하는 네덜란드인」의 한 막에서 실연되는 것을 본 적이 있다. 역시 서양의 춤과 같이 경쾌하고 화려해서 일본의 물레가 지닌 하이카이의 풍취는 어디에도 없다. 또한 슈베르트의 가곡 「물레 잣는 그레첸」은 여섯 박자인데, 그 반주의 특색 있는 여섯 연음의 물너울이 물레의 회전을 상징하는 듯하다. 이것만 봐도 서양의 물레와 일본의 물레가 전혀 다른 시의 세계에 속해 있음을 알 수 있다.

이 물레의 추억에 얽힌 어린 시절 전원생활의 추억은 정말로 물레가 자아내는 실처럼 다할 줄을 모른다. 그리고 그런 생각을 하니, 내가 넉넉하지 않은 사족의 자식으로 태어나 전원의 자연 사이에서 자랐다고 하는, 아무런 자랑거리도 되지 않을 일이 참 행복한 운명이었구나 싶기도 하다.

꿈 II

7월 27일은 아침부터 정녕 바쁜 날이었다. 아침에 일어나
서부터 늦은 밤까지 연달아 남에게 시달렸다. 녹초가 되어 누
운 그날 새벽에 여러 가지 꿈을 꾸었다.

도사의 고치 하리마야바시 근처를 고가 전차로 통과하면
서 아래쪽을 내려다보니 도로가 상하 두 층으로 되어 있고 해
자의 흙탕물이 먼 밑바닥 쪽으로 검게 빛나 보였다.

사거리에서 두 번째 건물에 미도리야[綠屋]라고 간판을
내건 여인숙인 듯 보이는 집이 있다. 그 좁은 입구로부터 경사
가 급한 계단을 오르자 중간 부분의 층계참에 꽃 파는 여자가
있었다. 그것을 보자 묘하게 슬펐다. 왜인지 모르겠다.

커다란 일본 저택 가운데에 벤치가 많이 늘어서 있다. 거
기서 무슨 제의 같은 의식이 치러지고 있거나 아니면 이제부
터 치르려 하는 듯 보인다. 나는 어느새 가문이 들어간 하카마
예장을 입고 있다. 내 앞에 마주 보고 앉은 남자가 바닥 위에
누군가가 가져다 놓은 흰 찻종과 같은 것을 밟자 그것이 와작
깨졌다. 그러자 나도 똑같이 나의 발밑에 있는 흰 사기그릇을

밟아 깨뜨렸다. 대체 무슨 사정으로 그런 일을 하는 건지 스스로도 알지 못해 이상한 기분이 들었다. 짙은 보랏빛 의상을 입은 여자가 내 옆에 앉아 있는 듯했다. 어떤 불안한 예감이 사방에서 움직이는 듯싶었다.

어느샌가 한 외딴섬으로 건너와 있다. 바다를 사이에 두고 저 멀리 군청색의 산이 희한하게 높이 솟아 이어져 있다. 산의 중턱 밑으로는 황색의 구름 띠에 가려 보이지 않는다. 모든 것이 암석 가루 물감으로 그린 그림처럼 밝고 아름다운 색채를 띠고 있다. 물론 도사의 산이겠지 생각하며 어릴 적부터 익히 보아 온 이 봉우리 저 봉우리를 인식하려고 하지만 아무래도 모양이 달라 분명히 깨닫지 못한다. 점점 불안해졌다.

예전 동창으로 졸업 후에 머지않아 요절한 S군과 마주쳤다. 옛날 그대로인 둥그스름한 얼굴에 옛날 그대로인 안경을 끼고 있다. 말을 걸었지만 저쪽에서는 좀처럼 나를 기억해 주지 않는다. 다른 동창의 이름을 열거해 보아도 소용없다.

바닷가에 가까운 화강석 석판으로 된 길을 걷고 있는데 옆쪽에서 기묘한 사나이가 나를 눈여겨보며 다가온다. 밀짚모자에 여름 삼베옷을 입고 있는 것은 평범한데 비근(鼻根)에 검은 천 조각을 축 드리우며 코와 입 주위를 온통 가리고 있다. 내가 다가가자 모자를 벗고 그 검은 베일을 걷어치우기는 했는데 전혀 본 적 없는 얼굴이다. "나는 N의 형인데 언젠가 찾아뵈었을 때에는 편찮으시다고 하셔서 얼굴을 보지 못했습니다."라고 말한다. 도통 기억이 없었고 무엇보다 내 가까운 지인 중에 성이 N인 사람은 한 명도 없었다.

어쩐지 갑자기 돌아가고 싶어졌다. 타고 갈 수 있는 배는 없느냐고 물어보니 그런 것은 이 섬에 없다고 한다. 최근에

○○제국 대학 총장이 돌아갈 때에는 핫초로[212] 어선을 만들어서 보냈다고 한다.

집에 아무런 말도 없이 깜빡 이런 데로 와 버려서 언제 돌아갈 수 있을지 알 수 없게 되었으니 그것참 난감한 일이로구나 생각하며 검은 해수면 저편의 운무를 바라보다가 눈이 뜨였다. 위 상태가 좋지 않아 배가 쥐어짜지는 듯했다. 그 때문에 이런 불안한 꿈을 꾸었으리라.

그저께 A연구소의 식당에서 잡담이 오가다 이번에 정부에서 새로 계획하고 있는 항공로 이야기가 나왔다. 오사카에서 고치까지 단 1시간 55분 만에 갈 수 있다고 하는 이야기를 나누었다. 그때 내 의식의 저층에 고향인 고치 마을의 상이 움직이기 시작했지만 그뿐이었고 표층까지는 나타나지 않고 사라졌다. 그것이 꿈속에서 고치의 하리마야바시를 불러내고 비행기의 구조 따위와 같은 것이 두 층의 문화 거리를 암시한 게 아닌가 싶다. 뒤의 장면에 나타난 도사의 산맥도 여기에 연을 두고 있을지 모른다.

'미도리야'라는 여인숙은 기억에 없다. 그러나 역시 일전에 가족과 구쓰카케[213]로 떠날 준비에 관해 이야기를 했을 때 이번에 가면 그런 호텔에 머물며 거기서 묵은 일을 해치우려 한다고 말한 기억이 있다. 그런데 그런 호텔을 '미도리야'라고 번역해 본 기억은 전혀 없는데 아마 언젠가 한 번쯤은 그런 생각을 하고 잊어버렸던 것이 꿈이라는 현상의 신기한 기교로 말미암아 망각의 어둠 속에서 환상의 영사막 위로 이끌린

212 노를 젓는 일본식 고기잡이배.
213 나가노 현의 한 지역.

것은 아닐까? 그렇게라도 생각하지 않으면 전혀 설명이 되지 않는다.

계단의 꽃 장수에 관해서는 아무래도 짐작 가는 데가 없다. 하지만 어쩌면 요전에 신주쿠의 백화점에서 조화 매장 앞을 지나치며 받은 무의식적 인상이 무의식의 과정을 거쳐 나온 것일지도 모른다.

제의 장면에 관해서는 짐작 가는 데가 있다. 어젯밤 석간에 아오모리 현 오와니 지역의 기이한 혼례 방식을 소개한 사진이 있었는데 가문이 들어간 하오리와 하카마 차림으로 남장을 한 부인이 술통 곁을 따르며 시집가는 행렬의 선두에 서있는 진귀하고 절묘한 모습이 찍혀 있었다. 그것이 내가 전통예장을 한 것으로 모습을 바꾸었고 혼례가 재(齋)로 번역되었는지도 모르겠다. 자색 옷을 입은 여자는 역시 같은 사진 속에 나온 검은 예복의 중년 부인이 변형된 것으로 본다 쳐도 사기그릇을 밟아 깨뜨리는 부분만은 설명이 곤란하다. 어쩌면 장사를 지내거나 시집가는 대문 앞에서 사발을 깨뜨리는 풍속이 이러한 묘한 형태로 왜곡되어 출현한 것인지도 모른다.

섬으로 건너간 것은 아마 오사카와 고치 간의 비행 이야기를 할 때에 떠올린 세토나이카이의 섬이 원인이 된 것 같다.

전날 점심때 A군이 자기 옛 동창으로 지금 살아 있는 어떤 사람에 관해 짤막하게 이야기를 했다. 그 순간에 내 머릿속 한 구석에 여러 다른 동창의 그림자가 스치다 바로 사라졌는지도 모른다. 그래서 그중에서도 가장 일찍 세상을 떠난 S군의 기억이 다소 특별한 강세로 각인된 여향으로서 꿈에 그가 나온 동기가 되었다고 가정하면 이상할 게 없다.

N의 형이라고 하는 자는 전혀 짐작이 가지 않고, 그 코를

가린 베일로 말할 것 같으면 정말이지 기이하고도 기이하다. 제국 대학의 총장이 연루되어 나온 것도 도저히 해석할 수가 없다. 이는 프로이트나 그 제자에게 부탁할 수밖에 없을 듯싶다. 좌우간 무의식을 탐구하는 사람들에게 참고가 될지도 모르겠다 싶어서 가능한 한 충실하게 이 꿈의 현상을 기록하는 바다.

무제 Ⅱ

　밤중이면 온몸이 아파 오는 병에 걸려 밤새 편히 잘 수가 없다. 이 넓은 세계의 모든 존재가 사라져 버리고 내 몸의 아픔만이 우주를 점유하여 대천세계에 널리 퍼지고 있는 듯한 기분이 든다. 밤이 새고 밀려 열린 빈지문으로 하늘빛이 흘러든다. 유리 장지 너머 뜰의 단풍과 편백의 가지가 보이고, 이웃집 커다란 밤나무의 지고 남은 잎이 아침 바람에 흔들리며 그 너머로 청명한 하늘이 한가득 펼쳐져 있다.

　어찌된 영문인지는 모르겠으나, 이때 갑자기 달리 슬프지 않은데도 눈물이 왈칵 쏟아져 나왔다.

　아편 흡연자가 중독에서 비롯된 무서운 악몽 때문에 괴로워하다가 그 꿈에서 깨어나 현실로 돌아왔을 때 한쪽에 있는 사람의 얼굴을 보니 눈물이 한도 없이 흐르더라는 글을 읽은 기억이 있다.

　슬플 때의 눈물, 기쁠 때의 눈물, 그 밖의 여러 가지 눈물 말고도 그 같은 희한한 눈물이 또 다른 장면에서 여럿 있을 법한 기분이 든다.

『도토리: 문학하는 물리학자의 인생 수필』은 근대 일본의 물리학자이자 문필가인 데라다 도라히코가 쓴 수필들 가운데 일부를 모아 옮긴 선집이다. 데라다는 논리적이고 분석적인 내용의 무거운 에세이를 쓴 것으로 유명하지만 이 책은 '데라다 도라히코'라는, 국내 독자에겐 다소 생소한 인물을 소개한다는 데에 주안을 두고 작품을 선정했다. 따라서 일반 독자가 비교적 다가가기 쉬운 회상, 창작, 생활, 기행 등을 주제로 다룬 글들을 중점적으로 골랐다.

일본에서는 1948년에 『데라다 도라히코 수필집』(전 5권, 이와나미쇼텐)이 나온 데 이어 1962년에는 같은 출판사에서 전 17권의 전집이, 또 1999년에는 전 30권의 전집이 편찬되었다. 이 사실에서 알 수 있듯이 그의 글은 오랫동안 일본 국민 사이에서 함께 살아 숨 쉬어 왔으며 지금도 널리 사랑받고 있다.

데라다의 글이 이렇게 사랑을 받아 온 데는 작가 특유의 이력이 한몫한다. 그는 유년 시절부터 길러 온 탐구 정신을 바탕으로 구마모토 5고등학교 시절에 물리학을 지망하면서도,

데라다 도라히코

당시 영어 교수였던 나쓰메 소세키와 인연을 맺고 하이쿠에 뜻을 두었다. 이에 따라 그는 과학과 문학이 혼연일체를 이룬 삶을 살아왔으며, 그 특수한 정신세계에서 비롯한 범상치 않은 직관을 여러 글에서 발휘했다. 그의 직관은 종종 미래의 재해를 경고하는 선견지명으로, 또는 다종다양한 분야를 넘나드는 탐구 방식의 시도 등으로 나타났다. 다른 문필가에게서는 좀처럼 찾아볼 수 없는 참신한 융합적 사고야말로, 오늘날까지도 일본에서 그의 글이 인구에 회자되는 가장 큰 이유가 아닐까 싶다.

모쪼록 독자들께서 편안한 마음으로 이 새로운 작가를 맞이해 주셨으면 좋겠다. 이 책을 통해 삶의 풍요로움을 더하는 어떠한 영감을 얻어 가실 수만 있다면, 아마 옮긴이로서 그보다 더한 보람은 없을 것이다.

2017년 3월

강정원

1878	도쿄 히라카와초에서 출생. 범(寅)의 해, 범의 날에 태어났다고 해서 도라히코(寅彦)라는 이름이 붙는다. 아버지는 육군 회계 감독이었다.
1880	아버지, 구마모토로 단신 부임. 아버지가 고치 시에 집을 구입하여 가족 모두가 이사한다.
1885	아버지, 도쿄에 부임. 일가족 재차 상경한다.
1886	아버지 퇴직. 고치 시로 돌아온다.
1890	영어를 배움. 돋보기로 환등기 제작을 시도하지만 실패. 아버지가 환등기를 사 준다.
1891	폐첨 카타르를 앓으며 소학교 휴학. 아버지가 현미경을 구입해 줌. 중학교 수험에 실패한다.
1892	고치 현립 1중학교에 2학년으로 월반 입학한다.

1893	흡연을 시작한다.
1897	구마모토 5고등학교 2부 입학.(1896년) 당시 영어 교수 나쓰메 소세키와 조우하며 하이쿠를 익히기 시작했고, 물리학 교수 다마루 다쿠로에게 수학, 물리학을 배우며 물리학을 지망하기로 결심한다. 사카이 나쓰코(阪井夏子)와 결혼.
1899	도쿄 제국 대학 물리학과에 입학하며 상경. 가인 마사오카 시키를 찾아감. 그의 추천으로 문예지《호토토기스》에 단문「별」을 게재한다.
1901	나쓰코, 폐결핵으로 고치 현 다네자키로 전지 요양.(2월) 장녀 사다코(貞子) 탄생.(5월) 감염 우려로 곧 데라다 본가에 맡겨진다. 데라다, 폐첨 카타르 진단을 받고 고치 현 스사키 해변에 전지 요양.(9월)
1902	복학을 위해 상경.(8월) 나쓰코, 요양지에서 사망.(11월)
1903	물리학과 졸업. 대학원 진학.
1905	《호토토기스》에「도토리」,「용설란」을 게재. 하마구치 유타코(浜口寛子)와 재혼한다.
1907	장남 도이치(東一)가 태어난다.
1908	이학 박사 학위 취득.
1909	이과 대학 조교수가 된다. 차남 세이지(正二)가 태어난다. 베를린 대학교에 국비 유학생 자격으로 입학해서 우주 물리를 연구

	한다. 유럽 각지 여행.
1911	영국과 미국을 거쳐 요코하마로 귀국. 도쿄 혼고에 머문다. 농상무성에서 해양학 관련 연구를 위촉받는다.
1912	차녀 야요이(弥生)가 태어난다.
1913	X선 회절 실험 후「X선과 결정(結晶)」을 과학 전문지《네이처》에 발표한다.『바다의 물리학』을 출간한다.
1915	삼녀 유키코(雪子) 탄생.『지구 물리학』를 분카이도쇼텐(文会堂書店)에서 펴낸다.
1916	「X선으로 원자 배열을 보여 주는 실험」을 '천황 열람용'으로 제공한다. 이과 대학 교수로 취임. 위궤양 증상이 나타난다.
1917	「라우에의 회절 무늬 실험 방법 및 그 설명에 관한 연구」로 제국 학사원 은사상을 받는다. 유타코, 폐첨 카타르 악화로 사망한다.
1918	사카이 신(酒井紳)과 재혼한다.
1919	위궤양 악화로 각혈, 입원.
1920	요양 중에 문필 활동을 이어 간다. 이듬해 11월, 대학 복귀.
1923	수필집『후유히코슈(冬彦集)』,『야부코지슈(藪柑子集)』를 출간한다. 간토 대지진 이후 화재 조사 수행.
1924	재단 법인 이화학 연구소에 들어간다. 해군성으로부터 'SS항공선 폭발의 원인 조사'를 위촉받는다.

1925	제국 학사원 회원이 된다.
1926	도쿄 제국 대학 지진 연구소에 들어간다.
1929	수필집 『만화경(万華鏡)』을 출간한다.
1932	수필집 『속후유히코슈(続冬彦集)』를 출간한다. 홋카이도 제국 대학에서 지구 물리학을 강의한다.(10월)
1933	단문집 『가키노타네(柿の種)』, 수필집 『물질과 말(物質と言葉)』, 『증발 접시(蒸発皿)』를 차례로 출간한다. 『지구 물리학』을 이와나미쇼텐에서 출간한다.
1934	수필집 『촉매(触媒)』를 출간한다.
1935	문필 활동을 계속한다. 수필집 『형광판(蛍光板)』을 출간. 12월 31일 밤에 전이성 골종양으로 사망한다. 향년 57세.

옮긴이
강정원

대구에서 태어났다. 부산대학교 일어일문학과를 졸업한 후 번역가로 활동하고 있다.

도토리
문학하는
물리학자의
인생 수필

1판 1쇄 찍음 2017년 3월 24일
1판 1쇄 펴냄 2017년 3월 31일

지은이 데라다 도라히코
옮긴이 강정원
발행인 박근섭, 박상준
펴낸곳 (주)민음사

출판등록 1966. 5. 19. 제16-490호
서울시 강남구 도산대로 1길 62(신사동)
강남출판문화센터 5층 06027
대표전화 515-2000 팩시밀리 515-2007
www.minumsa.com

© 강정원, 2017. Printed in Seoul, Korea

ISBN 978 89 374 2911 8 04800
ISBN 978 89 374 2900 2 (세트)